FANTASTIC
ORIENTAL HEROES

2부

태극
검해

太極
劍解

태극검해(太極劍解) 2부 6
한성수 新무협 판타지 소설

초판 1쇄 찍은 날 § 2007년 8월 17일
초판 1쇄 펴낸 날 § 2007년 8월 26일

지은이 § 한성수
펴낸이 § 서경석

편집장 § 문혜영
편집 § 서지현 · 심재영

펴낸곳 § 도서출판 청어람
등록번호 § 제1081-1-89호
등록일자 § 1999. 5. 31
어람번호 § 제2-1271호

주소 § 경기드 부천시 원미구 심곡1동 350-1 남성B/D 3F (우) 420-011
전화 § 032-656-4452 팩스 § 032-656-4453
http://www.chungeoram.com
E-mail § eoram99@chollian.net

ISBN 978-89-251-0854-4 04810
ISBN 978-89-251-0572-7 (세트)

※ 파본은 구입하신 서점에서 교환하여 드립니다.
※ 저자와 협의하여 인지를 붙이지 않습니다.

FANTASTIC ORIENTAL HEROES

태극검해
太極劍解

2부
6

한성수 新무협 판타지 소설

도서출판 청어람

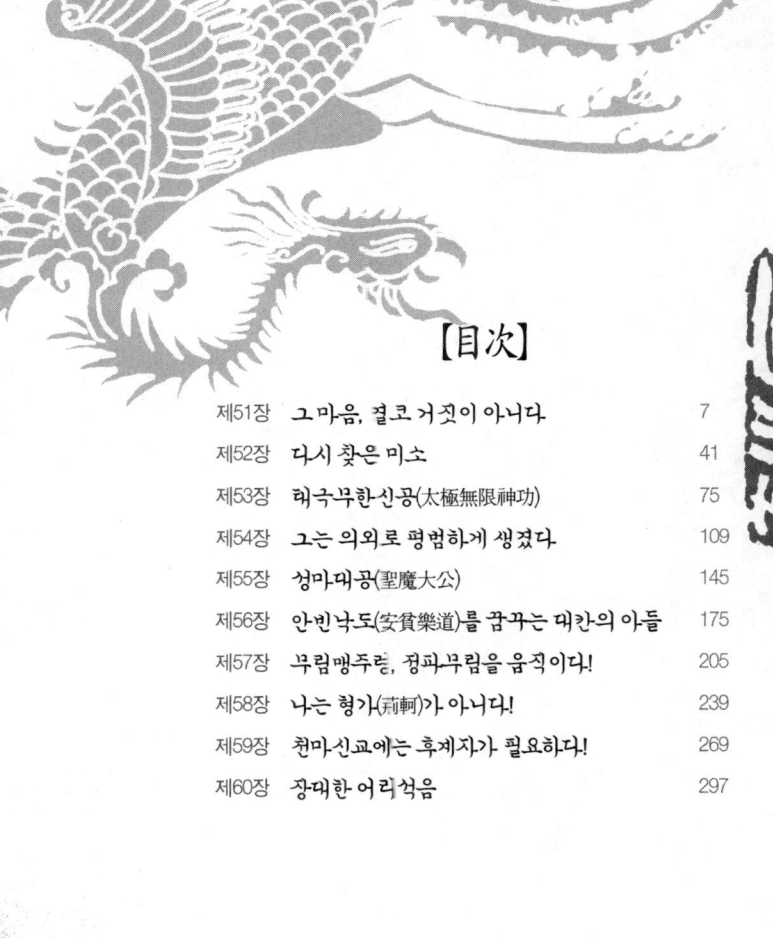

【目次】

◆ 第五十一章 ◆

그 마음, 결코 거짓이 아니다

그
마음,
결코
거짓이
아니다

난릉왕부.

당금 황제의 셋째 동생인 난릉왕이 기거하는 곳으로 북경 부근에 위치한 왕부 중 가장 큰 곳이다.

사실 황제가 기거하는 자금성이 있는 북경인지라 난릉왕부를 제외한 왕부는 아예 존재조차 하지 못했다. 황제의 친형제들은 결코 자금성 근처에서 살아선 안 된다는 오랫동안 황가에서 전해져 내려오는 불문율 때문이다.

그럼에도 불구하고 난릉왕이 북경 근처에 왕부를 짓고 기거할 수 있게 된 데는 숨겨진 비사가 있었다.

현재의 황제가 아직 황위를 계승하기 전인 황태자 시절의 일이다.

제일 황위 계승권자인 황태자는 모친인 황후가 일찍부터 병약하여 외척의 비호를 받지 못하는 처지였다. 더불어 전대 황제는 무능력하고 줏대가 없는 사람으로 당시 총애하던 후궁의 소생인 삼황자를 후계자로 내심 점찍고 있었다.

특별히 황태자가 못났다거나 마음에 들지 않아서가 아니다.

현재 총애하고 있는 여인의 아들에게 좀 더 잘해주고 싶다는 매우 범부적인 관점의 판단이었다.

그러나 한 집안의 지아비가 못나면 내자가 집안을 이끈다던가!

당시 삼황자의 친모이며 황제의 총애를 한 몸에 받고 있던 후궁은 병약한 황후와 친자매와 같은 여인이었다.

두 사람은 어려서부터 가문끼리 친분이 있었을뿐더러 보기 드물게 동문수학까지 했다. 뭇 소인배들이 기대하던 여인 천하의 쟁투가 벌어지지 않은 이유였다.

덕분에 현 황제와 삼황자 난릉왕은 어려서부터 두터운 친분을 유지하며 자라났고, 그 우애는 지금까지도 계속되고 있었다. 피를 나눈 혈연 간에도 처절한 권력 투쟁이 벌어지는 곳이 황가임을 생각하면 참으로 보기 드문 가화(佳話)라 아니할 수 없는 일이었다.

육노당은 귓구멍을 소지로 몇 차례나 후벼 팠다.

가려워서다.

그도 그럴 것이 만선루에서 굳이 육노당의 뒤를 쫓아온 백운생의 난릉왕부에 관한 설명은 지나치게 재미가 없었다. 듣다 보면 따분해서 하품이 절로 나올 정도다.

비사니 뭐니 해봤자 옛날얘기다.

사람으로 하여금 그 얘기에 집중하게 만들려면 적당히 흥미를 자아낼 수 있는 장치가 필요하다.

없는 사실을 꾸며내라는 게 아니다.

조금쯤 과장도 들어가고 강조법도 집어넣어서 긴장감을 조성하고 뒷부분에 대한 궁금증을 자아내야만 한다는 거다.

그런 점에서 백운생은 전혀 재능이 없었다.

얘기의 전개가 구태의연하고 고리타분했다. 뒷부분에 대한 흥미를 끌기는 고사하고 하품이 나올 정도의 지루함을 육노당에게 느끼게 만들었다.

'제길, 이런 얘기는 그 매 눈깔 녀석이 잘했는데……. 그전혀 안 그런 척하는 얼굴로 옛날얘기를 곧잘 하곤 했거든.'

매 눈깔.

운남 사강파 중 대리 점창파의 제일고수인 점창낙안 단연경을 말함이다.

육노당은 여전히 제 나름대로의 화법으로 난릉왕과 난릉왕부에 대해 떠들어대고 있는 백운생을 외면한 채 단연경을 떠올렸다.

육노당과 단연경은 운남의 패권을 놓고 툭하면 다퉜다.

이번 중원행 역시 운남무림의 세력 균형을 위해 동행한 측면이 컸다.

당연히 두 사람의 사이가 좋을 리 만무하다.

엄밀히 말하자면 나쁜 편이었다. 하지만 미운 정도 정이라고 했던가!

육노당은 참 얘기 못하는 백운생의 설명을 듣던 중 문득 단연경이 그리워졌다. 그의 모든 무인의 귀감이라 할 만한 꼿꼿한 태도와 폐부까지 꿰뚫어 보는 듯한 매의 눈이 은근히 보고 싶어졌다.

그래서일까?

'내가 어째서 그 매 눈깔 녀석 따윌!'

내심 나직이 진저리를 친 육노당이 그때까지도 난릉왕부에 대한 지루하고 짜증나는 설명을 끝마치지 않은 백운생의 뒤통수를 툭 하고 때렸다.

"어이쿠, 육 도장님, 어찌 죄없는 사람을 이리 무식하게 폭행하시는 겁니까?"

"죄없는 사람?"

육노당이 나직이 반문한 후 다시 똑같은 동작으로 백운생의 뒤통수를 후려쳤다.

방금 전보다 조금 강도가 강해졌다.

퍽!

"어이쿠! 어이쿠!"

백운생으로선 감히 육노당의 손속을 피할 재간이 없다.

눈앞에서 순식간에 별이 무더기로 맴도는 광경을 지켜보며 죽는다고 신음을 토할 따름이다. 그게 지금 그가 할 수 있는 일의 전부였다.

육노당이 그 모습을 보고 다시 나직이 냉소를 던졌다.

"흥, 죄없는 사람? 백 선생, 방금 전에 내게 죄없는 사람을 무식하게 폭행한다고 했는가!"

"그, 그건……."

잠시 말끝을 흐렸던 백운생이 슬쩍 고개를 옆으로 돌리곤 입술을 비죽거렸다.

"…그건 사실이지 않습니까? 소생은 육 도장님께서 혹시라도 난릉왕부에 도착한 후 큰 결례를 범하실까 봐 걱정이 돼서 쫓아온 것인데, 이렇게 두들겨 패시다니요. 이건 절대로 군자가 취할 도리가 아니지 않겠습니까?"

"난 본래 군자가 아니라 도사야."

"도사가 취할 도리도 아닌 것 같습니다만? 사실 누가 보든 육 도장님을 도사로 보진 않겠습니다만……."

"뭐라!"

육노당이 백운생에게 다시 주먹을 들어 올렸다.

방금 전의 장난스러운 행동과는 다른 흉험하기 짝이 없는 기세다.

백운생으로서도 움찔할 수밖에 없다.

그는 얼른 낯빛을 창백하게 굳혔다. 그러면서도 두 눈을 부
릅뜨고 있는 것이 결코 두려움에 굴복하는 모습은 아니다. 언
제 뒤통수를 얻어맞고 죽는다는 엄살을 부렸냐는 듯하다.

'허, 백면서생 주제에… 제법일세?'

육노당의 눈에 이채가 어렸다.

그는 비록 겉모습은 우락부락하고 성격 역시 생긴 대로긴
하나 항상 도사의 본분을 지키려 노력하는 사람이다.

사문인 곤명 서산파.

참으로 지난 역사 동안 다사다난(多事多難)한 일을 많이 겪
은 문파다. 한때는 운남의 최고 요지인 곤명에 위치해 있었음
에도 불구하고 입문하는 제자가 없어서 문파의 맥이 끊길 위
기까지 겪었다.

당연히 서산파 제일의 고수이자 기둥인 육노당은 도사라
는 자신의 신분에 대단한 자부심을 갖고 있었다.

여태까지 혼인을 하지 않은 건 반드시 과거 성녀 담화연이
나 봉황여제 모용청려 같은 절세미녀를 만나서 눈이 한없이
높아진 때문만은 아니었다.

그러니 육노당이 눈앞의 백운생에게 본심으로 주먹질을
할 리 없다. 도사란 신분을 떠나 백운생 같은 백면서생을 진
짜로 두들겨 팰 수는 없는 노릇인 것이다.

좀 겁을 줘서 절대로 그칠 것 같지 않은 장편소설같이 떠들어대는 입을 닫게 만들고 싶었을 뿐이다.

계속 그의 고리타분하고 답답한 주절거림을 듣다가는 머리 한쪽이 이상해질 것만 같았다. 좀 입을 다물어줬으면 하는 바람이었다.

한데, 갑자기 마음이 변했다.

폭력이나 강압에 절대 굴복하지 않는 지조!

백면서생인 백운생에게서 바로 그 같은 모습을 엿볼 수 있었던 까닭이다.

슥!

치켜 올렸던 주먹을 천천히 내려놓은 육노당이 퉁명스레 말했다.

"백 선생, 대충 난릉왕부에 대해선 알아들었으니, 이젠 좀 그만 떠들어대라구."

"그건……."

"귀가 아파서 죽을 지경이야. 게다가 나는 오늘 난릉왕부에 정식으로 찾아가는 것도 아니니까, 그 같은 정보 따윈 들으나마나라구."

"예?"

백운생이 입을 가볍게 벌렸다.

육노당이 한 말의 의미를 대번에 눈치 챘기 때문이다.

"설마하니, 난릉왕부에 도둑처럼 몰래 숨어들어 갈 작정이십니까?"

"당연하지. 그런데 도둑처럼이란 말은 썩 마음에 들지 않는군."

"그건 죄송합니다. 하지만 절대로 육 도장님이 쉽사리 당연하지란 말을 하실 만한 상황은 아닌 것 같습니다만?"

"제기랄, 또 장편소설처럼 말한다!"

움찔!

다시 안색이 파랗게 변한 백운생에게 인상을 긁어 보인 육노당이 입가에 흐릿한 미소를 만들었다.

"다른 사람도 아니고 진 대협이 부탁한 일이야. 백 선생이 반대할 수 있겠어?"

"지, 진 대협께서 부탁하신 일이라고요? 정말이십니까?"

"물론이지. 내가 설마 진 대협을 팔아먹을 사람으로 보이는 거야?"

"……."

백운생이 잠시 침묵하다 갑자기 얼굴 가득 결연한 기색을 만들어 보였다.

"알겠습니다."

"응?"

"가시지요."

백운생이 드물게도 간명한 말과 함께 멀찍이 보이는 난릉왕부 쪽으로 걸어가자 육노당이 잠시 주춤거렸다. 갑자기 일

변한 백운생의 태도에 잠시 혼란을 느낀 것이다.

그러자 벌써 저만치 앞장서서 가고 있던 백운생이 걸음을 멈추곤 육노당에게 재촉하듯 말했다.

"앞서 설명한 것처럼 난릉왕부는 북경 부근에 존재하는 유일무이의 친왕부입니다. 경비의 삼엄함이 결코 자금성에 못지않으니, 육 도장님의 침투를 소생이 돕도록 하겠습니다."

'어떻게?'

육노당의 내면에서 울려 퍼진 질문을 흡사 듣기라도 한 듯 그쪽을 돌아보며 백운생이 대답했다.

"소생만 믿으십시오. 난릉왕에 관해서 소생은 모든 것을 파악해 놨습니다."

"……."

진자운을 언급한 것만으로 완전히 태도가 돌변해 버린 백운생을 육노당은 잠시 혼란스런 표정으로 바라봤다. 그의 자신감 넘치는 태도에 일말의 불안감이 없진 않았으나 왠지 믿음직한 느낌이 드는 것도 사실이었다.

잠시 후.

난릉왕부에 도착한 두 사람.

육노당과 백운생은 평상시완 달리 굉장히 맵시 넘치는 옷차림을 하고 있었다. 백운생의 강력한 주장으로 왕부에 도착하기 전에 행한 준비의 일환으로 먼저 행색부터 완전히 싹 바

꿔 버린 것이다.

그럴듯한 백색 비단으로 된 장포를 갖춰 입고 수사 차림이 된 백운생을 향해 청색 비단으로 된 도복과 도관을 쓴 데다 불진마저 손에 든 육노당이 나직이 투덜거렸다.

"백 선생, 꼭 이런 차림을 해야만 왕부에 들어갈 수 있는 건가?"

"물론입니다. 아무리 난릉왕 전하께서 독서인(讀書人)을 우대하시고, 근래 들어 유명한 명의나 도사들을 애써 초빙하고 계시다곤 해도 모든 사람들을 직접 살피진 못하십니다. 먼저 왕부를 찾아온 사람들을 안으로 들일지 말지를 결정하는 건 말단의 무사들과 총관이라 할 수 있지요."

"그러니까 일단 그놈들의 눈에 그럴듯하게 보여야만 난릉왕을 만날 수 있다는 뜻이군?"

"바로 그렇습니다."

백운생이 천천히 고개를 끄덕여 보이자 육노당이 미간 사이를 가볍게 좁혀 보였다.

꿈질.

하도 오랫동안 입고 다녀서 이젠 제 살이나 다름없는 낡은 도복 대신 걸친 푸른 비단이 못 견딜 정도의 가려움을 안겨줬다. 마치 몸의 여기저기에서 벼룩이나 빈대라도 날뛰고 있는 것 같다. 미간 사이에 힘이 들어간 건 바로 그 때문이었다.

백운생이 그 모습을 보고 나직이 타일렀다.

"행동을 정갈히 해주십시오. 그렇게 위협적인 인상 역시 안 됩니다. 육 도장님은 지금부터 진정한 대도지로(大道之路)를 걷는 현문정종의 진인이 되어야만 합니다."

"대도지로를 걷는 현문정종의 진인……."

나직이 백운생의 말을 늬까려 보인 육노당이 내심 '지랄!' 하고 욕설을 덧붙였다.

물론 백운생이 절대로 눈치 채지 못하게 몰래 했다.

혹시라도 그에게 들켰다가는 또다시 엄청난 규모의 잔소리를 들어야만 할 게 뻔했기 때문이다.

그러자 백운생이 그 같은 육노당의 모습을 요리조리 살펴본 후 난릉왕부의 너른 대문을 향해 걸어갔다. 이제부터는 그가 수완을 부려야 할 차례였다.

탕! 탕!

대문에 붙어 있는 사자머리 모양의 문고리를 두 차례 두드린 백운생이 격조 높은 목소리로 소리쳤다.

"초야의 서생과 대도지로를 걷는 도인이 밤이슬 피할 곳을 찾아왔소이다. 우마(牛馬)가 거하는 축사라도 괜찮으니, 부디 하룻밤 유할 수 있는 장소를 마련해 주시기 바라오!"

'허!'

육노당이 내심 나직이 혀를 찼다.

백운생이 왕부의 문을 두들기며 외치는 소리 중 절반가량을 알아듣지 못한 까닭이다.

한데, 그때였다.

마치 거짓말처럼 왕부의 대문이 활짝 열렸다.

지금이 달빛만이 교교하게 대지를 비추고 있는 야밤임을 감안하면 무척이나 의외의 결과이다.

일반 여염집이라도 이 같은 밤중에 외인에게 문을 열어주기란 쉽지 않다.

하물며 왕부의 대문임에랴!

자신만만해하는 백운생을 보내놓고서도 거의 절반쯤은 믿지 않고 있던 육노당이 크게 놀라 대문 쪽으로 다가섰다. 백운생이 몇 번이나 잔소리한 결과로 얼굴 표정을 평소보다 훨씬 온화하게 짓고 있었음은 물론이다.

삐꺼덕!

대문이 열리고 왕부 안에서 두 명의 무사와 한 명의 중년인이 모습을 드러냈다. 왕부 내 대소사의 상당분을 맡고 있는 총관이 번을 서고 있던 무사들과 함께 모습을 드러낸 것이다.

백운생의 갈대로였다.

총관은 대문이 열리자마자 육노당과 백운생의 신색을 눈으로 빠르게 훑어내렸다.

"본 왕부에서 하룻밤 유숙을 하고 싶다고 했소이까?"

백운생이 얼른 읍을 해 보인 후 말했다.

"그렇습니다. 북경성에 볼일이 있어서 왔다가 날이 어두워져 버렸습니다. 성안으로 들어가지 못하게 되었으니, 하룻밤 유숙할 자리를 마련해 주시면 감사하겠습니다.”

총관이 고개를 가볍게 끄덕여 보였다.

“일이 그렇게 되었구려. 그런데 어찌 글공부를 하는 서생과 도문의 진인께서 함께 북경에 오신 건지 물어봐도 되겠소이까?”

“소생은 본래 하남성(河南省) 태생으로 대과 준비를 위해 북경에 유학을 왔습니다. 아무래도 북경에서 일, 이 년쯤은 시험 준비를 해야 좋은 결과를 얻을 수 있지 않겠습니까? 그런데 본시 소생은 백면서생이라 북경으로 향하던 중 우연히 녹림의 호한들을 만나 심히 곤란한 지경에 빠지게 되었는데, 마침 운남의 곤명에서 중원에 대도행을 나오신 서산파의 진인을 만나 흉액을 면하게 되었습니다.”

“호오, 원래 대과를 준비하시는 분이셨구려. 그리고 옆에 계신 진인께서는 운남 곤명의 서산파 고수시고요?”

“그렇습니다.”

다시 읍해 보이며 대답하는 백운생에 맞춰 육노당이 나직이 입가에 ‘무량수불(無量壽佛)!’ 을 담아 보였다.

본래 무량수불은 ‘아미타불(阿彌陀佛)’ 을 달리 이르는 말로 부처의 수명이 한없다는 뜻이다.

굳이 따지자면 도문이 아니라 불문의 용어라 할 수 있다.

하지만 본래 중원의 종교계에서 불교와 도교 간에 진언이나 신장들을 나눠 쓰는 건 굉장히 일반적인 일이었다. 서로서로 반목하면서도 장점을 취합하길 반복해 왔다. 특별히 이것은 불교의 것이고 저것은 도문의 것이라 주장하는 것은 큰 의미가 없는 일이라 할 수 있었다.

특히 난릉왕은 본래 도문에 꽤나 심취한 인물로 서생이나 도사들을 무척 우대해 주고 있었다. 주인의 성향이 그러하니 그 밑에 있는 자들 역시 따르지 않을 수 없다.

다시 한차례 백운생과 육노당의 신색을 살펴본 총관이 입가에 살가운 미소를 매달았다.

"두 분은 참 운이 좋으시구려. 본 왕부는 본시 글을 공부하는 문인(文人)과 수도에 정진하는 진인에게 박하지 않으니, 오늘 밤 유할 곳을 마련해 드리도록 하겠소이다."

"그저 감사할 따름입니다!"

"무량수불!"

백운생과 육노당이 얼른 총관에게 고개를 숙여 보였다.

두 사람 모두 작정한 듯 각자가 맡은 서생과 도사의 역할을 매우 잘 수행해 보였다.

연기에 쵀선을 다했다.

본래 자신들이 서생이고 도사란 걸 까맣게 잊고서.

*　　　　*　　　　*

파곽!

파파파파파팍!

진자운은 결코 빠르게 움직이지 않았다. 그렇다고 느린 것도 아니나 눈으로 따르지 못할 정도의 속도와는 거리가 먼 움직임이었다.

어느 정도냐 하면…….

일류의 수준쯤 되는 무인이라면, 진자운의 움직임을 눈으로 좇을 수 있었다. 그러니 절정에 이른 자라면 동작 하나하나가 손에 붙잡힐 정도로 보였다. 너무 환하게 보여서 잠시 대응하는 데 혼선을 느낄 정도였다.

그러나 오늘 밤 북경 외곽에 펼쳐진 천라지망 중 동쪽 방면을 맡고 있던 무적천자극 사유명 휘하의 십대지옥사자는 어느새 경쟁이라도 하듯 바닥을 나뒹굴고 있었다.

모두 바닥에 개구리처럼 자빠져서 옴짝달싹도 안 하는 걸 보면, 이미 숨이 끊어졌거나 그에 준하는 타격을 받았음이 분명하다. 누구든 그리 생각할 만한 광경이었다.

그렇다면 어떻게 이런 광경이 연출될 수 있었을까?

주변을 삼엄하게 에워싼 일천 무사들 중 누구도 이에 대한 답을 낼 순 없었다. 그저 잔뜩 긴장한 채 병장기를 든 수중에 힘을 있는 대로 주고 있을 뿐이었다.

이에 수족처럼 부리던 십대지옥사자마저 나 몰라라 한 채 천라지망세를 완벽하게 구축하는 데 전력을 쏟고 있던 사유명이 두 눈 가득 불똥을 담았다. 내공을 잔뜩 눈에 담아서 화염과 같은 안광을 폭출시킨 것이다.

'태극무검 진자운! 설마하니 저런 간단한 각법만으로 개개인이 절정 수준에 근접한 십대지옥사자들을 제압하다니! 정말 무서운 놈이로구나!'

진자운이 펼친 각법의 이름은 자오원앙각이다.

무당파에선 장권 삼십육로와 더불어 입문 제자들에게 가장 먼저 익히게 하는 기본공 중 하나이며 진자운이 익힌 유일무이한 각법이기도 하다.

당연히 그 변화는 범상한 수준이다.

무림에서 명성을 드날리는 각법이나 퇴법과 비교해 볼 때 그러하다. 특별히 빼어난 변화는 없다. 기묘한 초식 역시 마찬가지다.

그러나 본시 모든 무학은 만류귀종이라 한다.

권각법 역시 마찬가지다.

드높은 경지에 이르면 다시 범상한 곳으로 향하게 되니, 진자운이 올라 있는 무공의 현 위치가 그러했다.

그가 펼친 자오원앙각의 변화는 극히 평범했으나 항상 시의적절하게 운용되었다.

필요한 순간에 필요한 만큼만!

더도 덜도 없이 그 정도의 힘과 속도를 함유한 채 펼쳐졌다.

십대지옥사자들로 하여금 두 눈으로 뻔히 변화나 움직임

을 보면서도 피할 수 없게 만들었다.

그 이치를 사유명은 어렴풋이 이해하고 있었다.

초절정에 근접한 무위와 수없이 많은 전장과 싸움터를 헤쳐 나온 백전의 경험이 그 같은 판단을 가능케 했다.

그렇다면 이제부턴 어찌해야 하는가?

사유명은 번민했다.

지밀대 제일의 싸움광과 냉철한 지휘관의 판단 사이에서다.

그의 피를 항상 뜨겁게 달구는 싸움광의 본능은 당장 진자운에게 달려들어 승부를 보라고 충동질했고, 냉철한 지휘관의 판단은 천라지망세를 굳힌 채 시간을 끌라고 소리쳤다.

진자운을 포위한 채 나머지 삼 개 방향을 지키고 있는 지밀대 각 군의 원조를 기다리는 것이야말로 승부를 가장 확실하게 결정짓는 방법일 수 있었기 때문이다.

그때 문득 사유명의 시선이 대극을 단단하게 붙잡고 있는 자신의 우수로 향했다.

찌릿!

그냥 신경을 집중시키는 것만으로 대극을 쥔 손아귀가 전기가 통한 듯 저릿거린다.

방금 전 진자운이 날려 보낸 게 분명한 돌멩이에 의해 대극을 놓쳤을 때의 충격이 아직 덜 가셨음이 분명하다.

'내가 그동안 얼마나 많은 전쟁터를 종횡하였던가! 그동안 단 한 번도 손에서 놓치지 않았던 무적대극을 돌멩이 하나로 날려 버린 괴물 같은 놈과 일 대 일로 상대를 한다는 건 미친 짓이다. 결코 이길 수 없을 거야. 하지만 그 괴물 녀석의 양손이 묶인 상황이라면 어떨까?

사유명의 시선이 자신의 우수를 떠나 천 명이나 되는 무사들에게 포위된 채 고독하게 서 있는 진자운을 향했다.

아니, 정확히 말해 그의 양손을 차지하고 있는 한 명의 사내와 여인을 확인해 갔다. 마음속에서 인 파랑에 대한 확신을 얻을 만한 이유가 필요한 까닭이었다.

그러자 사유명의 머릿속을 스쳐 간 갈등의 파편을 눈치 채기라도 한 것일까?

문득 진자운의 시선이 자신을 포위한 천 명이나 되는 무사들을 제치고 사유명을 찾았다.

까닥!

고개를 한차례 옆으로 뉘어 보이는 진자운의 입가에 흐릿한 미소 하나가 머물러 있다.

조소.

사유명에 대한 도발이다.

분명 그렇다.

불끈!

사유명 역시 진자운의 그 같은 도발의 미소를 알아봤다. 그럴 수밖에 없다. 그 스스로 그 같은 생각 외엔 다른 어떤 것도 받아들일 수 없었다.

'이놈! 당세 제일의 무인일지는 몰라도 양손이 묶인 채 기껏해야 허접한 각법만 사용할 수 있는 놈이 감히 나 사유명을 희롱하다니!'

사유명은 분노했다.

머리끝이 쭈뼛하게 서는 것 같았다. 그 정도로 심중에서 치솟아오른 분노는 화산의 분출처럼 극렬했다.

당연히 그냥 참고만 있을 리 없다.

획!

수중의 대극의 쌍인을 진자운 쪽으로 향해 보인 사유명이 살벌한 표정을 한 채 소리쳤다.

"진세를 철통같이 지켜라! 절대로 진세 밖으로 사냥감이 뛰쳐나오지 못하도록 하라!"

"오오!"

"오오!"

진세를 이루고 있던 일천 무인이 일제히 함성을 터뜨렸다. 사유명의 지휘에 무조건 따르겠다는 결의의 표현이었다.

"쓥!"

진자운이 슬며시 입맛을 다셨다.

일이 어려워졌다는 판단이다. 그는 슬슬 생각을 달리해야겠다고 생각했다.

스슥!

스스스슥!

천라지망의 진세란 사냥감을 단단히 가둬놓고 절대로 밖으로 도망치지 못하게 하는 걸 기본으로 한다. 당연히 그 같은 상황을 유지한 채의 이동은 생각만큼 쉽지 않다.

자칫 속도에 주안점을 뒀다가 진세가 흐트러지거나 천라지망에 틈이 생기면 곤란하다. 사냥감이 그 틈을 타서 진세를 뚫고 도주라도 하게 되면 모든 노력이 허사가 된다.

오늘 펼쳐진 천라지망진세의 총지휘자인 묵포사신 맹휘는 그 같은 사실을 누구보다 잘 알고 있었다. 그 정도 대규모는 아니나 과거 한차례 비슷한 경험을 해본 적이 있었기 때문이다.

'녹림이서 수장 회동이 벌어졌던 날과 똑같은 실수는 용납할 수 없다!'

녹림이세 수장 회동.

현재는 하나로 합쳐져 대녹림맹이 된 장강수로십팔채와 북녹림맹의 수장인 장강교룡 가첨수와 녹림패도왕 철기량 간의 강화 회동을 의미한다.

당시 맹휘는 지금과 같은 총지휘자의 신분이 아니라 일개 전투조장의 위치로 천라지망에 참여했다 대실패를 맛봐야만 했다. 서로 손을 잡은 가첨수와 철기량이 천라지망의 일각을 단숨에 찢어발겨 버린 까닭이다.

결국 지밀대는 천라지망의 실패로 막대한 피해를 입어야만 했다.

최소한 전력의 절반 이상을 잃어버렸다.

하지만 잃은 게 있으면 얻은 것도 있는 법이다.

묵포사신 맹휘의 존재가 그러하다.

그는 동료들의 실패와 죽음을 딛고 끝끝내 살아남아 현재의 천라지망진세를 소리산이 완성하는 데 큰 공헌을 했다. 그리고 지금 신조차 잡아 가둘 수 있을 정도로 막강한 천라지망진세를 이끄는 총지휘자의 역할을 완벽하게 수행하고 있었다.

귓전을 때리는 함성 소리!

급해지려는 내심을 맹휘는 지그시 짓눌렀다.

절대의 경지에 오른 고수는 신과 동일하다. 적어도 과거의 경험에 비춰보면 그러하다.

당연히 신을 사냥해야만 하는 천라지망진세를 펼치는 데 있어 가장 중요한 건 속도가 아니다. 진세와 진세의 완벽한 연계와 세밀한 운용이었다.

맹휘가 손을 들어 보이며 나직이 외쳤다.

"속도를 늦춰라! 동료들을 믿어라! 우리가 도착할 때까지 진세는 결코 무너지지 않을 것이다!"

"오오!"

"오오!"

얼마 전 맹휘의 귓전을 울렸던 것과 같은 함성이 울려 퍼졌다. 지금 맹휘가 가장 원하고 있는 반응이었다.

'동쪽을 맡은 무적천자극 사유명은 싸움광이긴 하나 수없이 많은 전장을 경험한 백전의 경험이 있다. 결코 자신의 욕망 때문에 대사를 그르칠 인물이 아니다. 그가 싸움의 전면에 나서지 않고 방비에만 집중한다면, 좌군과 우군이 천라지망세를 굳힐 것이고, 내가 이끄는 중군이 최종적으로 승부의 결착을 낼 것이다.'

천라지망!

뜻하는 바와 같이 하늘을 뒤덮는 그물이다.

신을 가두고, 사냥감으로 지위를 격하시켜 결국 옴짝달싹 못하게 만들 수 있는 거미줄이었다.

우득!

자신도 모르게 전신 가득 힘이 들어가는 걸 느낀 맹휘가 사인검의 검병을 슬며시 더듬었다.

발검!

그의 뇌리 속에서 사인검이 화려한 검광을 만들어내며 뽑혔다. 그리고 터져 나온 피의 폭포수!

천라지망에 갇혀 기진맥진한 태극무검 진자운의 얼굴이 일순 핏빛으로 물든다. 신과 같은 그에게 죽음의 그림자가 찾아든 것이다.

'결코 불가능한 일이 아니다!'

맹휘가 내심 부르짖었다.

절대적인 자신감!

평소 어떤 싸움에서도 삼가던 것을 지금 맹휘는 가슴속에 품고 있었다. 필사의 각오를 다지고서였다.

거대한 뱀과 같은 사람의 장벽.

인세에 결코 존재할 수 없는 거대한 뱀은 똬리를 튼 채 연신 출렁거리고 있었다.

천 명이나 되는 인원이 투입된 천라지망의 진세가 놀랍게도 지금 괴멸 직전에 이르러 있었다.

진세의 좌측에 접근한 이천 명이 넘는 전력의 중심.

적포적립의 사나이와 청포청건의 검객이 있다. 지밀대 십대고수인 적혈마존과 흑심천기객이다.

"허! 진짠가?"

"보고도 믿기 힘든 광경이로군!"

나직이 혀를 찬 사람은 적혈마존이고, 고개를 가볍게 흔들어 보인 건 서쪽을 맡고 있다 그와 합류한 흑심천기객이었다.

두 사람의 뒤에는 명타이십팔숙과 백풍천기검수, 그리고 이천 명의 무사들이 그림자처럼 따르고 있었다. 눈앞에서 금방이라도 괴멸될 듯 흔들리고 있는 진세를 형성하고 있는 인원의 정확히 두 배가 넘는 전력이다.

그러나 지금 적혈마존과 흑심천기객 중 누구도 좌군의 전력을 싸움터로 투입시키길 쉽사리 결정하지 못했다. 좌군만을 투입한다 해서 반전될 전황이 아니란 판단이었다.

적혈마존이 나직이 욕설을 내뱉었다.

"빌어먹을, 나인준 녀석! 어찌 같이 출발했는데 이렇게 늦을 수 있단 말이냐!"

흑심천기객이 달래듯 말했다.

"황룡오뢰인 나인준이 함께한 사람을 고려해야 할 것이오. 삼류만도 못한 경공을 지닌 거령신권패가 함께라면 백팔사령조객과 피진이십팔숙으로 진세를 통솔한다 해도 제시간에 도착하긴 힘든 게 사실이오."

"거령신권패! 역시 그 덩어리만 큰 녀석이 문제였구나!"

적혈마존의 분노는 금세 나인준에게서 거령신권패로 옮겨갔다.

그 역시 거령신권패의 경공이 형편없다는 건 익히 알고 있었다. 처음부터 그 정도쯤은 고려하고 있었다.

하지만 당시엔 단 일인에 의해 천 명이 넘게 투입된 진세가 당장이라도 무너질 것처럼 출렁이리란 생각은 해보지 못했다. 전혀 고려할 가치조차 느끼지 못했다. 정상적인 사고를 지닌 자라면 누구나 그리 생각했을 터였다.

어쨌든 눈앞에 펼쳐진 전황은 전혀 정상적이지 못했다. 계속 누군가를 씹으며 보낼 시간 따윌 허락지 않았다.

잠시 더 당장이라도 무너질 듯 격렬히 요동치고 있는 눈앞의 진세를 살핀 적혈마존이 흑심천기객에게 말했다.

"아무래도 먼저 좌군의 전력을 투입해야 할 것 같다."

"어떤 방식으로?"

"좌군을 두 개로 나눠서 좌우 양쪽에서 동시에 압력을 가한다. 우군이 올 때까지 시간을 버는 거야."

"그런 역할은 별론데?"

"손해 보는 역할이란 건 나도 안다. 하지만 다 잡은 당세 제일고수를 놓치는 것보다는 낫다."

"그야 그렇지."

흑심천기객이 떨떠름한 표정을 지어 보이면서도 결국 동의했다. 그 역시 적혈마존의 의견밖엔 지금으로선 어쩔 도리가 없음을 알고 있었다.

"내가 좌측을 맡겠다!"

"그럼 나는 우측을 맡아야겠군. 뭐, 그러도록 하지."

적혈마존과 흑심천기객이 곧 두 패로 나뉘었다.

각기 천 명씩의 무사를 이끌고 좌우 양군으로 나누어서 당장이라도 붕괴될 듯 위태로운 진세 속으로 뛰어들었다. 애초의 계획과는 달리 땜빵 처리하는 식의 진세 운용에 들어간 것이다.

"우우!"

"우우우우!"

황룡오뢰인 나인준은 점차 강해지고 있는 함성을 주워섬기며 슬며시 시선을 뒤로 던졌다.

지축을 울리며 자신의 뒤를 헐레벌떡 따르고 있는 거한.

지밀대 십대고수 중 제일의 외공 고수이자 느림보인 거령신권패였다.

'거령신권패 녀석, 느려도 너무 느리잖아! 이러다간 천라지망에 도착하기도 전에 당세 제일의 사냥감이 사냥당해 버리겠다! 그 태극무검 진자운의 얼굴조차 보지 못하고 오늘의 싸움이 끝나 버리겠다구!'

나인준의 이 같은 생각은 실제론 꽤나 타당성이 있었다.

나인준과 거령신권패가 이끄는 이천을 제외하더라도 오늘 천라지망에 투입된 지밀대 무사의 숫자는 무려 사천이 넘는다.

그뿐 아니다.

사천의 정예 무사를 이끄는 자들은 지밀대 십대고수 중 최강이라 불리는 사 인이니, 이 정도 전력이라면 웬만한 무림의 대문파라 해도 이길 만했다. 특히 수없이 많이 연습에 연습을 거친 천라지망진세가 펼쳐진 상황이라면 꽤나 일방적이고 압도적인 싸움이 될 터였다.

하물며 이번 상대는 단 일인이었다.

당세 제일인이란 조건이 붙어 있긴 하나 이 정도 전력의 차라면 큰 의미는 없었다.

그게 무림의 싸움보다 더욱 험한 전장을 수없이 많이 돌아다닌 나인준이 내린 판단이었다.

개개인의 무력이란 대규모 전쟁에서 그리 큰 위력을 발휘하진 못하는 게 당연하다.

그 같은 생각은 거령신권패 역시 마찬가지다.

그는 열심히 지축을 울리며 달리던 중 나인준의 곱지 않은 시선을 느끼곤 변명하듯 중얼거렸다.

"최선을 다해서 달리고 있는 중이다. 그런 싸늘한 눈빛으로 내 걸음을 늦어지게 만들진 말아다오."

"주둥이까지 근육으로 뒤덮인 건 아니구만? 뚫린 입이라고 말은 잘 지껄이는 걸 보니?"

"외공은 육체의 미학을 아는 자만이 진수를 얻을 수 있는 무학이다. 내 경공이 떨어지는 건 인정한다만, 그런 식으로 모욕을 하진 말아라."

"예, 알아모십지요."

비꼬인 대답과 더불어 고개까지 한차례 숙여 보인 나인준이 입술꼬리를 슬쩍 말아 올렸다.

"거령신권패, 어쨌든 만약 이번 사냥이 내가 미처 참가해 보지도 못하고 끝난다면, 각오해야만 할 거다."

"뭘 각오하라는 거냐?"

"네 그 잘난 육체의 미학을 내 앞에서 펼쳐 보여야만 할 거란 뜻이다."

"……."

거령신권패의 철탑 같은 얼굴이 슬쩍 굳었다.

나인준의 말에 모욕감을 느껴서가 아니다. 그가 평상시의 유들유들한 표정과 달리 꽤나 진심이 되어 있다는 걸 직감적으로 눈치 챘기 때문이다.

이는 두 사람의 주변을 빠르게 오고 가며 이천이나 되는 무사들이 진세를 벗어나지 못하도록 하고 있던 백팔사령조객과 피진이십팔숙 역시 마찬가지였다.

그들은 몰래몰래 서로 눈을 맞춰가며 고개를 절레절레 흔들었다.

'결국 이렇게 되는 건가?'

'하긴 열받을 만도 하지. 이렇게 느리게 이동하는 천라지망이란 건 들어본 적도 없으니까.'

'도대체 언제나 돼야 본진과 합류하게 되는 거야? 설마 도착하자마자 뒷정리에 들어가는 건 아닐 테지?'

'그나저나 정말 느리긴 오지게 느리구만. 뒤따라가다가 날 새겠다.'

백팔사령조객들은 그나마 덜했다. 애초에 주군으로 삼은 거령신권패의 느린 움직임에 충분할 정도로 길들여져 있었기 때문이다.

나인준을 따르는 피진이십팔숙은 눈에 띌 정도로 진저리를 쳐댔다. 주인을 닮아 숫자는 많은 주제에 잘 안 움직이려

드는 백팔사령조객들 대신 진세 이곳저곳으로 뛰어다니느라 죽을 맛이었다.

짜증 역시 두 배는 증가한 상태.

은연중 피진이십팔숙과 백팔사령조객 간의 충돌이 있었다.

서로 완전히 다른 성격의 조직끼리 합류한 상황에서 어쩔 수 없이 세력 다툼이 벌어진 양상이었다.

하지만 나인준과 거령신권패는 둘 다 기량이 결코 떨어지는 사람이 아니었다.

두 사람은 곧 서로에 대한 조롱과 불신을 거둬들였다.

아무짝에도 쓸모가 없는 무용한 행동을 대적과의 대전을 앞에 두고 계속 벌일 까닭은 없었다. 두 사람 모두 어쩔 수 없이 인정하는 바였다.

"뭐, 최선을 다해 달리라구. 일단은 네 느려빠진 달리기에 보조를 맞춰줄 테니까."

"지금으로선 그것밖엔 없겠지."

"물론이지."

고개를 끄덕이는 나인준에게 거령신권패가 한마디 던져주는 걸 잊지 않았다.

"알겠다. 일단은 나 역시 네 녀석의 뺀질거리는 면상을 참아주겠다."

"뺀질거리는 면상?"

"사내다운 인상이라고 주장하고 싶은 건 아닐 테지?"

"쳇, 태어나서 지금까지 힘으로밖엔 여자를 취하지 못한 녀석이……."

"거기까지만 하지."

"그러도록 하지."

나인준과 거령신권패가 서로에 대한 시큰한 비난과 조롱을 합의하에 그쳤다. 다시 처음에 합류했을 때와 다름없이 하나의 우군으로 돌아간 것이다.

한데, 그때였다.

나인준과 거령신권패의 안색이 갑자기 변했다.

거의 동시다.

두 사람은 누가 먼저랄 것도 없이 인상을 잔뜩 찌푸린 채 서로를 바라봤다.

"고함 소리가 방금 전보다 두 배나 커졌잖아! 어떻게 이런 일이 벌어질 수 있는 거지?"

"고함 소리 속에 간간이 울려 퍼지고 있던 비명성의 숫자도 더욱 늘어났다! 이건 도대체……."

"도대체는 무슨! 천라지망진세에 더 많은 인원이 투입됐고, 사냥감이 더욱 심하게 반항을 시작했다는 뜻이겠지?"

"역시 그런 것인가? 하지만 그렇다는 건……."

"좌군을 맡은 적혈마존과 흑심천기객 녀석들이 우릴 기다리지 않고 먼저 천라지망진세를 강화시켰다는 거지 뭐. 제기랄!"

　나인준은 말끝에 욕설을 매달았다.

　완전히 늦어버렸다!

　그가 순간적으로 떠올린 생각이었다. 분노가 치밀어 오르지 않을 도리가 없다.

　그때 거령신권패가 불을 붙이듯 말했다.

　"어쩌면 우리는 진짜 싸움터의 뒷수습이나 하게 될지도 모르겠군. 중군인 묵포사신 맹휘의 일천 무사가 배후로 우회 공격에 들어간 터에 좌군이 벌써 천라지망진세에 투입되었다면 아무리 당세 제일인이라 해도……."

　"시끄럿!"

　목소리를 높여 거령신권패의 말을 끊은 나인준이 시선을 동쪽으로 던졌다. 함성과 비명성이 혼재되어 터져 나오고 있는 방향이었다.

　"명색이 당금 천하제일인이야! 태극검해의 신화로 유명한 태극무검 진자운이라고! 이렇게 쉽사리 무너질 리 없어! 절대로 우리가 도착할 때까진 버틸 거야!"

　"……."

　거령신권패는 나인준에게 은근히 미안했다. 일이야 어찌됐든 걸음이 느린 자신 때문에 천라지망진세를 형성하는 데 늦었다는 걸 알고 있었기 때문이다.

　그래서일까?

그는 방금 전과 달리 자신에게 제멋대로 소리쳐 대는 나인준의 무례함을 더 이상 탓하지 않았다. 넓은 도량으로 그의 유아스런 행동을 이해해 주기로 마음먹었다.

'그나저나 태극무검 진자운. 잘 버텨줬으면 좋겠군. 그렇지 않으면 저 소란스런 녀석과 진짜 한바탕 싸우지 않으면 안되게 생겼으니……'

고양이 쥐 생각해 준다고, 거령신권패는 진심으로 진자운의 건투를 빌었다.

그 마음, 결코 거짓이 아니었다.

◆ 第五十二章 ◆

다시 찾은 미소

다시 찾은 미소

난릉왕부.

총관의 친절한 안내에 의해 왕부 내에 들어서고 얼마 지나지 않아서였다. 육노당과 백운생은 졸래졸래 걸음을 옮기던 중 순차적으로 안색을 가볍게 굳혔다.

코끝을 스치는 말똥 냄새.

때마침 귓전을 때리는 말 울음소리라니!

전형적인 마구간 부근에서나 접할 수 있는 상황이었다.

"백 선생, 난릉왕은 글공부하는 서생과 도사를 우대한다더니, 이게 어찌 된 일이오? 나는 말똥 냄새를 맡아가며 잠을 자긴 싫단 말이오!"

"⋯⋯."

백운생 역시 코가 있고 귀가 있다. 말똥 냄새와 말 울음소리를 듣지 못했을 리 없다.

전음입밀로 쏘아붙이는 육노당의 투덜거림에 아무런 말도 하지 못했다. 설마하니 서생 특유의 겸양의 말을 한마디 던진 것이 이 같은 사태를 야기시킬 줄은 몰랐기 때문이다.

그때 앞서 걷고 있던 총관이 걸음을 잠시 멈추더니 두 사람을 돌아보며 얼굴 가득 미안한 기색을 내비쳤다.

"이거 정말 미안하게 되었소이다."

'제기랄, 진짜냐!'

'으으으으음!'

육노당과 백운생의 안색이 주변에 가득 깃든 어둠을 고마워해야 할 정도로 딱딱하게 굳었다. 총관이 던진 한마디로 인해 모든 것은 이미 결정이 났다는 판단이었다.

그러나 어찌 됐든 백운생은 고지식한 서생이다.

자신이 한 말에 책임을 지지 않는다는 건 있을 수 없는 일이었다.

막 발작을 일으킬 준비를 하고 있는 육노당에 앞서 한 걸음 나선 백운생이 억지로 얼굴에 미소를 매달았다.

"본래 잠을 잘 곳이란 건 밤이슬만 피할 수 있으면 되지 않겠습니까? 저희는 앞서 말씀드린 것처럼 우마와 함께라도 상관없으니, 전혀 개의치 마십시오."

'뭐얏!'

육노당의 인상이 더욱 험악하게 변했다. 그때 총관이 다소 놀란 표정을 지어 보이더니, 주변을 한차례 훑어보곤 입가에 얼핏 미소를 담았다.

"허허, 이런 말도 안 되는 일이……."

웃음을 멈춘 총관이 고개를 한차례 가로저어 보인 후 말했다.

"어찌 본 왕부를 방문한 손님들께 마구간을 내주겠소이까? 손님들께서 오해를 하셨소이다."

육노당의 험악하던 안색이 빠르게 풀어졌다.

백운생 역시 내심 가슴을 쓸어내렸다. 그가 총관에게 물었다.

"그럼 방금 전에 미안하다고 하신 뜻은?"

"그건……."

잠시 말을 멈추고 다시 주변을 살핀 총관이 목소리를 슬며시 낮췄다.

"근자에 본 왕부에 괴이한 일이 발생했소이다. 그래서 본래는 손님들을 왕부의 내원에 마련된 빈관에 안내해야만 마땅하겠으나 오늘은 그러지 못하게 되었소이다."

"아, 일이 그리된 것이었군요."

백운생이 고개를 끄덕이며 목소리를 높이는 사이 육노당은 눈에 이채를 발했다. 총관이 말한 괴이한 일이 바로 경혜 군주와 관련된 것임을 미뤄 짐작할 수 있었기 때문이다.

총관이 설명을 계속했다.

"마구간을 지나면 본 왕부를 드나드는 상인 등이 유숙하는 객관이 있소이다. 두 분 손님은 죄송하지만, 오늘 그곳에서 유해주시면 감사하겠소이다."

백운생과 육노당이 동시에 화답했다.

"앞서 말했다시피 밤이슬만 피할 수 있으면 될 일입니다. 빈관이든 객관이든 저희들은 상관없습니다."

"무량수불, 그렇소이다. 도우께서는 너무 신경 쓰지 않으셔도 될 것이외다."

백운생과 육노당의 겸허한 모습을 본 총관의 얼굴에 극히 만족한 표정이 떠올랐다. 오늘 그들을 받아들이길 잘했다는 판단을 내린 것이다.

잠시 후.

냄새나는 마구간을 뒤로하고 객관에 든 두 사람 중 육노당이 백운생을 바라보며 씨익 웃어 보였다. 그 덕분에 애초에 생각했던 것보다 훨씬 쉽게 난릉왕부에 들어왔다. 만족감을 느끼는 것도 당연하다.

"백 선생의 재주가 과연 놀랍구만. 그래도 왕부인데 이렇게 쉽사리 안으로 들어올 수 있을 줄은 몰랐거늘……."

"본래 난릉왕은 황족 중에서도 군자로 소문난 분입니다.

본시 주인이 올바르면 아랫사람 역시 그 근본이 빠지지 않는 법이지요. 그러니 오늘과 같은 결과는 지극히 당연한 일이니만치, 특별히 소생의 재주라 할 것은 없다고 사료됩니다. 물론 육 도장께서 애초에 주장했던 것처럼 도적과 같은 방법으로 난릉왕부에 뛰어들었다건 문제가 되었을 테지만 말입니다. 군자대로행(君子大路行)이라 했고, 대도무문(大道無門)이라 했습니다. 바른 방법을 사용하는 자에겐 항상 바른길이 기다리게 마련이지요."

"…그렇군."

육노당은 본래 백운생에게 조금 더 칭찬을 할 생각이었다. 그 정도로 기분이 좋았다.

하지만 지금은 아니다.

진자운의 표현을 빌려 입을 열 때마다 장편소설과 같이 말을 쏟아내는 사람이 백운생이다. 그에게 매우 고상하고 긴 방법으로 지적을 당하고 보니 좋던 기분이 싹 사라졌다. 칭찬할 생각 역시 마찬가지다.

짧은 한마디 말로 백운생과의 대화를 끝낸 육노당이 자리를 털고 일어섰다.

"육 도장, 왜 갑자기 일어서시는 겁니까?"

"소변 누려고 그러네. 왜? 백 선생도 생각이 있는가? 달밤에 도사와 서생이 나란히 오줌을 찌끄리는 것도 나름 풍취가 있는 일이긴 하지."

"아, 아닙니다."

백운생이 얼른 손사래 쳤다.

육노당이 한 말을 생각하는 것만도 끔찍하다. 고개가 자신도 모르게 가로저어졌다.

씨익!

육노당이 그 모습을 보고 한차례 이를 드러내 보였다. 어느새 등은 돌려진 채였다.

벌써 야반삼경이다.

그는 더 이상 시간 끌 것 없이 곧바로 움직이는 게 낫다고 생각했다.

달.

왕부 전체를 비추고 있는 달빛은 섬뜩할 정도로 푸른빛이다.

그래서일까?

육노당은 어깨를 한차례 부르르 떨어 보였다. 오한이라도 든 것 같은 모습이다.

"제길, 오줌을 찌끄린다는 말을 했더니 진짜로 뇨의가 느껴져 버렸구만."

육노당이 얼른 무릎까지 내려뜨렸던 하의를 추어올렸다. 달빛 때문이 아니라 왕부의 담벼락에 오줌을 누느라 그리 몸을 떨어 보인 것이다.

그때다.

문득 멀리서 발자국 소리가 들려왔다. 밤새 왕부의 이곳저곳을 순찰하는 무사들이 다가오는 소리였다.

'확실히 내원을 지키는 무사들은 수준이 조금 높구만. 발걸음 소리에 중기가 가득한 것이 적어도 일류 이상의 무위는 되겠어……'

육노당이 고개를 한차리 까닥거리곤 재빨리 지축을 박차고 담을 뛰어넘었다.

월담.

방금 전까지 그가 오줌을 싸고 있던 담이다.

잠시 후 이인 일조로 내원을 순찰하던 무사들이 부근에 도착했으나 육노당의 월담을 눈치 챈 자는 아무도 없었다.

다만 한 가지!

두 무사 중 한 명이 코를 한차례 킁킁거리더니 동료에게 고개를 갸웃거리며 말했다.

"이봐, 혹시 오줌 냄새 같은 거 안 나나?"

"오줌 냄새? 에이, 이 사람아, 그게 말이 되나! 이곳은 경혜군주님이 기거하시는 연운저잖아. 경혜 군주님이 얼마나 까탈스런 분이신데 오줌 냄새 따위를 참고 있으시겠나."

"그거야 그렇긴 하지만……."

"시답지 않은 소리 그만 하고 빨리 순찰이나 돌자구. 요즘 잠이 부족해서 그런지 아침가다 아랫도리에 양기가 도는 것이 영 시원치 않다구. 이러다가 마누라한테 집에서 쫓겨나면 자네가 책임질 텐가!"

"푸하!"

나직한 웃음소리와 함께 육노당이 소변 본 자리를 잠시 서성거리던 무사들이 다시 걸음을 옮기기 시작했다. 이미 두 사람의 뇌리 속에 오줌 냄새 따위는 깨끗이 지워진 지 오래였다.

그런데 그렇게 무사들이 연운저로부터 점차 멀어져 가고 있을 무렵이었다.

쩡!

그들이 방금 전에 떠나왔던 연운저 쪽에서 요란한 금속성이 터져 나왔다.

야반삼경.

가끔 길을 잘못 든 야조의 푸드덕거림이나 불면증을 앓고 있는 개 짖는 소리 외엔 들릴 까닭이 없다. 다른 소란 따윈 일어나지 않는 것이 옳았다.

'오줌 냄새!'

'뭔가 벌어졌다!'

각자 잔뜩 긴장한 기색이 된 무사들이 걸음을 멈추고 곧바로 연운저 쪽으로 신형을 날렸다. 패용하고 있던 비상용 호각을 입에 물고 힘껏 바람을 내뿜었음은 물론이다.

삐익!

삐이이이익!

밤의 적막 속에 완전히 침잠되어 있던 난릉왕부의 한 켠에서 날카로운 호각 소리가 연이어 터져 나왔다.

*   *   *

단 일인!

천 명이나 되는 인간으로 형성된 진형을 뒤흔들고 있는 사람은 양손이 묶인 상태인 진자운 한 명이었다.

구불거리는 뱀이랄까?

무적천자극 사유명이 이끄는 진형은 이리저리 구불거리고 똬리를 틀며 진자운을 압박해 가고 있었다. 일단은 그런 의도를 가지고 움직였다. 분명 그랬다.

그러나 눈앞에 보이는 상황은 정반대다.

진자운은 결코 압박을 당하고 있지 않았다.

유유자적.

마치 가까운 야산을 산보하듯 진자운은 천 명이나 되는 인원이 형성한 진형을 이리저리 휘젓고 있었다. 조금치의 압박감도 없었다.

그는 가고 싶은 대로 가고, 하고 싶은 대로 행했다.

물론 가끔 진형의 변화에 따라 그를 노리는 공격이 없진 않았다. 사실 꽤나 많았다. 적어도 일반적인 고수라면 수백 차레 이상 목숨의 위협을 받았을 터였다.

다만 진자운에겐 그 같은 공격들이 전혀 위협이 되지 않았다. 아니, 되지 못했다.

추동여각, 탄슬반추, 동풍서탄(動風西嘆), 부동유수(不動流水)…….

소싯적 자오원앙각의 평범한 변화 중 진자운이 따로 변형시켜 만들어낸 변초들이다. 반선지경에 이른 후 그다지 사용해 본 적이 없는 초식들이나 한 번 사용하기 시작하자 흡사 둑 터진 물처럼 줄줄이 쏟아져 나온다.

양손이 묶인 이상 당연하다.

진자운은 이 같은 변초들을 이용해 자신을 노리며 끊임없이 쏟아지는 공격의 예봉을 애초에 모조리 밟아버렸다.

표현만 그런 게 아니다.

실제로 그는 애초에 공언한 대로 십대지옥사자들을 한 발만으로 박살 냈을뿐더러, 각법만으로 진형 전체를 흔들어놨다. 개개인의 무공 수준이 십대지옥사자보다 떨어지는 진형의 무사들로선 추풍낙엽이 될 수밖에 다른 도리가 없었다.

사유명은 미칠 것 같았다.

그는 십대지옥사자가 박살 난 후 단숨에 무너질 뻔했던 진형을 가까스로 유지시킬 수 있었다. 지밀대 제일의 싸움광으로서 당세 제일 무인을 맞상대하는 걸 포기한 대가였다.

그러나 그게 그가 할 수 있는 전부였다.

진자운은 계속해서 제멋대로 달려들었고, 사유명은 동분서주하며 진형을 유지시키느라 진땀을 뻘뻘 흘렸다. 다른 생각 따윈 아예 할 수 없었다. 하도 진형을 정신없이 바꾸다 보니 눈이 빙글빙글 돌 지경이었다.

당연히 진형을 유지하고 있는 무사들의 피로도는 극한을 향해 치달리고 있었다.

개개인이 지밀대의 정예!

그렇다 해도 무력의 차이는 분명히 존재했다.

진형을 진두지휘하는 사유명조차 현기증을 느낄 정도로 빠른 진세 변화에 점차 버티지 못하는 자들이 발생했다. 있는 대로 내공력을 발산하고 진형 밖으로 튕겨져 나가거나 변화를 따라잡지 못해 이탈하기 시작했다.

하나둘이 아니다.

일백, 이백 명 단위로 나타났다.

'이 이상은 버티지 못한다! 진형을 유지할 수 없다! 더 이상 방어만을 하다간 끝장이야!'

사유명은 내심 부르짖었다. 현기증 속에서 얻은 결론이다.

전군, 옥쇄(玉碎)를 각오한 총진격이냐, 엄청난 피해를 감수한 후퇴냐!

비참한 결정을 강요하는 상황이다.

사유명은 전자 쪽을 선택했다. 자신을 포함해 전군이 전멸한다 해도 진자운의 발목을 잡아끌어 후발대로 하여금 천라지망을 완성케 하려는 의도였다.

한데 그 같은 마음이 하늘에 닿은 것일까?

그가 막 옥쇄를 각오한 전군의 총진격을 명령하려는 찰나였다.

"우우!"

"우우!"

뱀처럼 계속 똬리를 틀고 있던 진형의 좌우측에서 감미로울 정도로 귀에 익숙한 함성이 들려왔다. 북처럼 귓전을 마구 때려왔다.

정신이 번쩍 드는 느낌.

사유명은 언제 현기증을 느꼈냐는 듯 두 눈 가득 안광을 폭출시켰다. 목소리 역시 원기왕성해졌다.

"원군이 왔다! 드디어 원군이 도착했다!"

"우우!"

"우우!"

거의 절반쯤 괴멸되어 있던 진형의 여기저기에서 사유명의 외침에 동조하는 부르짖음이 터져 나왔다.

그뿐 아니다.

당장이라도 무너질 듯 허술하던 진형이 빠르게 재편되었다. 어느새 좌우측으로 몰려든 일단의 무사들에 의해서다.

그들은 기진맥진한 사유명 휘하 무사들을 대신해 천라지망의 진형을 삽시간에 완벽할 정도로 강화시켰다. 마치 처음부터 이럴 작정으로 시간을 끌었던 것 같은 모습이다.

사유명의 시선이 자신을 대신해 효율적으로 천라지망 진형을 재편하고 있는 두 사람을 좇았다.

적혈마존과 흑심천기객.

사유명과 더불어 지밀대 십대고수에 속해 있긴 하나 평상시 별다른 내외가 없던 사이다.

다른 십대고수와 다를 바 없었다.

하지만 지금 사유명의 눈엔 두 사람이 더할 나위 없이 예뻐 보였다. 거의 괴멸 직전까지 갔던 진형이 되살아났기 때문이다.

"이런 빌어먹을 인간들! 어째서 이렇게 늦게 온 거냐! 오다가 뒷간이라도 간 거냐!"

사유명 특유의 환영 인사에 적혈마존과 흑심천기객이 거의 동시에 차가운 살기를 뿜어냈다.

물론 상대는 다시 천라지망 진세 안에 갇힌 진자운이 아니다.

자기 나름의 환영 인사를 던진 사유명 쪽이다.

'나중에 반드시 죽여 버리겠다!'

'허, 물에 빠진 놈 구해줬더니 보따리 내놓으란가?'

적혈마존과 흑심천기객의 시선이 사유명 쪽을 잠시 향했다. 그럴 수밖에 없었다.

한데, 그때다.

방금 전까지 천라지망 진세 속에서 유유자적하고 있던 진자운이 움직임을 보이기 시작했다. 완전히 사람이 달라진 것 같다. 그런 움직임이었다.

어째서?

여태까지 진자운은 양팔에 두 명의 병자를 안고서 오직 각법만으로 천라지망 진세를 뒤흔들고 있었다.

충분했다.

그런 식으로만 천라지망 진세를 와해지경까지 몰고 갈 수 있었다. 굳이 시공간을 뒤흔드는 무리를 한 탓에 영체가 육체의 그릇에서 튕겨져 나가려는 상황에서 무리할 필요는 없었다.

하지만 상황이 바뀌었다.

느닷없는 병력의 유입으로 인해 갑자기 천라지망 진세의 진형이 강화되었다. 여태까지의 설렁설렁한 움직임이 확실하게 보답을 받은 셈이다.

당연히 생생하게 되살아난 진세는 수배나 되는 압력을 진자운에게 선사했다.

아주 제대로 한 방을 먹었다!

진자운으로선 전법을 바꿀 수밖에 없다. 더 이상 진세를 이루고 있는 주체들이 진력을 바닥내서 스스로 무너지길 기다리지 않고 적극적으로 움직이기로 결정했다.

스으.

진자운은 가볍게 지축을 박찬 것과 동시에 공간을 순식간에 단축했다. 마치 공간 자체가 그의 앞에서 납작하게 구겨진 것 같다. 그런 느낌이었다.

그러자 곧바로 그의 신형을 가로막는 인(人)의 벽이 나타났다.

여태까지와 마찬가지다.

웬만한 초절정고수의 안력으로도 따르지 못할 정도인 진자운의 움직임을 천라지망 진세의 변화가 가로막았다. 아니, 막으려 했다.

파팍!

파파파파팍!

진자운은 여태까지와 다른 선택을 했다.

자신의 앞을 가로막는 사람의 벽을 피해 뒤로 물러서는 대신 거침없이 자오원앙각을 쏟아냈다.

돌파!

힘으로써 천라지망 진세의 파훼에 들어가기로 결정 내렸다.

"비켜! 비키라구, 다치기 싫으면!"

"……."

진자운의 친절한 설명은 화답을 받지 못했다. 사실 그의 말은 조금 늦었다. 이미 자오원앙각의 현란한 각영이 진세의 변화에 의해 앞을 가로막아 선 인의 장벽을 박살 내고 있었다.

그러자 다시 뱀처럼 똬리를 틀더니, 더욱 역동적으로 움직임을 보이기 시작한 진형!

진자운의 자오원앙각에 무너진 인의 장벽을 대체하는 새로운 움직임이 겹겹이 일어났다.

마치 벗겨도 벗겨도 끝이 없는 양파 같다. 그 같은 변화였다.

그러나 진자운은 한 번 내친걸음을 중간에 멈추지 않았다.

그의 발이 다시 지축을 찍었고, 앞을 가로막고 있던 인의 장벽에 또다시 구멍이 뚫렸다. 양파 껍질처럼 계속 튀어나오는 인의 장벽들이 연달아 무너져 내렸다.

완전 무대포다. 막무가내다.

새로운 천라지망 진세를 이끌고 있던 삼 인의 입에서 각기 침음성이 터져 나왔다.

"미, 미친!"

"저런 방식으로 천라지망 진세를 뚫다니!"

"허! 대단하군!"

그중 처음부터 진자운에게 당할 만큼 당한 사유명은 이를 뿌드득 갈았다. 비로소 여태까지 진자운이 자신의 전력을 코딱지만큼도 발휘하지 않았다는 걸 깨달았기 때문이다.

슥!

연신 인의 장벽을 뚫고 있는 진자운 쪽으로 수중의 대극을 겨냥해 보인 사유명이 격한 목소리로 부르짖었다.

"원진(圓陣)! 원진의 차륜전을 펼쳐서 계속 장벽을 쌓아라! 절대로 사냥감을 놓치지 말아야 한다!"

적혈마존과 흑심천기객의 눈에 이채가 떠올랐다.

"원진?"

"원진이라! 하긴 지금같이 단 일인을 상대로 천라지망을 펼친 상태에선 원진의 차륜전법을 극단적으로 사용하는 것도 나쁘진 않겠군."

천라지망 진세의 세 꼭지점 중 두 곳을 지키고 있던 적혈마존과 흑심천기객은 거의 동시에 결정을 내렸다. 사유명의 판단을 십분 존중해서 원진의 형성에 전력투구하기로 한 것이다.

이는 진자운의 무자비한 무력이 끼친 영향이 컸다. 평소 같으면 절대로 같은 서열인 사유명의 명령 따윌 들을 두 사람이 아니다.

그렇게 곧바로 변형을 보인 진세!

진자운을 중심으로 거대한 원형을 이룬 진세가 종심진의 형식을 띤 채 회오리처럼 회전하기 시작했다.

인의 장벽을 끊임없이 형성시켰다.

그런 식으로 진자운의 앞을 계속해서 가로막아 갔다.

그동안 적혈마존과 흑심천기객은 자연스레 사유명 쪽으로

합류하며 진자운에 의해 뚫린 인의 장벽을 끊임없이 다시 재편, 투입했다.

허물어뜨리면 다시 쌓아 올린다!

궁극적인 차륜전의 완성형이다.

진자운의 앞을 가로막아 선 건 바로 그것이었다.

그러나 언제까지나 그 같은 방식이 통용될 리 없다. 진자운이 뚫어도 뚫어도 끝없이 나타나는 인의 장벽에 의혹을 느끼지 않을 도리가 없다는 뜻이다.

실제로 그는 여섯 번째로 인의 장벽을 뚫은 직후 그 같은 낌새를 눈치 챘다.

'열심히 앞을 가로막는 주제에 계속 압력이 줄어들었다? 죽기 살기로 내 앞을 가로막을 생각이 없다는 뜻이렷다!'

그렇다면 이유는 뻔하다.

체력을 소모시키면서 장기전으로 끌고 가려 함이 분명했다.

진자운의 시선이 둥그렇게 원을 그리며 움직이고 있는 거대한 뱀의 머리 쪽을 향했다. 마침 세 개의 꼭지점에 위치해 있던 삼 인이 합류를 앞둔 것과 동시였다.

'흠, 보통 이럴 땐 발상의 전환이 필요한 것일 테지?'

진자운은 그리했다.

여태까지처럼 무작정 인의 장벽을 뚫는 대신 이동 경로를 바꿨다.

독이 바짝 올라 있는 뱀의 머리 부분!

바로 여태까지 진형의 중심을 지키고 있던 사유명과 그의 좌우로 다가들고 있던 적혈마존과 흑심천기객이 만나는 지점이다. 어쩌면 그 삼 인이 합류했을 때야말로 진정한 천라지망 진세의 총공격이 펼쳐질는지도 모른다. 문득 진자운의 뇌리를 스쳐 간 생각이었다.

그와 동시다.

진자운의 신형이 일시 빨랫줄처럼 쭈욱 늘어났다.

속도를 올렸기에 그리됐다.

당연히 수십 개나 되는 인의 장벽이 그의 앞을 막아왔다. 여전히 진세의 변화에 따른 움직임이다.

진자운은 개의치 않았다.

그의 발이 또다시 자오원앙각의 절초들을 연달아 쏟아냈고, 인의 장벽들이 순식간에 괴멸을 일으켰다.

원진으로 천라지망 진세를 바꾼 탓이다.

계속 인의 장벽을 순환시키기 위해서 진세의 핵심인 뱀의 머리 부분에 대한 방비가 줄어들었다. 적어도 두세 배 정도는 압력이 약해졌다. 약점이 생겨난 것이다.

당연히 초인적인 진자운의 돌파가 집중되자 추풍낙엽처럼 진세의 외벽이 무너졌다. 어쩌면 원진으로 진의 형태를 바꿨을 때부터 이미 예견되었던 상황이다.

바로 그때다.

쉬악!

순식간에 원진의 핵심인 뱀의 머리까지 파고든 진자운을 노리며 세 개의 각기 다른 병기가 파고들어 왔다.

포효하는 용처럼 바닥을 훑으며 파고든 현란한 창영(槍影).

흑심천기객이 자랑하는 구절연환창이 만들어낸 창강(槍罡)이다.

창영이 스쳐 간 바닥이 쩍쩍 갈라진다.

그 정도의 위력이다.

진자운의 허리를 노리며 파고드는 섬뜩한 붉은 도강(刀罡)이 있다.

적혈마존의 독문병기인 적마혈인(赤魔血刃)이다.

단순하고 우직하다.

적혈마존의 적마혈인이 만들어낸 붉은 도강이 바로 그렇다. 특별한 변화를 거부한 도강의 강력한 베기에는 만근 거암을 일도양단할 수 있는 힘이 담겨 있다.

마지막으로 하나 더 있다.

바로 이를 악다문 사유명의 돌개바람과 같이 회전을 일으키며 파고들고 있는 대극의 쌍인이 바로 그것이다.

천자무쌍극법의 기본이 되는 천자극원심!

유산월에게 치명상을 입힌 사유명의 절기가 다시 펼쳐진 것이다.

'하! 이렇게 나오셨겠다?

진자운은 마치 기다렸다는 듯 자신을 노리며 펼쳐진 삼인 합벽에 입술꼬리를 살짝 치켜올렸다.

히죽!

진자운 특유의 미소다.

시공간까지 뒤흔들어가면서 구출한 유산월이 이미 치명상을 입었음을 눈치 챈 이후 처음이다.

뿐만 아니다.

평소보다 두 배쯤 딱딱하게 굳어 있던 안색 역시 조금 풀렸다. 기습을 하려다가 오히려 역습당한 현 상황과는 그다지 부합되지 않는 모습이다.

그 점이 적혈마존의 심사를 자극했다.

'뭔가 이상하다!'

삼인합벽 중 적혈마존은 가장 위험 부담이 큰 중단을 맡았다. 그의 무공이 삼 인 중 가장 강했기 때문이다.

그는 자신이 있었다.

자신의 적마혈인이 양손이 묶인 상태인 진자운에게 강력한 타격을 입힐 수 있다고 믿었다.

하지만 진자운과 정면으로 얼굴을 마주쳤을 때다.

그의 입가에 깃든 미소를 본 순간, 빠르게 뇌리를 스쳐 가는 일말의 불안감이 있었다. 수없이 많은 전쟁터와 피의 대결에서 살아남은 자만이 느낄 수 있는 생존 본능의 발로였다.

이는 단지 적혈마존만이 느낀 감정은 아니다.

하단을 맡은 흑심천기객과 상단의 사유명 역시 거의 동시에 비슷한 불안감이 뇌리를 스쳐 지나갔다. 등줄기로 흘러내리는 서늘한 냉기 역시 느낄 수 있었다.

'이건 위험하다!'

'기습에 대한 반격이 아니었단 말인가!'

그 찰나의 순간!

여전히 양팔이 묶인 채인 진자운의 등 뒤로 거대한 그림자가 형성되었다.

어둠조차 빨아들여 버릴 듯 시커먼 그림자!

"뭐!"

"무슨?"

"커어헉!"

삼인합벽에 나섰던 삼대고수의 입에서 단말마에 가까운 비명이 터져 나왔다. 뒤늦게 진자운의 등 뒤에 형성된 거대한 그림자를 눈으로 확인할 수 있었기 때문이다.

그러나 너무 늦었달까?

진자운의 배후로 모습을 드러내자마자 그림자는 순식간에 몇십 배나 크기를 키웠다.

상상을 불허할 정도의 속도다.

더불어 기하급수적으로 확장을 일으킨 그림자가 곧 천지 사방으로 거미줄과 같은 기류를 뿜어내기 시작했다. 거미처럼 수십 개나 늘어난 검은 손이 주변을 휩쓸었다.

첫 번째 희생자!

다름 아닌 삼인합벽에 나섰던 삼대고수였다.

그들의 비명은 곧바로 단말마가 되었다. 평생을 함께해 온 애병들과 함께 그들은 검은 그림자의 손에 처참한 꼴이 되었다.

적혈마존의 애도 적마혈인으로 일으켰던 도강은 마지막 순간 방향을 돌려 주인을 덮쳤다. 목표로 했던 진자운이 아닌 적혈마존의 허리를 양단해 버렸다.

혹심천기객의 구절연환창 역시 마찬가지다.

지축을 거북 등껍질처럼 쩍쩍 갈라놓을 정도로 강력하던 창강 또한 주인의 머리통을 노렸다.

구절연환창을 이루고 있는 아홉 개의 관절 중 하나가 방향을 바꿨다. 삽시간에 혹심천기객의 인후를 꿰뚫어 버렸다.

적혈마존의 허리가 절반으로 잘려 버린 것과 동시에 벌어진 일이다.

그럼 사유명은?

그는 삼인합벽에 가장 늦게 뛰어든 덕을 제대로 봤다. 진자운의 상상을 불허하는 무위를 이미 경험한바 있었던 터라 삼인합벽 시 일부러 전력을 다하지 않은 점 또한 도움이 됐다.

당시 그는 느닷없이 진자운의 배후에서 일어난 그림자의 손이 일으킨 광풍을 보자마자 뒤로 신형을 빼냈다. 절대로 대극의 쌍인에 전력을 주입하지 않았다. 천자극원심은 그저 보여주려는 용도였다.

그러나 단지 목숨만을 건졌을 뿐이다.

수없이 많은 전장을 돌며 무수히 많은 적병의 머리를 베어냈던 대극은 이미 온데간데없었다. 강철같이 단련되었던 양팔 역시 마찬가지다. 대극을 쥐고 있던 양손이 통째로 뜯겨져 날아가 버린 것이다.

게다가 산산조각난 기해혈!

사유명은 내력 한 점 모을 수 없는 몸이 된 채 피바다가 된 전장의 한가운데 고독하게 서 있었다. 용케도 쓰러지지 않았지만 그게 전부였다. 그는 어느새 검은 회오리가 되어버린 진자운에 의해 처참하게 박살 나고 있는 천라지망 진세를 그저 지켜볼 수밖엔 없었다.

"우웩!"

사유명의 입술을 뚫고 창자 부스러기가 섞인 핏덩이가 마구 쏟아져 나왔다.

*　　　*　　　*

'이 소리는…….'

거령신권패와 함께 보조를 맞추며 이동하고 있던 황룡오뢰인 나인준은 자신도 모르게 눈살을 찌푸려 보였다. 방금 전 귓전을 울린 처절한 단말마의 연속에 신경이 쓰였다. 내기 역시 확 끌어올려진다. 무인의 본능이다.

황소처럼 뜨거운 콧김을 푹푹 내쉬며 나인준의 뒤를 따라붙고 있던 거령신권패 역시 귀가 없진 않다. 경공이 뒤떨어질 뿐이지 이목은 초절정고수답게 영활하다.

"뭐야! 뭐야! 혹시 오늘 밤 천라지망에 걸려든 게 태극무검 진자운, 혼자만이 아니었던 거냐?"

나인준이 거령신권패에게 서늘한 시선을 던졌다.

"그건 불가능한 일이야!"

"어째서?"

나인준이 입가에 한숨을 매달았다.

"너, 진짜 머리까지 근육으로 뭉쳐진 거냐? 벌써 한 시진 전부터 이 일대엔 우리 지밀대의 천라지망이 거미줄처럼 펼쳐졌거늘 어찌 다른 자들이 끼어들 수 있겠냐?"

"그럼 저 소린 뭐냐! 적어도 수백 명이 한꺼번에 내지른 저 엄청난 소리 말야!"

"그건……."

어떤 상황하에서도 말문이 막히지 않는 걸 자랑하던 나인준이 말끝을 가볍게 흐렸다. 할 말이 없거나 진짜로 말문이 막혀서가 아니다. 문득 뇌리 속을 스쳐 간 불길한 상념을 입 밖으로 내뱉을 수 없어서다.

거령신권패 역시 바보가 아니다.

문득 묵묵히 자신의 뒤를 따르고 있던 백팔사령조객들을 둘러본 그가 두툼한 입술을 한일자로 만들었다.

'나도 참 멍청한 놈이군. 저 기생오라비 같은 상판대기를 한 나인준 녀석한테 근육바보란 욕을 먹어도 싸다. 결전을 앞두고서 수하들의 사기 진작은커녕 땅바닥에 꿀아박을 말이나 지껄여 대다니…….'

내심 스스로의 미련함을 구박한 거령신권패가 크게 숨을 들이마셨다.

후우우욱!

일시 거령신권패의 배가 커다란 박처럼 부풀어 올랐다.

그 정도로 깊숙이 숨을 들이켰다.

왜?

나인준이 흥미롭다는 기색을 거령신권패에게 던졌다.

"뭐 하는 짓이냐?"

거령신권패가 두 눈 가득 신광을 담고서 소리쳤다.

"내, 웬만하면 이런 짓까진 하고 싶지 않았다만……."

"무슨 짓?"

"…사문의 금약을 깨고 경공을 펼쳐야만 할 것 같다!"

"사문의 금약? 경공?"

나인준이 뭔 헛소리냐는 표정을 얼굴에 드러냈다.

문득 거령신권패의 커다란 박처럼 부풀어 올랐던 배가 쑥 꺼졌다. 그야말로 순식간에 일어난 변화다.

그리고 그와 동시다.

파앙!

생긴 모습뿐만 아니라 달리는 모습도 황소를 딱 빼닮았던 거령신권패의 거대한 신형이 흡사 용수철에 튕겨진 것처럼 앞으로 튀어나갔다.

나인준이나 뒤따르던 백팔사령조객들로선 어안이 벙벙할 따름.

'근육바보, 그런 경공도 펼칠 줄 알았냐?'

'그런 경공을 익히고 있으면서 어째서 지금까지 사용하지 않았던 거냐!'

나인준과 백팔사령조객들의 궁금증은 오래가지 않아 풀렸다.

우당탕!

단 한 걸음 만에 십 장의 거리를 이동한 거령신권패가 바닥을 뒹구는 소리다. 보통 사람이라면 즉사를 면치 못했을 게 분명하다. 그 정도로 심하게 굴렀다.

그러나 외공무적이라 불리는 거령신권패는 곧바로 바닥을 박차고 일어섰다. 또다시 방금 전과 똑같은 방식으로 추진력을 얻어 경공을 펼치기 위함이었다.

"이거… 거짓말이지……."

"······."

나인준이 입을 가볍게 벌렸다. 백팔사령조객들 중 몇은 고개를 옆으로 돌려 숨을 크게 헐떡거렸다. 터져 나오는 웃음을 어떻게서든 참아내야만 했다.

하지만 그것도 잠시뿐이었다.

다소 엉뚱하긴 하나 거령신권패의 경공은 제법 빨랐다. 어느새 한참이나 앞장서서 달려가고 있었다. 연신 엎어졌다 일어나기를 반복하면서 말이다.

나인준이 얼른 백팔사령조객들에게 눈짓을 던졌다.

우군의 속도를 높일 필요성이 있었다.

그러는 게 당연했다.

'거령신권패 녀석의 마음도 이해가 간다. 이런 곳에서 머뭇거리고 있기엔 심상치 않은 단말마였어. 어쩌면 오늘의 싸움… 맹휘 녀석의 말대로 쉽지 않을지도 모르겠어. 그나저나 맹휘 녀석은 중군을 이끌고 어디까지 우회해 들어간 거람? 설마하니 우리들한테만 싸움을 맡기고 지놈은 뒤로 물러서서 배나 두들기고 있으려는 건 아닐 테지?'

알 수 없는 일이다.

지밀대 십대고수의 수좌가 달리 묵포사신 맹휘가 아니다. 그의 내심을 파악한다는 건 나인준으로서도 쉽지 않은 일이었다.

잠시 머릿속에 떠오른 의혹을 빠르게 지워 버린 나인준이 경공의 속도를 두 배로 배가시켰다. 맹휘의 중군이 뭘 하든지 간에 당장 천라지망 진세를 보충하러 가야만 했다.

'저게 바로… 태극검해 신화의 장본인인 태극무검 진자운의 신위인 것인가!'

묵포사신 맹휘는 자신도 모르게 손끝을 허리춤에 매달려 있는 사인검의 검병에 가져다 댔다.

도무지 믿을 수 없는 기쿤이랄까?

그가 휘하의 일천 무사를 이끌고 우회해서 진자운을 포위한 천라지망 진세가 내려다보이는 능선에 도착한 지 어느새 일각이 지났다.

마침 당시 좌군의 적혈다존과 흑심천기객 역시 도착한 상태였다. 세 병력의 연계하에 차륜전법을 극대화시키기엔 더할 나위 없이 좋은 포위망이 형성된 것이다.

누가 보더라도 압도적인 힘의 우위를 점한 상황!

맹휘는 좀 더 완벽한 사냥을 원했다. 우군의 나인준과 거령신권패의 도착을 기해 확실하게 기진맥진한 진자운의 후방을 유린해 들어갈 작정이었다.

그는 중군을 뒤로 물렸다.

잠시 기세를 늦추고 호흡을 고르게 했다.

곧 벌어질 노도와 같은 공격을 위한 준비 작업이었다.

그런데 그 잠깐의 기다림 중에 눈앞의 전세는 엄청난 급변을 보였다. 방금 전까지 진세에 갇힌 채 별다른 대응을 보이지 않고 있던 진자운이 무지막지한 신위를 드러낸 것이다.

꿀꺽!

심부 깊숙한 곳으로부터 치밀어 오르는 전율감에 잠시 깊은 혼란에 빠져 있던 맹휘의 귓불이 움직였다. 누군가의 목울대를 흘러들어 가는 침 삼키는 소리에 대한 반응이다.

'내가 무슨!'

맹휘는 혼란 속에 빠져 있던 자신을 재빨리 추슬렀다. 최고 지휘관으로서의 의무감이 진자운이 펼친 초인적인 무학에 빼앗겼던 정신을 되찾아왔다.

그럼 이제야말로 그가 결정을 내려야 할 시간이다.

지금 당장 해야만 한다.

용퇴(勇退)와 항전(抗戰).

어느 하나 탐탁지 않다.

그러나 결정을 내려야만 했다. 그것이야말로 수많은 인간의 목숨을 등에 짊어진 자만이 할 수 있는 일이었다. 번민을 끝낸 맹휘가 결정을 내렸다.

"태극무검 진자운! 내가 바로 지밀대의 묵포사신 맹휘다! 오늘 밤 펼쳐진 천라지망의 책임자다! 감히 날 상대할 자신이 있느냐!"

"……."

총지휘관인 맹휘의 일갈에 중군의 일천 무사들의 안색이
하얗게 질려 버렸다.
  그의 선택.
  결코 이성적이지 못하단 판단이었다.

◆第五十三章◆

태극무한신공(太極無限神功)

태극무한신공(太極無限神功)

　시산혈해(屍山血海)!

　시체가 산처럼 쌓이고, 피가 바다처럼 흘러넘친다. 방금 전
까지 도산검림을 방불케 했던 천라지망 진세의 현 모습이다.
그리 되어버렸다.

　진자운은 자신이 만들어놓은 시체의 산 위에 선 채 흘러넘
치는 피의 강에 시선을 던지고 있었다.

　역겨운 광경.

　이번 일과 전혀 관계가 없는 사람이라 해도 눈을 돌려 버릴
만하다. 그 정도로 눈앞에 펼쳐진 처참함은 상상을 초월할 지
경이었다.

진자운은 변함없었다.

입가에 항상 머물러 있던 미소는 사라지고 없으나 눈빛은 담담함 그 자체였다. 자신이 만들어놓은 인세의 지옥을 있는 그대로 받아들이고 있었다.

'망할, 그러게 그렇게 빨리 도망가라고 소리쳤거늘! 허공 사백님의 태극무한신공은 사부의 단천뢰심강처럼 자비가 넘치지 않는다구!'

단천뢰심강!

진자운의 사부이자 삼패 중 일인이었던 무당파의 허무 진인이 창안한 불세출의 강기공이다.

그 위력은 가히 천공에서 떨어져 내리는 뇌전을 뛰어넘으니, 웬만한 강기공들은 비견조차 되지 못한다. 소림사와 더불어 정파무림의 태산북두로 불리는 무당파에서도 독보적인 위치에 있는 패도지공인 것이다.

당연히 자비란 말이 단천뢰심강과 어울릴 리 만무하다. 사실 말도 안 된다.

억지였다.

말도 안 되는 헛소리라 할 수 있다.

그러나 진자운이 단천뢰심강의 비교 상대로 떠올린 건 전대 천하제일인이자 사백인 태극검선 허공 진인의 절세기공인 태극무한신공이었다. 결코 헛소리로 치부할 만한 대상이 아니었다. 그 정도의 가치가 충분히 있었다.

이를 태극검해의 신화 직후 진자운은 머릿속에서 완전히 지워 버렸다. 하도 깨끗이 잊어버려서 구결조차 기억나지 않을 정도였다. 전혀 필요성을 느끼지 못했기 때문이다.

그건 두 명분의 목숨으로 양손이 묶인 상태에서도 마찬가지였다.

자오원앙각만으로 충분했다.

천라지망 진세 따윈 언제든 뚫어버릴 수 있었다.

평상시라면 그랬다.

하지만 진자운의 현 상태는 결코 평상시와 같지 않았다. 정상이라 할 수 없었다.

그는 유산월을 구하기 위해 무리를 해야만 했다.

덕분에 가뜩이나 불안정하던 영체가 육체의 그릇을 벗어나려 하고, 단천뢰심강 역시 사용할 수 없었다. 지나치게 패도적인 단천뢰심강을 밖으로 발산할 경우 자칫 양팔에 끼고 있던 두 남녀가 충격을 받아 사망할 수도 있었다.

그런 상황에서 진자운은 천라지망의 원진을 기습적으로 벗어나려다 오히려 역습을 만났다. 지밀대가 자랑하는 십대고수 중 삼 인이 펼친 삼인합벽에 빠진 것이다.

찰나간.

진자운은 고민에 빠졌다.

단 두 사람의 목숨을 구하기 위해서 수천 명이나 되는 인명을 살상해야 하는 것에 살짝 저항감을 느꼈다. 어쩌다 보니 들어서게 된 반선지경이나 어쨌든 우화등선의 목전까지 이르렀던 터라 무자비한 대량 학살을 일으키고 싶진 않았다.

그게 본심이었다.

그러나 진자운에겐 그리 많은 시간이 남겨져 있지 않았다. 빠르게 가부간의 결정을 내려야만 했다.

결국 진자운은 오랜 기억 저 너머 속에 봉인시켜 뒀던 금단의 태극무한신공을 떠올릴 수밖에 없었다. 어쩔 수 없었다. 그게 최선이었다.

그는 단지 구결과 발현의 형태만을 기억하고 있던 상태에서 무학의 진정한 요체를 파악하고 곧바로 응용해 펼쳐 냈다. 눈앞과 같은 피의 학살극은 그렇게 구현된 것이었다.

거짓말과 같은 현실이다.

하지만 외면할 순 없다. 자신의 눈앞에 펼쳐져 있는 참혹하기 그지없는 광경을 바라보며 내심 욕설을 내뱉은 진자운의 시선이 피바다 속에 홀로 서 있는 사유명을 향했다.

"그런 꼴을 하고서도 서 있을 수 있다니 대단하구만."

"……"

돌아오는 대답은 없다.

사유명이 서 있는 피바다에는 그가 뱉어낸 피와 내장 부스러기 역시 포함되어 있다. 입을 벌리면 다시 핏덩이를 게워내야만 한다. 대답 따윌 할 수 있을 리 없다.

진자운 역시 그 같은 사실을 모르지 않는다.

십여 년 만에 펼친 태극무한신공의 위력은 여전했다. 무공이라고 부르기엔 무서울 정도도. 사백 태극검선 허공 진인이 오로지 마선 담천위와의 대결에서만 사용한 것도 충분히 이해가 간다. 그럴 수밖에 없었을 터다.

당연히 이를 정면에서 받은 삼인합벽의 세 고수에 포함되는 사유명의 현 상태가 괜찮을 리 없다. 죽음 직전에 이른 미약한 숨결이 손에 잡힐 듯 느껴져 온다.

스으.

진자운이 일 보를 떼어 사유명 앞에 이르렀다. 그의 배후를 맴돌고 있던 태극무한신공의 검은 그림자 역시 마찬가지다. 마치 그의 몸에 착 달라붙은 것처럼 따라 움직인다.

한데, 그때다.

막 태극무한신공으로 구현시킨 검은 강기를 이용해 사유명을 치료하려던 진자운의 눈살이 가볍게 찡그려졌다. 마치 기다리기라도 한 것처럼 귓전을 파고든 묵포사신 맹휘의 일갈이 원인이었다.

'지랄!'

진자운은 내심 욕설을 내뱉고서 사유명에게서 떨어져 나왔다. 태극무한신공을 이용해 그의 내상을 치료하려던 걸 잠시 유보하기로 했다.

그렇게 그가 맹휘 쪽으로 신형을 돌린 것과 동시였다.

기괴할 정도로 빠르게 신형을 날려오고 있는 근육질의 거인을 위시한 일천 무인들이 새롭게 모습을 드러냈다. 드디어 나인준과 거령신권패의 이천 무사들이 합류해 온 것이다.

묵포사신 맹휘의 일갈!

이천 무사들을 이끌고 뒤늦게 격전지에 도착한 나인준과 거령신권패 역시 들을 수 있었다. 모두 독창적인 경공의 세계를 유감없이 보여주며 분전한 거령신권패 덕분이다.

"맙소사!"

"으으으음……."

나인준과 거령신권패는 거의 동시에 신음을 터뜨렸다.

그럴 수밖에 없다.

어찌 눈앞에 펼쳐져 있는 시산혈해를 쉽사리 보아 넘길 수 있을 것인가!

두 사람은 전면에 보이는 구릉 위에 홀로 모습을 드러낸 맹휘 쪽에 시선을 던진 후 곧바로 진자운의 배후로 다가들었다. 맹휘가 그랬듯 진자운이 폐인이 된 사유명을 해하려 한다고 착각한 까닭이다.

'맹휘에게 정신이 팔린 사이에 후방을 친다!'

'병신이 된 사유명을 이대로 죽게 할 순 없다!'

지밀대 십대고수는 그다지 서로 간에 정리가 깊은 편이 아니다. 사실은 오히려 질시하고 불화가 심한 편이었다. 종종 죽이 맞거나 친밀한 인간관계를 형성하긴 하나 그런 일은 극히 드물었다.

전장!

피를 피로 씻는 곳.

우연찮게 맞부딪치면 서로를 향해 한마디 욕설을 던지는 게 그들이 나누는 우의의 전부였다.

하지만 지금은 사정이 조금 달랐다.

나인준과 거령신권패는 산처럼 쌓여 있는 시체들 중에서 허리가 양단된 적혈마존과 창에 목이 꿰뚫린 흑심천기객을 봤다. 이제 양팔이 몽땅 잘린 채 피 웅덩이 위에 서 있는 사유명을 외면할 순 없었다.

그렇게 또다시 고조되기 시작한 전운(戰雲)!

문득 자신을 바라보고 있는 진자운과 열심히 눈싸움을 벌이고 있던 맹휘가 버럭 소리를 질렀다.

"나인준과 거령신권패는 지금 당장 뒤로 물러서라! 이는 지밀대 십대고수의 수좌로서 내리는 명령이다!"

나인준과 거령신권패의 얼굴에 아연한 기색이 떠올랐다.

"물러서라니?"

"물러서라고?"

두 사람 모두 맹휘의 명령에 따를 생각이 전혀 없어 보인다. 오히려 의혹 어린 시선을 그에게 던질 따름이다.

맹휘가 두 눈 가득 신광을 담았다.

"이유 여하를 막론하고 오늘 밤이 지밀대 최후의 날이 되어선 안 된다! 오늘 밤의 패배는 총지휘를 맡은 내가 책임질 테니, 두 사람은 수하들을 이끌고 물러서는 거다! 그게 내가 두 사람한테 내리는 마지막 명령이다!"

"……."

"……."

나인준과 거령신권패는 비로소 맹휘가 한 말의 저의를 눈치 챌 수 있었다.

시산혈해!

굳이 머리를 열심히 굴리지 않더라도 답이 나온다. 오늘 밤 지밀대 총전력의 칠 할이 투입된 천라지망은 당세 제일의 고수인 태극무검 진자운을 사냥하는 데 실패했다. 오히려 사냥을 당한 쪽은 지밀대의 천라지망이었던 것 같다.

당연히 오늘 작전의 총지휘관인 맹휘로선 책임감을 느끼지 않을 수 없다. 그는 자신의 목숨을 담보로 나인준과 거령신권패 등을 구하려 한 것이다.

'맹휘, 이 자식… 원래 좋은 녀석이었구나!

'맹휘, 진정한 사나이구나! 진정한 사나이야!'

나인준과 거령신권패의 시선이 빠르게 교차했다. 굳이 입을 열지 않더라도 어떤 생각을 하고 있는지 알 것 같다. 두 사람이 동시에 소리쳤다.

"알겠다! 뒤를 맡길 테니, 건투를 빈다! 우리는 이만 떠나도록 하마!"

"맹휘, 어찌 당신 혼자만 남겨놓고 우리만 달아날 수 있겠소! 우리 두 사람은 끝까지 당신과 함께 싸울 것이오!"

두 사람은 입 밖으로 속마음을 내뱉고서야 자신들이 완전히 동상이몽(同床異夢)에 빠졌었다는 걸 깨달았다. 서로 간에 눈빛을 교차했을 때 이미 각자의 길을 향해 줄달음질치고 있었던 것이다.

"거령신권패! 너는 역시 남자구나! 나는 이만 빠질 테니, 맹휘와 잘해보도록 해라!"

"나인준, 이 비열한 소인배 녀석아! 동료를 모조리 버리고 네놈 혼자만 살아남겠다는 것이냐!"

"당연하지!"

"뭐라고!"

거령신권패가 솥뚜껑 같은 주먹을 나인준에게 휘둘렀다.

외공의 절대강자답게 들개바람과 같은 권풍(拳風)이 나인준의 상반신 전체를 노린다.

물론 나인준 역시 두 손 놓고 있을 리 없다.

그는 거령신권패의 주먹에서 인 권풍에 거슬리지 않고 뒤로 홀쩍 물러섰다. 권풍의 소용돌이에서 형성된 풍압을 이용해 경공의 효율을 높인 것이다.

그다음은?

당연히 뒤도 돌아보지 않는 도주였다.

황룡선회표(黃龍旋回票).

오뢰인수(五雷印手)와 더불어 나인준이 성명절학으로 삼는 절학이다.

흡사 황룡의 꿈틀거림처럼 멋들어지게 야천 위로 떠오른 나인준의 신형이 기쾌하게 공간을 가로질렀다. 가히 유성과 같은 신법이다.

한데, 그때다.

유성과 같은 나인준을 노리는 진짜 유성이 있었다. 느닷없이 벌어진 일임에도 진자운이 기민하게 자오원앙각을 펼쳐 바닥에 무수히 떨어져 있던 병기 중 하나를 걸어 올려 날린 것이다.

쉬악!

나인준은 애석하게도 진짜 유성보다 빠르지 못했다. 그는 채 세 번째 도약을 해보기도 전에 바닥에 푹 떨어져 내렸다. 유성에 등덜미를 내준 까닭이다.

"아아!"

"허어!"

나인준과 거령신권패를 쫓아오느라 진자운의 신위를 보지 못한 이천 무사들의 입에서 탄성이 터져 나왔다. 백팔사령조객들 중 몇 명 역시 포함되어 있었다. 일류고수들인 그들의 눈에도 신기막측한 솜씨였기 때문이다.

그러나 그 같은 때에도 냉정을 유지하고 있는 사람이 있었다.

진자운에게 홀로 도전한- 맹휘다.

그는 주변에서 탄성이 터져 나온 것과 동시에 움직였다. 진자운의 신경이 분산된 지금이야말로 유일무이한 암습의 기회란 판단이었다.

스슥!

움직임과 동시에 맹휘는 진자운의 바로 지척까지 다가섰다. 장신인 신형 역시 살짝 앞으로 기울인 상태다.

전형적인 발검의 자세!

뒤늦게 그의 기습을 눈치 챈 진자운이 그냥 내버려 둘 리 없다.

슥!

반 족장 정도.

옆으로 이동한 진자운의 발이 사람의 허리 높이 정도로 치켜 들려졌다.

딱 발검 자세에 들어간 맹휘의 검병이 위치한 장소다.

탁!

진자운의 발이 맹휘의 사인검을 걸어찼다. 발검을 아예 원천적으로 막아버린 것이다.

씩!

맹휘의 한일자를 그리고 있던 입가에 가느다란 꿈틀거림이 일었다.

회심의 미소다.

진자운 또한 그걸 봤다.

'뭔가 다른 게 있다는 건가?'

진자운의 예상은 틀리지 않았다. 전형적인 발검 자세를 취하고 있던 맹휘가 오른손을 가볍게 털어 보였다.

쉬이익!

흡사 소매에 묻은 먼지를 터는 것 같은 동작.

그것이야말로 묵포사신 맹휘를 대변하는 양대기병 중 하나인 사인검이 출수되기 전의 전조였다.

사인(蛇刃).

뱀을 닮은 검이다.

맹휘의 소매 속에 뱀처럼 칭칭 감겨져 있던 일 장의 기검이 벼락을 무색케 하는 속도로 튀어나왔다.

목표는 하나!

바로 진자운의 방심한 목젖이었다. 이 한차례의 공격을 성공시키기 위해 맹휘는 허리춤에 거짓의 사인검을 차고 있었다. 당당하게 홀로 도전한 것 역시 마찬가지다.

당세 제일 고수의 방심!

이를 유도키 위한 고육지책(苦肉之策)이었다. 그리고 순간 성공을 확신했다. 사인검의 검인이 바로 목전에 이르기까지 무방비 상태로 서 있는 진자운을 목도한 까닭이다.

그러나 바로 다음 순간이었다.

까닥!

인후를 노리며 파고든 사인검을 진자운은 단지 고개를 옆으로 기울이는 것으로 피해냈다. 그뿐이었다. 그는 다른 어떤 동작도 취하지 않았다.

대신 가짜 사인검을 걷어찬 발이 다시 움직임을 보였다.

뻐억!

진자운은 사인검의 일격을 피한 것과 동시에 맹휘와의 간격을 좁혀 들어갔다.

기가 막혔다.

어떤 식으로 별 무더기처럼 쏟아지는 사인검의 검강을 피하며 파고들었는진 모르겠다. 어떤 빼어난 시력의 소유자조차 그 움직임을 따를 수 없었다.

맹휘 또한 마찬가지다.

그는 느닷없이 아랫배로부터 치밀어오른 창자가 모조리 끊기는 듯한 고통에 허리를 새우처럼 앞으로 굽혔다. 어느새 입에선 토악질이 마구 터져 나오고 있었다. 그 정도로 극심한 고통을 느꼈다.

슥!

진자운은 이격을 가하지 않았다. 이미 그가 끝났음을 알고 있었다.

대신 그는 맹휘에게서 한 걸음 뒤로 물러서더니, 곧바로 신형을 돌려 거령신권패 앞에 도착했다. 남은 자들 중 마지막으로 남은 초절정고수를 먼저 제압하려는 요량이었다.

"항복! 항복하겠소!"

"응?"

진자운이 특유의 자세로 고개를 옆으로 기울여 보이자 거령신권패가 시선을 맹휘에게 던졌다. 그는 어느새 바닥에 무릎까지 꿇고서 토악질을 해대고 있었다.

거의 죽기 일보 직전의 모습이다.

'내 외공이 아무리 대단하다 해도 금강불괴는 아니다! 맹휘를 일각만으로 저런 꼴을 만든 자에게 대항한다는 건 무모한 짓이다! 아주 무도리(無道理)한 짓이야!'

재빠른 자기 합리화다.

특히 혼자 남았다는 점에 있어 더욱 빠른 결론의 도출을 요구한다.

거령신권패가 얼굴 가득 비굴한 표정을 한껏 지어 보였다.

"진 대협, 내 항복할 테니 제발 때리지만 말아주시오. 내가 겉보기엔 맷집이 무척 좋아 보이지만, 뼈가 약하고 잘 멍이 드는 체질이란 말이오."

"뼈가 약하고 잘 멍이 드는 체질?"

"그렇소! 그렇소!"

"허!"

진자운은 자신 앞에서 연신 고개를 주억거리고 있는 곰 같은 덩치의 거한이 왠지 밉지 않았다.

동생 장자경과 철무한.

두 명의 친인들과 흡사한 덩어리를 거령신권패가 하고 있었기 때문이다.

'오늘 참 많이도 죽였다. 더 손에 피를 묻힌다면 꿈자리가 사나울 수도 있겠지.'

내심 말도 안 되는 소리를 지껄인 진자운이 무뚝뚝한 표정으로 말했다.

"그럼 다 털어놔 봐!"

*   *   *

난릉왕부.

연운저의 담을 뛰어넘자마자 육노당은 일이 한참이나 잘못됐음을 깨달았다.

단 일 보.

그것만으로 종적이 묘연해진 눈앞의 전각이라니!

육노당은 눈을 몇 차례나 깜빡거렸다. 고개 역시 연달아 혼들었다. 두 눈 버젓이 뜨고 잠이라도 든 게 아닌가 의심이 들었기 때문이다.

달라진 건 아무것도 없었다.

여전히 육노당의 눈앞에는 반드시 존재해야 할 전각이 나타나 주지 않았다. 연운저가 통째로 사라진 것이다.

'이게 가능한 일인가?

육노당이 아는 한도 내에선 그렇지 않다.

그렇다면 무언가 이유가 있을 터였다.

잠시 궁리에 궁리를 거듭하던 육노당의 뇌리를 스친 건 다름 아닌 과거 천마신교의 총단에서 경험한 바 있는 자연진이었다. 그거라면 지금 이 말도 안 되는 상황이 충분히 설명될 수 있었다.

하지만 천마신교의 총단과 왕부의 심처를 한데 비교하긴 힘들다. 그런 사람을 놀라게 만드는 자연진이란 게 그리 쉽게 세상의 한 귀퉁이를 차지하긴 어렵다는 뜻이다.

"어디?"

육노당이 바닥에 슬며시 진각을 일으켰다.

파팍!

기다렸다는 듯 튀어오른 하나의 흙덩이.

이를 손으로 감듯이 붙잡은 육노당이 냉큼 방금 전까지 전각이 존재하고 있던 방향으로 집어 던졌다.

휘익!

흙덩이 역시 종적을 감췄다.

감쪽같다.

육노당은 이를 자신의 예상이 맞다는 예시(例示)로 받아들였다. 놀랍게도 천마신교의 총단과 같이 경혜 군주의 처소인 연운저엔 사람의 이목을 흐리게 만들 정도의 자연진이 설치되어 있는 것이다.

으쓱!

어깨를 한차례 추어 보인 육노당이 곧바로 양손에 폭뢰정과 뇌정추를 나눠 들었다.

'내가 담을 넘기 전까지 진세는 발동되지 않은 상태였다. 내 눈에 전각이 빤히 보였으니까. 그런데 내가 전각 쪽으로 움직임을 보이자마자 진세가 발동했다. 즉, 누군가 내 움직임을 지켜보고 있었다는 뜻이다.'

쩽!

육노당이 폭뢰정과 뇌정추를 한데 맞부딪쳐 보였다. 여태까지의 조심스러움 따윈 전혀 보이지 않는다.

어차피 자연진에 갇힌 상태다.

전의를 억누른 채 상대의 암습을 기다리고 있을 까닭 따윈 전혀 없다.

정일 진인은 연운저의 지붕 위에 앉아 있었다.

보통 사람 같으면 결코 편안할 수 없는 위치인데, 정일 진인에겐 별다른 문제가 없어 보인다. 그의 표정은 자세만큼이나 무척 안정되어 있었다.

그런데 문득 그의 눈에 이채가 어렸다. 느닷없이 연운저의 담을 뛰어넘어 들어온 육노당의 호전적인 행동과 병기에 자연스레 관심이 간다.

'허허, 손에 들고 있는 건 정과 망치가 아닌가? 무림 중에

독특한 기병을 사용하는 자들이 많긴 하지만, 정과 망치를 사용하는 고수가 있다는 건 금시초문이거늘…….'

그때 육노당이 수중의 폭뢰정과 뇌정추를 강하게 부딪쳤다. 아무래도 정일 진인이 연운저 주변에 펼쳐 놓은 모산파의 법진인 건곤기변오행진(乾坤奇變五行陣)의 변화에 당황한 것 같다. 몰래 난릉왕부의 천금인 경혜 군주의 거처를 숨어든 주제에 소란을 일으키다니, 어처구니없는 짓이다.

그러나 이는 정일 진인에게도 썩 바람직하지 못한 전개였다. 그 역시 연운저에 몰래 숨어 있는 상황임에야 왕부의 무사들이 몰려드는 상황만은 막고 싶은 게 당연하다.

슉!

정일 진인이 소매를 한차례 펄럭여 건곤기변오행진의 범위를 연운저 밖으로까지 확장시켰다. 법진의 결계 속으로 담 밖에서 번을 돌던 무사들까지 끌어들인 것이다.

그러자 당시 호각을 입에 물고 힘껏 불어대던 무사들이 어리둥절한 기색이 되어버렸다.

그럴 수밖에 없다.

느닷없이 확장된 건곤기변오행진의 영향으로 어둠 속에 완전히 홀로 떨어진 꼴이 됐다. 평생 이 같은 법진의 변화를 경험해 보지 못한 터에 입만 붕어마냥 뻐끔거리는 게 할 수 있는 일의 전부였다.

무사들은 연이어 호각을 불어댈 뿐 다른 일 따윈 아무것도 하지 못했다. 어떻게든 자신들을 덮친 어둠 속으로 구원대가 달려오길 기대한 행동이었다.

그러나 건곤기변오행진은 환상뿐 아니라 소리까지 통제하는 공효를 가지고 있다. 무사들의 호각 소리는 진세 밖으로 전혀 퍼져 나가지 못했다.

'일단 급한 불은 껐고!'

정일 진인은 건곤기변오행진에 빠져 공포에 질려 있는 무사들 쪽으로 시선을 한차례 던진 후 입가에 흐릿한 미소를 담았다. 자신이 펼친 법진이지만 참 대단한 위력이란 생각이 든다.

하지만 그의 입가에 머물러 있던 흡족한 미소는 곧 소리없이 자취를 감춰 버렸다. 다시 육노당 쪽으로 시선을 던진 찰나, 너무도 기가 막힌 광경을 목도하고 만 까닭이다. 자연히 입에서 탄성마저 터져 나온다.

"허!"

건곤기변오행진의 변화 한가운데에서 공포와 좌절감에 미쳐 날뛰고 있어야만 할 육노당은 어느새 땅을 파고 있었다. 진세 안에서 마구 돌아다니다가 진력과 정기를 모조리 고갈당한 채 죽음을 맞이할 생각 따윈 추호도 없어 보인다.

역발상!

자신이 자랑하던 건곤기변오행진이 이런 식으로 파훼될 수도 있다는 걸 처음으로 파악한 정일 진인이 벌떡 신형을 일으켜 세웠다. 어느새 허리 넘는 곳까지 땅을 파고들어 간 육노당을 이대로 내버려 둘 순 없었기 때문이다.

  꽉꽉꽉꽉꽉!
  법진의 영향으로 시야가 전혀 확보되지 않은 상황임에도 육노당의 양손은 쉼없이 움직였다.
  거침없다!
  돌 깨기와 땅파기라면 천하 전체를 통틀어 최고임을 자부하는 곤명 서산파의 최고수가 바로 육노당이다. 또한 그의 양손에는 지금 사문의 지보인 뇌정추와 폭뢰정이 들려져 있었다.
  아무리 시야 확보가 안 된 상황이라 한들 작업에 문제가 될 소지란 전혀 없었다. 약관이 되었을 때 이미 눈으로 확인하고 작업하는 경지는 뛰어넘은 터였다.
  한데, 그렇게 육노당이 두더지 신공을 십이할 발휘하고 있을 무렵이었다.
  갑자기 그의 귀가 쫑긋하고 움직임을 보였다.
  소리가 들려서?
  그렇진 않았다. 진세에 들어섰을 때 이목의 감각을 동시에 잃어버렸다. 여전히 시야 확보가 되지 않은 상황에서 갑자기 청각만이 회복될 리 만무하다.
  감!

과거 재수없이 끼어들게 된 정파 연합군과 천마신교 간의 대혈전에서 얻게 된 일종의 능력이다. 평생 전쟁터를 떠돌아다닌 백전노장이 가지고 있는 종류의 직감을 육노당 역시 지니고 있었다.

게다가 이곳은 적진의 한가운데다.

위험이 첩첩이 쌓인 산중이라 할 수 있었다.

슥!

육노당은 두 번 생각할 것도 없이 작업을 멈추고 바닥에 찰싹 달라붙었다. 자신이 만들어놓은 구덩이를 일종의 은신처로 사용한 것이다.

그러자 순간적으로 등덜미를 스치고 굴러 떨어지는 선뜻한 느낌.

더불어 소스라치게 뜨거운 감각이 육노당을 향해 달려들었다. 여전히 시야가 가려진 상황이나 겉으로 드러난 피부 위로 닭살이 후드득 돋아나고 있었다.

휘릭!

육노당은 언제 구덩이 속에 엎드렸냐는 듯 신형을 뒤로 빼냈다.

그냥이 아니다.

금리도천파(金鯉倒穿波)에 이은 비룡번신(飛龍翻身).

육노당의 신형이 물을 박차고 뛰어오르는 잉어처럼 구덩이 위로 뛰어오르더니, 곧바로 거꾸로 공중제비를 했다. 공격의 방향을 예측하고 연달아 신법을 펼쳐 낸 것이다.

물론 그것만으로 끝일 리 없다.

육노당의 앞손에 쥐어져 있던 폭뢰정과 뇌정추가 기쾌한 움직임을 보였다.

곤명 서산파 비전인 타정기 팔백타법!

육노당의 전신이 일순 폭뢰정과 뇌정추가 만들어낸 광풍 속에 잠겨들었다.

반격을 완전히 배제했다.

설혹 그보다 더욱 고강한 무공을 지닌 자라 해도 그 같은 방어를 뚫고 타격을 입히기란 쉽지 않다. 무척 어려운 일이라 할 수 있었다.

그러나 육노당을 덮친 건 일반적인 무인들이 사용하는 병기 따위가 아니었다. 아무리 막강한 방어를 펼쳤다 한들 소용이 없는 일이다.

화륵!

육노당은 자신이 펼친 타정기 팔백타법의 방어를 순식간에 뚫고 들어온 열기를 느꼈다.

귀혼병화.

진자운조차 곤란하게 만든 정일 진인의 법술이다. 육노당이 막을 수 있을 리 없다.

치익!

마혈 부위가 뜨거운 인두로 지져지는 고통과 함께 육노당의 두 눈이 있는 힘껏 부릅떠졌다. 그게 그가 할 수 있는 저항의 전부였다.

그것으로 끝.

육노당은 양손에 여전히 폭뢰정과 뇌정추를 든 채 바닥에 굴러 떨어졌다. 어찌나 단숨에 제압을 당했던지 낙법조차 하지 못했다.

게다가 하필이면 자신이 열심히 파놓은 구덩이 속이다.

'이런 쪽팔릴데가……'

육노당의 전신이 미미한 떨림을 보였다. 마혈이 완전히 제압당한 상황임에도 심중의 분노가 몸 전체에 그대로 전달되어지고 있다.

그때다.

놀랍게도 연운저의 담을 넘은 후 육노당을 떠나 완전히 종적을 잃고 헤매고 있던 이목이 제자리를 찾아 돌아왔다. 모든 것이 정상으로 돌아왔다는 뜻이다. 적어도 겉으로 보이는 모습은 그러했다.

육노당이 눈을 더욱 크게 부릅뜬 것과 동시다.

마치 무덤 속에 뉘어진 듯한 형상이 된 그의 시야 속으로 한 명의 청수한 도인이 모습을 드러냈다. 정일 진인이 건곤기변오행진 속으로 뛰어든 것이다.

빙긋.

생긴 모습대로 그럴듯한 미소를 입가에 매단 정일 진인이 육노당에게 말했다.

"염려 마시게. 빈도가 비록 잠시 외도(外道)를 걷고 있다곤 하나 어찌 자네 같은 도우(道友)를 핍박하겠는가? 이번 일이 끝날 때까지만 억류한 후 집으로 돌려보내 줄 터인즉, 잠시만 참아주시게나."

'지랄!'

육노당은 정일 진인에게 내심 감자를 열 번이나 먹이곤 곧 의식을 잃어버렸다. 정일 진인이 또다시 귀혼병화를 날려 그의 혼혈마저 제압해 버린 까닭이다.

"그럼, 이젠 슬슬 경혜 군주를 난릉왕부에서 데리고 나가야 할 때가 된 것인가?"

육노당을 떠난 정일 진인의 시선이 광녀(狂女)가 된 경혜 군주가 갇혀 있는 연운저로 향했다.

*　　　*　　　*

만선루.

오늘 밤 일행 모두가 매우 공사다망(公私多忙)한 가운데 망중한을 즐기고 있는 두 남녀가 있다.

바로 근래 들어 틈만 나면 찰싹 달라붙어 결코 떨어지려 하지 않고 있는 장진구와 형요란이다.

북경에 온 후 처음이다.

두 사람은 금적왕에게 만선루의 매화실을 통째로 빌린 채 그야말로 신나는 달밤을 만끽하고 있었다. 눈엣가시 같은 진자운과 그에 버금갈 만큼 얄미운 육노당이 몽땅 일 때문에 자리를 비운 까닭이다.

　쥐구멍에도 볕 들 날은 있다고 했던가!

　오늘 밤이야말로 두 사람에겐 딱 그러하다.

　그동안 계속 눈치를 보며 지내왔던 설움을 싹 지워 버리기라도 하려는 듯 두 사람은 신나게 만선루의 미주가효를 질리도록 즐겼다. 어차피 금적왕의 돈을 쓰는 거고, 진자운의 이름을 파는 것이니만치 호사를 누리는 데 조금의 망설임도 없었다.

　그래서일까?

　평상시보다 훨씬 마음이 풀린 두 사람의 눈빛이 어느 순간부터 매우 부적절하게 변했다.

　끈끈하면서도 농염한 눈빛의 교류.

　그동안 마음은 있어도 어찌해 볼 도리가 없던 서로에 대한 갈구가 갑자기 화산처럼 확 터져 나왔다.

　누가 먼저랄 것도 없었다.

　와장창!

　미주가효로 가득하던 술상을 엎어뜨린 두 사람이 서로를 탐닉하며 얽혀 들어갔다.

　처음부터 화끈하다.

사전 탐색이라거나 수줍은 머뭇거림 따윈 전혀 없었다.

자리를 펴거나 침상으로 향하는 것 같은 단계도 그냥 생략이었다.

바로 본행동으로 들어갔다.

가히 농익을 대로 농익은 중년들답다.

한데, 과감하게 바닥에 자빠뜨린 형요란의 위로 막 올라가려던 장진구가 행동을 멈췄다.

굵직한 눈썹이 크게 꿈틀거린다.

아직 사태 파악을 못한 형요란이 비음 섞인 코맹맹이 소리를 내며 안달을 부렸다.

"아잉, 왜 그러는 거예용? 어서! 어서어!"

"자, 잠시만!"

방금 전까지 형요란의 풀어헤쳐진 가슴팍을 능숙하게 더듬고 있던 손에 장진구가 살짝 힘을 줬다.

가슴을 좀 더 농밀하게 압박하려는 의도가 아니다.

동작 그만!

다섯 개의 손가락을 쫘악 펴고 밀어낸 것이다.

'무슨?'

형요란의 살짝 열에 들떠 있던 안색이 싹 굳었다.

그동안 요조숙녀 행세에 극도로 심취해 있어서 그렇지 본래 남녀 관계에 있어선 장진구보다 최소한 두세 수쯤은 끗수가 높은 그녀다.

장진구의 갑작스런 '동작 그만' 신호가 무얼 의미하는지
모를 리 만무하다.

그녀는 장진구가 자신의 몸에서 떨어져 나가자마자 재빨
리 앞섶을 가리고 몸가짐을 바로 했다.

일단은 그게 우선이었다.

그 후 그녀의 시선은 어느새 신형을 일으켜 세운 채 주변에
대한 경계에 들어가 있는 장진구를 좇고 있었다. 자신보다 무
공이 뛰어난 그의 행동을 통해 급변한 상황에 대한 유추를 하
고자 함이었다.

그때 마치 기다렸다는 듯 그녀의 귓전으로 실낱처럼 가느
다란 전음입밀이 파고들어 왔다.

"난 매, 아무래도 포위당한 것 같소!"

"금적왕, 그 후레자식이 배신을 때린 건가요?"

"그래, 그 자라새끼가 확실하게 뒤통수를 후려친 것 같소.
그렇지 않으면 이 만선루는 그 자라새끼의 주요 거점이라 할
수 있는데, 어찌 다른 아새끼들이 이렇게 은밀히 몰려올 수
있겠소?"

"소매가 옷매무새를 다시 흐트러뜨려서 후레자식들의 시
선을 분산시킬 테니, 그때를 놓치지 말고 장 대가께서 활로를
뚫으세요!"

"……"

형요란은 장진구가 잠시 침묵하는 사이 곧바로 행동에 들

어갔다.

방금 전 애써 여몄던 옷차림을 다시 흐트러뜨렸다.

뿐만 아니다.

일부러 치마를 걷어올려 기다랗고 요염한 허벅지를 자연스레 드러내 브였다.

사내들의 시선을 잡아끌기 위해 하던 평상시의 행동 그대로이다. 달라진 건 아무것도 없다. 그러나 눈가엔 얼핏 붉은 기가 감돌았다.

은연중에 마음을 준 사내인 장진구가 바로 앞에 있다. 이같이 천박한 행동을 해야 한다는 것은 무척이나 수치스런 일이었다.

'이번 한 번만이다! 장 대가가 이번 일로 인해서 날 다시 보지 않는다 해도 어쩔 수 없어! 일단은 장 대가를 살려야만 하니까… 아아, 이게 바로 사랑에 눈이 먼 여인의 가혹한 운명인 것인가! 이럴 줄 알았다면 결코 사랑에 빠지지 않을 것을……'

형요란은 내심 입술을 꼬옥 깨물었다.

눈가엔 촉촉한 물기를 교염해 보이도록 매단 채였다.

한데, 그때다.

갑자기 몸을 있는 대로 흐트러뜨리고 있는 형요란에게 장진구가 덮치듯 달려들었다.

삽시간에 벌어진 일이다.

"장 대가……."

"안 될 일이오! 난 매의 마음을 내 모르는 바는 아니나 이건 절대로 용납할 수 없는 일이란 말이오!"

"……."

장진구가 전음입밀로 버럭 소리를 지른 후 재빨리 벗어 든 자신의 장포로 형요란의 몸을 가려줬다. 그의 행동엔 한 치의 망설임도 보이지 않았다.

스륵.

그리고 신형을 돌려세운 장진구의 바짓자락을 형요란이 얼른 손을 뻗어 붙잡았다.

"장 대가… 잠시만요……."

"난 매……."

"잠시면 돼요. 잠시만 기다려 주세요……."

평상시 형요란이 말끝을 잡아끄는 건 상황이 어찌 됐든 궁극적으로 사내를 유혹하는 수단의 일환이다. 다른 이유 따윈 아예 존재치 않았다.

그러나 이번엔 다르다.

그녀는 평생 몇 차례 되어본 적이 없는 진심으로 장진구를 붙잡았다.

애절한 눈빛.

장진구는 가슴이 뜨겁게 달아오르는 걸 느꼈다.

"난 매, 설마 지금 같은 때에……."

형요란이 얼른 고개를 도리질쳤다.

"그렇지 않아요. 지금 소매의 가슴은 장 대가에 대한 사랑으로 미치도록 불타오르고 있다구요."

"미치도록?"

"예, 이렇게 할 정도로요!"

방금 전 장진구가 했던 것처럼 목청을 있는 대로 높여 보인 형요란이 자리를 박찼다. 목표는 단 하나, 놀란 토끼눈이 된 장진구의 품속이다.

그러자 장진구의 왼손이 자신도 모르게 형요란의 가느다란 허리를 끌어안는다. 손이 하나밖에 없는 터라 더욱 힘이 들어가 있다.

뼈가 으스러져라!

딱 부합되는 상황과 표현이라 할 만하다.

그러나 형요란은 놀랍게도 이 같은 상황에서도 코맹맹이 소리를 내지 않았다. 그럴 이유를 찾지 못했다.

대신 그녀는 장진구의 너른 가슴팍에 자신의 몸을 더욱 바짝 붙이곤 입술을 냉큼 내밀어 보였다. 장진구에게 입맞춤을 요구하고 나선 것이다.

장진구가 그리했다.

특별히 어떤 교감을 나누지 않았음에도 척척 손발이 맞는 두 사람이었다.

"장 대가, 지금이에요!"

"난 매, 조금만 더 안 될까?"

"아잉!"

나직이 비음을 흘려낸 형요란이 장진구의 옆구리를 살짝 꼬집었다.

사내로서 가슴이 불타오르지 않을 수 없다.

장진구 역시 그러했다.

그는 형요란을 가슴에 끌어안은 채 그대로 발끝에 힘을 가했다. 창문 밖으로 신형을 날린 것이다.

콰창!

형요란은 그와 동시에 허리를 살짝 비틀어 창문을 향해 장력을 뿜어냈다.

서로 간에 특별한 교감이 없었음을 감안하면 기가 막힌 조합이다.

◆ 第五十四章 ◆

그는 의외로 평범하게 생겼다

그는 의외로 평범하게 생겼다

"허!"

금적왕은 나직이 혀를 찼다.

그동안 다소 얕잡아보고 있던 장진구와 형요란의 도주를 두 눈 버젓이 뜨고 지켜봐야만 했기 때문이다.

하지만 달리 금적왕이 중원 하오문계의 우상이 아니다.

그는 곧 침착을 되찾았다.

순간적으로 허를 찔리긴 했으나 오늘 장진구와 형요란이 끝까지 도주에 성공할 수 있으리라곤 결코 생각되지 않았다. 터무니없는 자신감이 아니다. 여태까지의 실적이 바탕이 된 확신이라 할 수 있었다.

'그래도 놀랍긴 하군. 태극무검 진자운이 데리고 다니는 자들치고는 지나치게 격이 떨어진다고 생각했는데, 이리 기민하게 반응을 보일 줄이야!'

확실히 그렇다.

그동안 금적왕 앞에서 장진구와 형요란이 보인 추태는 열 손가락을 몽땅 다 사용하더라도 헤아리기가 쉽지 않다. 어쩌면 다른 사람의 손가락까지 가져다 써야 할 판이다.

그게 판단을 흐리게 만들었다.

실패의 요인이었다.

어쨌거나 금적왕에게 있어 장진구와 형요란은 붙잡아놔야 할 필요성이 있는 존재들이었다. 후일에 대한 안전 장치로서 그러했다.

따악!

금적왕이 손가락을 한차례 튕겼을 때다.

그의 배후로 세 개의 그림자가 소리없이 떨어져 내렸다. 북경 하오문이 자랑하는 삼영마인(三影魔人)의 등장이었다.

금적왕이 명령했다.

"둘 중 하나는 어떤 일이 있어도 산 채로 붙잡아와야 한다. 긴히 쓰일 데가 있으니까."

"……."

대답은 없었다.

단지 고개를 한차례 숙여 보일 뿐이었다.

그것만으로 족했다.

스스스슥!

삼영마인들이 다시 그림자로 변했다. 방금 전 만선루를 탈출한 장진구와 형요란에 대한 추적에 들어간 것이다.

획! 획!

장진구는 귓전을 마구 스쳐 가고 있는 바람 소리를 들으며 슬쩍 시선을 뒤쪽으로 던졌다.

대략 한 발자국쯤 떨어졌을까?

그의 뒤로는 안색이 발갛게 변한 형요란의 모습이 보인다. 장진구가 신법에 조금쯤 여유를 뒀음에도 불구하고 뒤따르기가 꽤나 버거워 보인다.

전직 천마신교의 중급 고수였던 장진구와 기련산에서 사내들을 유혹해 정기를 빨아먹던 삼류인생인 기련마녀 형요란.

두 사람 간의 무공 격차는 생각 이상이었다.

이 같은 상황은 당연했다.

그래도 장진구는 걸음을 조금 더 늦출 수가 없었다. 금적왕이 언제 추격대를 보낼지 알 수 없었다. 경문거리에서 곧바로 추격을 시작하지 않은 것이 불안감을 증폭시켰다.

'지금 가장 안전한 곳은 어딜까? 역시 그 악마가 있는 곳일 것이다!'

악마!

세상 사람들이 당금 천하제일고수라 일컫는 태극무검 진자운을 말함이다.

적어도 장진구와 형요란, 두 사람에겐 그렇다. 그 외엔 어떤 것으로도 표현할 길이 없다.

그러나 장진구는 자신의 인생에 짙은 먹장구름이며 참혹한 재앙이라 할 수 있는 진자운에 대해 누구보다 잘 알고 있었다. 너무나 미워하고 두려워하기에 그만큼 정확히 역량을 파악하고 있어야만 했다.

그렇기에 그는 확신할 수 있었다.

지금 이 시점에서 진자운이 있는 곳이야말로 가장 믿음직한 피신처란 점을.

'그래, 지금으로선 그럴 수밖에 없다! 그럴 수밖에 없어! 그것이야말로 최선의 선택인 것이야!'

장진구는 이를 악물었다.

안색 역시 비장하게 바뀌었다.

악마 진자운에게 위기의 순간 몸을 의탁한다는 것!

죽기보다 싫은 일이다. 혀를 깨물고 죽는 척을 할지언정 절대 할 수 없는 일이기도 했다.

하지만 지금 장진구는 혼자가 아니었다.

반드시 지켜야만 할 사람이 있었다. 자신의 호불호를 따지고 있을 순 없었다.

한데, 그때다. 마치 장진구와 영혼이 통하기라도 한 것처럼 형요란이 외쳤다.

"장 대가, 소첩 때문에 무리한 결정을 내리실 필요는 없어요! 소첩도 제 한 몸 정도는 지킬 만한 무공이… 꺄악!"

형요란은 가쁜 숨결을 참아가며 장진구에게 전하던 속마음을 모두 전하지 못했다. 뒷말은 급작스런 비명성에 파묻혀 버렸다. 그녀 자신의 입이 진원지였다.

그뿐 아니다.

그녀는 경공을 펼치던 두 다리를 비틀거리더니, 바닥에 풀썩 쓰러지기까지 했다.

"난 매!"

장진구는 비명과 함께 바닥에 쓰러진 형요란에게로 급히 신형을 날렸다.

그녀의 말마따나 제법 무공이 고강한 편인 사람이 갑자기 비명을 토하며 바닥에 쓰러졌다.

와락 겁이 났다.

불의의 사고를 떠올리지 않을 수 없었다.

불안한 예감은 이상할 정도로 잘 들어맞는다고 했던가!

장진구의 판단은 틀리지 않았다.

그가 바닥에 쓰러진 형요란에게 다가서기 직전이었다.

스슥! 슥!

어디에서 튀어나왔는지, 일체를 검은색으로 덮어쓴 그림

자 둘이 모습을 드러냈다.

기가 막힐 정도로 앞을 가로막아 섰다.

얼마 전 금적왕의 곁을 떠났던 삼영마인들 중 둘이다.

당연한 일이랄까?

그들은 그냥 모습만 드러낸 것이 아니었다. 눈이 돌아갈 정도로 빠르게 움직이기 시작했다.

상하좌우.

삼영마인 중 하나가 위로 뛰어오른 순간 다른 하나는 아래로 신형을 내려뜨렸다. 눈이 팽팽 돌아갈 정도로 현란한 연계 동작이다.

뿐만 아니다.

위로 뛰어오른 자가 좌측을 공격하자 아래로 신형을 내려뜨린 자는 우측으로 손을 써왔다.

절묘하고 시의적절한 합벽술!

장진구의 인상이 잔뜩 일그러졌다. 진자운 앞에서 언제든 비굴한 표정을 지을 준비를 게을리하지 않고 있던 얼굴 가득 살기가 번져 나왔다.

귀신수 장진구의 진면목!

지금은 까마득한 과거의 일이 된 천마신교의 천살혈영대 부대주 시절엔 흔히 볼 수 있던 모습이다. 대적자를 압도적인 무위와 살기로 천참만륙(千斬萬戮)하던 마교의 대마두가 다시 눈을 떴다.

"천한 것들이!"

장진구는 말만 내뱉고 공격을 뒤로 미루는 멍청한 짓을 하진 않는다. 그럴 이유가 없다.

스슥!

순간적으로 분신을 일으킨 장진구의 독비(獨臂)가 성명절학인 유령귀신수의 패도적인 기운을 담았다.

목표는 위로 뛰어오른 첫 번째 삼영마인!

두 번째는 무시한다.

파콱!

장진구의 유령귀신수의 직격을 당한 첫 번째 삼영마인이 한차례 신형을 휘청거리더니, 뒤로 용수철처럼 튕겨 나갔다. 장진구의 일격을 당해내지 못하고 황급히 물러선 것이다.

설마하니 합벽술의 공세를 맞이한 외팔이 주제에 한쪽 방면으로만 전력을 기울일 줄은 몰랐다.

방심했다.

내상이 따라붙는 건 어쩔 수 없는 일이다.

뒤로 물러선 첫 번째 삼영마인의 눈빛은 어느새 크게 혼탁해져 있었다.

그걸로 끝?

그럴 리 만무하다.

첫 번째 삼영마인이 뒤로 튕겨져 나간 것과 동시였다.

동료의 부상을 기화 삼아 한 점의 망설임도 없이 장진구의 오른쪽으로 파고든 두 번째 삼영마인은 확실하게 공격을 성공시켰다.

소기의 목적을 이뤘다.

장진구의 텅 빈 오른쪽 갈비뼈 사이에 소매 속에 감추고 있던 단검을 찔러 넣는 데 성공한 것이다.

그런데 이후가 문제였다.

두 번째 삼영마인은 갈비뼈 사이로 찔러 넣은 단검에 힘을 가했다.

장진구의 내장을 찢어발겨 단숨에 죽일 작정이었다. 적어도 자유자재로 사용할 수 있던 단검이 딱딱하게 고정되어 버렸다는 사실을 깨닫기 전까진 그러했다.

'응?'

이 같은 일은 나름대로 백전노장이라 할 수 있는 두 번째 삼영마인으로서도 난생처음 겪는 일이다.

어갑귀공(魚甲龜功).

천마신교가 자랑하는 백대마공에 속하지는 않으나 몸을 보호하는 호신 계열의 무공 중엔 효과가 좋기로 정평이 나 있다. 이름이 뜻하는 대로 피부를 물고기처럼 미끌거리게 만들고 거북의 등껍질처럼 딱딱하게 만든다. 웬만한 호신강기에 버금갈 정도로 호신에는 탁월하다.

장진구가 자신의 오른쪽 옆구리에 달라붙어 낑낑거리고 있는 두 번째 삼영마인에게 차가운 비웃음을 던졌다.

"내가 아무런 준비도 없이 오른쪽 옆구리를 내준 줄 알았더냐?"

"……."

돌아오는 대답은 없다.

그러거나 말거나 장진구는 독비에 다시 유령귀신수의 공력을 담았다. 음유하면서도 강력한 장력을 두 번째 삼영마인의 천령개로 도끼 내려치듯 쏟아냈다.

쉬앙!

그러나 삼영마인 역시 북경 하오문이 자랑하는 역전의 용사다.

재빨리 단검을 포기한 두 번째 삼영마인이 뒤로 신형을 물렸다. 첫 번째 삼영마인과 합벽술을 펼칠 때처럼 기민하면서도 재빠른 움직임이다.

스스슥!

장진구의 인상이 다시 일그러졌다.

내심 살을 주고 뼈를 가르는 극단적인 전법을 구사했다. 최소한 한 명 정도는 뼈와 살을 분리시키려 했는데, 실패했다. 기분이 좋을 리 만무하다.

'미꾸라지 같은 후레자식들!'

내심 욕설을 퍼부은 장진구가 얼른 형요란에게 다가들었다.

합벽진을 펼친 삼영마인들이 물러난 틈을 타서 부상을 당한 게 분명한 형요란을 보호할 요량이었다. 처음부터 심중에 담고 있던 생각이다.

"난 매, 괜찮소? 무사하오?"

"장 대가……."

옆구리에 단검을 박은 채 다가든 장진구의 모습을 본 형요란의 눈가에 흐릿한 물기가 매달렸다.

한평생.

얼마나 이 같은 상황을 꿈속에서나마 기다려 왔던가!

위기에 빠진 공주인 형요란을 구하러 백절불굴의 의지를 지닌 왕자 장진구가 달려왔다. 오로지 사랑하는 형요란을 구하려는 한 가지 일념만으로 도산검림과 온갖 역경을 마다치 않고 온 것이었다.

뾰옹!

형요란의 안색이 몽롱해졌다. 방금 전에 혈도를 때려서 바닥에 주저앉게 만들었던 정체불명의 암기가 전해주고 있는 통증마저 잠시 잊어버릴 지경이었다.

그러나 그것도 잠시뿐이었다.

움찔!

빠르게 다가드는 장진구를 향해 양손을 활짝 벌려 보이고 있던 형요란의 동공이 순간적으로 두 배쯤 확대되었다.

장진구의 등 뒤로 보이는 모습이 문제다.

어느새 타격을 입고 물러섰던 두 명의 삼영마인이 전열을 가다듬고 파고들고 있었다. 다시 합벽술을 펼친 채였다. 당장이라도 두 사람의 검하에 장진구가 피투성이로 변할 것만 같다.

"장 대가, 위험해용!"

"으음."

장진구는 물론 자신의 배후로 파고드는 두 명의 삼영마인의 존재를 알고 있었다. 이렇게 살기를 콱콱 쏟아내며 달려드는데 그 정도 되는 고수가 모를 도리가 없다.

하지만 그는 자신의 배후를 노리는 두 명의 삼영마인을 싹 무시했다. 그럴 수밖에 없었다.

찢어져라 비명을 터뜨린 형요란의 배후.

세 번째 삼영마인이 모습을 드러내고 있었다. 손에는 지금 장진구가 옆구리에 매달고 있는 것과 동일한 단검이 들려져 있다. 노골적으로 형요란을 노리는 동작 역시 잊지 않았다.

"개자식들!"

장진구는 발끝에 힘을 주며 앞으로 튀어나갔다. 방금 전까지 준비하고 있던 배후를 쓸어버리는 장초(掌招)는 포기했다. 자신을 목표로 한 뻔한 흉계임을 알면서도 형요란을 위험에 빠뜨릴 순 없었다.

파팍!

파파파파팍!

장진구의 훤히 드러난 등판으로 십수 개가 넘는 암전표가 박혀들었다. 얼마 전 단 하나로 형요란을 바닥에 주저앉힌 암기가 다시 모습을 드러낸 것이다.

장진구 역시 그냥 두 손 놓고 있을 리 없다.

그의 유령귀신수가 음냉한 회오리를 일으키며 형요란의 목덜미를 노렸던 세 번째 삼영마인의 단검을 날려 버렸다. 자신의 몸을 던져 형요란의 목숨을 구한 셈이다.

그것으로 세 번째 삼영마인은 충분히 목적을 달성했다고 할 수 있다.

그는 더 이상 장진구를 상대하지 않고 언제 득달같이 달려 들었냐는 듯 재빨리 신형을 뒤로 물렀다. 처음부터 계획했던 대로의 움직임이다.

덕분에 장진구와 형요란은 결국 다시 하나가 될 수 있었다.

암전표에 등판이 온통 난자당한 장진구가 비틀거리며 형요란의 품에 안겼다.

"쿨럭!"

장진구의 입에서 시커먼 핏덩이가 터져 나오자 형요란의 입에서 절규에 찬 비명이 터져 나왔다.

"장 대가! 장 대가!"

"난… 괜찮소!"

"괜찮긴 뒤가 괜찮아요! 독에 중독됐잖아요!"

"이깟 독쯤이야……."

장진구는 말을 채 끝맺지 못하고 다시 입 밖으로 검은 피를 토해냈다.

독혈(毒血).

검게 죽어버린 피에는 은은한 독향이 감돌고 있었다. 장진구의 체내에 침습한 독 기운이 결코 가볍지 않다는 걸 의미하는 모습이다.

그 모습을 본 형요란이 다시 비명을 입에 담았다. 주름이 생기는 것조차 마다치 않고 울음마저 터뜨리려는 기세였다. 그런데 바로 그때였다.

느닷없이 장진구가 괴력을 발휘했다.

그는 자신을 끌어안고 있던 형요란의 허리춤을 독비로 낚아채더니, 수장을 펴서 순간적으로 폭발적인 기운을 방출시켰다. 그녀를 밖으로 내던져 버린 것이다.

"어맛!"

형요란의 신형이 가볍디가벼운 깃털마냥 하늘로 날아올랐다. 그녀의 입이 절로 벌어진다.

그럴 수밖에 없다.

그때 장진구가 애써 그녀와 눈을 맞추며 소리쳤다.

"난 매, 진 대협을 찾아가시오! 진 대협을 찾아가시오! 진 대협을 찾아가시오! 진 대협을……."

"알았어요! 알았어요! 알았어요! 알았… 으흑……."

장진구에 의해 거의 십 장 높이까지 솟아오른 상태 그대로 형요란이 마구 소리치다 울음을 집어삼켰다.

고개 역시 옆으로 돌려 버렸다.

그녀를 집어 던진 후 남은 도든 힘을 모아서 부르짖던 장진구는 어느새 삼재 방향을 점한 채 파고든 삼영마인들에게 제압당하고 있었다.

처참한 광경이다. 더 이상 지켜보기 힘들었다.

한데, 그때다.

갑자기 상황이 바뀌었다. 장진구를 제압한 후 마구 짓밟고 있던 삼영마인들이 분분히 쓰러져 내렸다. 느닷없이 공간을 가르며 모습을 드러낸 한 명의 고수한테 급습을 당한 까닭이다.

'누구?'

형요란은 단숨에 이십여 장이나 이동한 채 떨어져 내린 후 눈물 가득한 두 눈에 이채를 담았다. 이미 전력으로 도주하려 했던 생각 따윈 십만 리 저편으로 날려 버린 상태였다.

"허!"

진자운은 자신의 두 눈을 믿을 수 없었다. 입에선 절로 탄성이 흘러나온다.

그럴 수밖에 없다.

그는 귀신수 장진구에 대해 무척 잘 아는 편이었다. 그 바퀴벌레를 능가하는 생에 대한 집착과 근성의 근원을 빠짐없이 보고 경험해 왔다.

당연히 그가 누군가를 위해 자신을 희생하는 유의 일을 목도하게 되리라곤 꿈에도 상상치 못했다. 그런 일이란 결코 있을 수 없다는 생각마저 하고 있었다. 일종의 편견을 가지고 있었던 것이다.

하물며 지금 진자운의 눈앞에서 벌어진 광경은 한 편의 애사(哀史)를 방불케 했다. 장진구와 형요란의 평소 모습을 모르는 사람이라면 눈물이라도 한 방울 떨굴 만하다. 그 정도로 절절한 이별이었다.

그 같은 진자운의 생각을 반영하듯 그의 뒤를 묵묵히 따르고 있던 일단의 무리들 중 몇 명이 묘한 감탄성을 터뜨렸다.

"허어, 진정 멋진 사나이대장부로고! 사랑하는 여인을 위해 자신의 목숨을 초개와 같이 버릴 수 있다니!"

"여인! 아름답고 지조가 있는 여인이야말로 사내가 진실로 목숨을 걸 가치가 있는 유일한 존재인 것이지!"

"……."

처음으로 입을 연 자는 거령신권패고, 그의 말을 받은 자는 황룡오뢰인 나인준이다.

포박당한 채 그들과 몇 걸음 떨어져 서 있는 묵포사신 맹휘는 묵묵히 침묵을 지키고 있을 따름이다. 기해혈에 금제를 당해 모든 내공을 잃은 상태인지라 몸을 칭칭 감고 있는 밧줄을 끊을 힘조차 없다.

진자운이 화려한 신위를 보인 직후에 황제와 친왕인 자신의 직위를 이용해 회유한 전 지밀대 십대고수 중 두 사람에게 슬쩍 시선을 던졌다.

"사실 저 멋진 사나이는 내 동료라네. 아주 오랜 인연이지."

"오오, 진 왕야님과 관계있는 영웅이시군요! 어쩐지 멋지더라니……."

거령신권패가 엄지손가락을 불쑥 내밀었다.

굵직한 목 역시 몇 차례나 조아리며 흠모의 기색을 얼굴 가득 드러냈다.

나인준은 달랐다.

그는 어느새 장진구 쪽으로 신형을 날리고 있었다. 특기인 황룡선회표를 또다시 펼쳐 낸 것이었다.

'저, 저 얍삽한 녀석! 진 왕야님께 또 제놈만 좋게 보이려고 하는구나!'

거령신권패의 전신으로 불끈 힘이 들어갔다.

그럴 수박에 없다.

그에겐 결코 나인준의 황룡선회표를 따를 만한 경공이 없었다. 사실 있기는 하나 진자운 앞에서 펼쳐 망신을 당하고 싶은 생각은 전혀 없었다. 그저 발만 동동거릴 뿐이었다.

잠시 후.

중상을 당한 장진구와 형요란을 데리고 나인준이 의기양양한 모습을 한 채 진자운에게 돌아왔다.

그의 얼굴 어디에도 얼마 전 진자운에게서 달아나려다 단숨에 제압당한 굴욕 따윈 남아 있지 않았다.

어찌 보면 얄미울 정도로 능글맞지만, 시세를 잘 파악할 줄 아는 준걸이라 할 만한 모습이랄까?

거령신권패는 내심 단 한마디로 나인준을 요약한다.

'쥐새끼 같은 놈!'

맹휘는 여전히 말이 없다. 단지 나인준으로부터 시선을 돌릴 뿐이다.

그때 진자운을 발견한 형요란이 언제 얼굴을 눈물로 범벅하고 있었냐는 듯 반색하며 달려들었다.

"진 대협, 장 대가의 목숨을 구해주세요! 장 대가가 죽어가고 있어요!"

'저 바퀴벌레 같은 인사가?'

진자운은 내심 헛웃음을 한차례 담고는 시선을 나인준에게 던졌다.

"어느 정도 중상을 당한 거지?"

나인준은 이미 장진구에게 응급조치를 취한 터였다. 그의 상세에 대해 대충이나마 파악한 상태였다. 보고가 자연스레 흘러나온다.

"단검에 가슴 아래 부위를 찔리고 등에 십여 개의 표창을 맞았습니다만, 호체신공의 보호로 그리 큰 부상을 당하진 않은 것 같습니다. 다만 한 가지……."

"다만 한 가지?"

"표창이나 단검에 독이 묻혀져 있었던 것 같은데… 내공이

심후해서 심맥까지 독이 침범하진 않은 것 같지만, 중독은 상당히 심한 편입니다."

"그러니까 체내에 침투한 독만 제거하면 목숨엔 지장이 없다는 뜻이로구만?"

"그렇습니다."

진자운은 망설이지 않았다.

그는 한걸음에 의식의 끈을 놓은 지 오래인 장진구에게 다가가더니, 발끝으로 하단전을 살짝 때렸다.

토옥!

평소완 달리 그리 강하지 않은 일격이다. 그러나 효과는 즉시 발생했다.

꿈틀.

정신을 놓은 상태임에도 한차례 몸을 움찔거려 보인 장진구가 두 눈을 부릅뜨더니 입 역시 있는 힘껏 벌렸다. 하단전으로부터 일어난 한 가닥 뜨거운 기운이 단숨에 전신 기경팔맥을 따라 치솟더니, 어느새 식도까지 도달하고 있었다.

"우웩! 우웨에에에에엑!"

장진구의 토악질에 그를 부축하고 있던 나인준의 인상이 와락 일그러졌다.

지밀대 제일의 멋쟁이라 자부하는 그다.

옷차림 역시 무척 신경 써서 입고 다닐뿐더러 깔끔을 떨기로는 웬만한 여인 못지않다. 이렇게 토악질을 해대는 자 옆에 서 있고 싶을 리 만무하다.

그러나 지금으로선 도리가 없다. 저승사자나 다름없는 진 자운이 눈앞에 서 있기 때문이다.

움찔! 움찔!

장진구의 입에서 터져 나온 토사물이 자신의 옷에 튈 때마 다 나인준의 어깨가 절로 들썩거렸다. 당장이라도 더러운 장 진구를 내동댕이치고 싶은 걸 참느라 힘들었다. 그럴 수밖에 없는 자신의 처지가 무척이나 슬펐다.

그때다.

한참을 토악질한 장진구의 안색이 눈에 띌 정도로 좋아졌 다. 진자운이 불어넣어 준 진기의 도움이 크다. 체내에 침투 했던 독의 대부분을 배출하는 데 성공하자 본래의 신색을 빠 르게 회복할 수 있었다. 정신 역시 돌아왔다.

"지, 진 대협… 설마… 설마……."

결단코 믿을 수 없다는 얼굴을 한 장진구의 더듬거림에 진 자운이 슬그머니 인상을 붉어 보였다.

"설마? 설마? 악마 같은 내가 구해준 게 사실이냐는 의혹에 잠겨 있는 거요?"

"그, 그런 것이 아니라……."

"아니면 뭐?"

"……."

장진구는 진자운에게서 시선을 떼고 고개를 옆으로 돌리다가 형요란을 발견했다.

그녀는 두 손을 꼬옥 모은 채 안절부절못하고 있다 만면 가득 억지 미소를 지어 보였다. 두 눈엔 아직도 눈물이 그렁하니 맺혀 있다.

"장 대가, 무… 무사하셨군요……."

"난 매, 내가 걱정을 끼쳤구려. 난 이미 체내의 독을 대부분 밖으로 배출했으니 염려 놓으시오."

"으흑! 흑흑흑흑……."

형요란이 결국 울음을 터뜨리곤 장진구에게 달려들었다.

평소 깔끔을 한없이 무한에 가까울 정도로 떨어대던 것과는 달리 토사물로 더럽혀진 장진구를 주저없이 끌어안았다. 완전히 사람이 바뀐 것 같다.

진자운이 그 모습을 살핀 후 질색하는 표정이 된 나인준에게 턱짓을 해 보였다. 그만 장진구를 형요란에게 맡기고 물러나란 뜻이다.

나인준으로선 쌍수를 들고 환영할 만한 명령이다.

그는 얼른 장진구를 형요란에게 밀어 넣곤 옆으로 빠졌다. 재빨리 자신의 몸에 튄 토사물을 손으로 털어내는 행동 역시 잊지 않았다.

진자운이 잊고 있던 질문을 던졌다.

"그래서 설마하니 다 죽인 건 아닐 테지?"

"한 명은 살려놨습니다. 배후를 캐내야만 할 테니까요."

"당장 데려와."

"존명!"

나인준은 과거 직속상관인 지밀대주 소리산에게조차 하지 않던 극존칭을 한 후 얼른 신형을 돌려세웠다. 장진구의 상세가 중한 터라 삼영마인을 그냥 아무렇게나 내버려 뒀다. 이제 진자운의 명을 받은 만큼 재빨리 데려와야만 할 터였다.

'과연 군부에 속한 자들답게 빠릿빠릿해서 좋구만. 이번에 잔뜩 골탕을 먹은 만큼 충분할 정도로 써먹어주겠어.'

진자운은 내심 흉험한 표정을 지어 보였다. 무덤덤해 보이는 겉모습과는 다르다.

그때다.

진자운의 배후로 거령신권패가 조심스레 다가들었다. 그의 석상 같은 얼굴은 청동빛을 한 채 딱딱하게 굳어 있었다.

"저기… 진 왕야님……."

"유 소저의 상태가 더 나빠진 것이오?"

"그, 그런 것 같습니다."

"……."

진자운은 대답없이 신형을 돌려세웠다.

표정없는 얼굴.

자신을 향한 진자운의 무심한 시선에 거령신권패가 커다란 덩치를 후둘 하고 떨어 보였다.

그럴 수밖에 없다.

그는 오늘 충분할 정도로 진자운의 진면목을 목도했다. 평소 무슨 일이 있든지 간에 입가를 떠나지 않던 미소가 사라진 진자운의 모습에 두려움을 느끼지 않을 도리가 없다.

'무섭다! 무서워!'

거령신권패는 진심으로 그리 생각했다.

진자운은 그 같은 거령신권패의 내심을 눈치 챈 듯 곧 시선을 거둬들였다. 그의 곁을 스쳐 지나갔다. 간일발의 차로 치명상을 당하는 걸 막지 못한 유산월에게 향했다.

거령신권패를 따르는 백팔사령조객의 수장인 시마(屍魔)는 별호에서 알 수 있듯 시체를 이용해 무공을 연성한 사마외도의 인물이다.

덕분에 상당히 의술에 대한 조예가 깊었다.

가슴이 뚫리는 치명상을 당하고서도 진자운이 쏟아 부어준 가공지경의 진기로 목숨을 연명하고 있던 유산월과 광인이 된 왕식렴은 그에게 맡겨진 상태였다. 그밖에는 고명한 의술을 연마한 자가 없기에 취해진 당연한 조치였다.

한 가닥 바람이라 해야 할까?

진자운이 거령신권패를 뒤로하고 순식간에 다가들자 시마

가 백납 같은 얼굴 가득 구슬땀을 흘리며 얼른 시립했다.

그는 여태까지 바닥에 눕혀져 있는 유산월과 왕식렴 앞에 쭈그려 앉은 채 안절부절못하고 있었다. 자신이 어떤 짓을 하더라도 결코 유산월을 구할 수 없다는 사실을 알고 있었기 때문이다.

"진 왕야님, 소인이 최선을 다했습니다만, 이분 소저는 아무래도……"

"회광반조는 언제쯤 들 것 같소이까?"

"…그리 멀지 않은 것 같습니다."

"알겠소."

진자운은 짤막한 대답과 함께 시마에게 슬쩍 물러나란 신호를 던졌다.

시마로선 망설일 이유가 없다.

문책을 당하고 발로 짓밟히지 않은 것만으로도 고마워서 눈물이 다 날 지경이다.

그가 얼른 물러서자 진자운이 유산월에게 다가가 그녀의 머리맡에 쭈그려 앉았다.

창백하다 못해 푸른 기가 감돌고 있는 얼굴.

당장이라도 사신(死神)이 검은 날갯짓을 하며 다가들어 연약한 목숨을 취해갈 것만 같다. 그 정도로 가냘픈 호흡이고 미약한 생명력만이 남아 있다.

진자운의 무심한 얼굴로 문득 한 조각 그림자가 스쳐 지나갔다.

자책감?

그 같은 인간적인 감정이 아니다. 사실 그런 걸 느낄 이유 역시 없다. 그는 유산월을 구하기 위해서 크게 무리했다. 반선인 주제에 시공간을 뒤흔들어 버리는 것마저 주저치 않았다.

덕분에 고생이 이만저만이 아니었다.

가뜩이나 불안정하던 영체가 크게 흔들려서 육체의 그릇에서 튕겨져 나가려 하고, 평상시 전력의 절반도 발휘할 수 없게 되었다. 지밀대의 천라지망 진세에 한참 동안 붙잡혀 있었고, 몇 차례나 위기를 맞아야만 했다.

안과 밖.

양쪽으로 대적을 맞아 싸워야만 하는 형국이 된 셈이다.

결국 진자운은 그 같은 형세를 뒤엎기 위해서 다시 무리를 해야만 했다. 십여 년 전 딱 한 번 사용한 후 봉인해 놨던 태극무한신공으로 수없이 많은 시체의 산을 쌓고 피의 강을 만들어냈다. 그럴 수밖에 없었다.

그 모든 것이 우화등선을 앞뒀던 진자운에겐 업장(業障)이었다.

수련을 크게 뒤로 후퇴시켰을뿐더러 앞으로도 계속 장애로 남을 만한 일이었다. 언제든 마음만 먹으면 눈 딱 감고, 한 걸음만 앞으로 내딛으면 되었을 길이 천 리, 만 리로 멀어진 것이나 진배없었다.

　물론 진자운은 자신의 선택을 결코 후회하지 않았다. 다시 그때로 돌아간다 해도 달라질 건 전혀 없었다. 다만, 그는 끝끝내 유산월의 목숨을 구할 수 없었던 것이 애석했다. 얼굴을 스쳐 간 한 조각 그림자의 정체였다.

　진자운은 잠시 유산월의 얼굴을 살피다가 시선을 금창약으로 범벅된 채 백포로 칭칭 감겨져 있는 가슴 쪽으로 향했다.

　시마가 가지고 있던 금창약을 몽땅 사용했음에도 불구하고 백포는 이미 붉게 물들어 있었다. 피를 멈추는 정도도 할 수 없었던 것이다.

　그때 거짓말 같은 일이 일어났다.

　힘겹게 힘겹게 가냘픈 숨결을 토해내고 있던 유산월이 기다란 속눈썹을 한차례 떨어 보이곤 눈을 떴다. 창백하던 안색 역시 조금 혈색이 돌아왔다.

　회광반조의 시작!

　오늘 밤 이미 한 명을 그런 식으로 떠나보낸 적이 있는 진자운의 표정이 살짝 변했다. 방금 전 얼굴을 머물다 떠나간 한 조각의 그림자가 다시 찾아든 듯싶다. 물론 이번 역시 그리 오래 머물진 않는다.

　"유 소저, 정신이 든 것이오?"

　"……."

진자운의 부드러운 질문에 유산월이 몇 차례에 걸쳐 눈을 깜빡거렸다.

갑작스레 일어난 원기다.

사경을 헤매고 있던 그녀로선 잠시나마 어리둥절하지 않을 수 없다. 자신이 어떻게 지금 이 자리에 있는지조차 기억나지 않는 상황이니 당연하다.

그러나 사람한텐 예감이란 게 있다. 특히 이런 건 안 좋은 쪽과 관계된 부분에 있어선 의외로 잘 들어맞는다. 화들짝 놀랄 만큼 정확하다.

"하아!"

한 가닥 미약한 열기를 띤 호흡과 함께 유산월이 진자운을 똑바로 바라봤다.

처음이다.

항주에서 첫 만남을 가진 후 줄곧 진자운을 똑바로 볼 수 없었다. 줄곧 몰래몰래 곁눈질만 해왔다. 어린 시절 귀에 딱지가 내려앉을 정도로 들어왔던 태극검해 신화의 주인공을 어찌 대해야 할지 몰랐기 때문이다.

이제야 제대로 보게 된 얼굴.

'의외로 평범하게 생겼구나. 나하고 하나도 다르지 않은… 똑같은 사람이었어…….'

유산월의 입가에 흐릿한 미소 한 조각이 떠올랐다. 진자운을 이렇게 보고 있자니 마음이 푹 놓인다. 상처의 고통마저도

저만치 먼 곳으로 사라져 가는 것만 같다.

"다행이에요……."

"……."

"진 대협을 만날 수 있어서… 정말……."

유산월의 뒷말은 거의 들리지 않을 정도까지 작아졌다. 사실 보통 사람이라면 듣기를 포기해야만 할 것이다. 그냥 입술만이 달싹거린 수준이기 때문이다.

그러나 진자운은 보통 사람이 아니다.

그는 똑똑히 유산월의 마지막 말을 들을 수 있었다.

'좋았다고? 날 만날 수 있어서 좋았다고… 정말로 사랑했다고…….'

진자운이 쭈그려 앉은 자세를 풀고 천천히 일어섰다.

얼굴에 또다시 깃든 그림자 하나.

이번엔 제법 머무는 시간이 길다. 유산월이 회광반조를 이용해 남겨놓고 간 마음의 파편이었다.

"씨발!"

욕설이 절로 튀어나왔다. 얼굴 역시 더 이상 무표정하지 않다. 입가에 항시 머물러 있던 미소가 사라진 것에 이은 변화다. 하룻밤새 참 많은 일이 벌어졌다.

그때다.

마치 진자운이 내뱉은 욕설에 화답이라도 하듯 동쪽 하늘이 어둠을 갈라내며 환한 햇살을 뿌리기 시작했다. 어느새 밤이 지나 여명이 움터오기 시작한 것이다.

*　　　　*　　　　*

　난릉왕부.

　밝아오는 여명과 더불어 고요 속에 파묻혀 있던 왕부는 발칵 뒤집히고 말았다.

　소란의 중심은 연운저.

　난릉왕의 두남독녀이자 당금 황제가 가장 총애하는 황족 중 한 명인 경혜 군주의 거처를 몰래 숨어든 도적이 번을 돌던 무사들에게 붙잡혔다.

　소란스러움이 없을 리 만무하다.

　난릉전.

　난릉왕이 개인적인 업무를 볼 때 주로 사용하는 전각에 새벽부터 손님 한 명이 찾아들었다.

　곧바로 난릉전에 들었을 정도의 귀빈.

　바로 자금성 천도문의 문주인 정일 진인이다.

　그는 본래 난릉왕과 교우가 깊은 관계로 성질 나쁜 경혜 군주조차 재롱을 부리며 따르는 사람이었다. 이번 방문에 크게 문제가 있을 리 없다.

　희뿌연 김과 함께 난릉전 내부를 휘감아 도는 맑고 그윽한

향기!

난릉왕이 특별한 손님이 오지 않는 한 꺼내지 않는다고 알려진 죽엽차가 적당히 우려졌을 때 나는 내음이다. 이를 정일 진인은 익히 알고 있다.

'난릉왕부의 죽엽차는 항즈의 용정과 운남의 보위와 더불어 천하삼대명차에 속한다고 했던가? 과연 향기만으로 폐부가 시원해지는 걸 보면 명차는 명차인 게야.'

정일 진인은 자신 앞에 머무른 다구 안에 담겨진 죽엽차 쪽으로 시선을 한차례 던지곤 내심 고개를 끄덕였다. 그가 난릉왕과 교우한 지 십수 년이 지났지만, 오늘과 같은 상품의 죽엽차를 대접받는 건 이번이 처음이다.

맞은편에 앉아 두 눈을 반개하고 죽엽차 향에 흠뻑 취해 있던 난릉왕이 먼저 입을 떼었다.

"죽엽의 향은 본시 사람의 정기를 북돋우며, 심신의 피로를 풀어준다고 했소이다. 그래서 본왕이 평생을 곁에 두고 가까이하고 있소이다."

"왕야, 과연 천상의 향이라 할 만합니다. 오늘 빈도가 크게 개안하는 것 같습니다."

"개안?"

"아, 개안(開眼)이 아니라 개후(開嗅)라 함이 옳은 것인가요? 본래 차란 보는 것이 아니라 향기를 맡는 것이니까요."

"허허, 개후라… 진인도 여전히 말을 참 잘하십니다그려."

"과찬의 말씀이십니다."

정일 진인은 그쯤에서 다구를 들어 죽엽차를 한차례 마셨다. 일단 입술을 먼저 축인 후 천천히 향기를 들이켜며 찻물을 넘기는 모양새가 꽤나 그럴듯하다. 그 역시 평소 다도를 즐겨하던 사람인 것이다.

난릉왕이 정일 진인이 다구를 다시 탁자 위에 내려놓는 걸 기다려 말했다.

"진인께서도 익히 소문을 들어서 아시겠지만, 우리 아이에게 요즘 좀 문제가 생겼소이다."

"그렇지 않아도 그 점이 마음에 걸려서 찾아왔습니다. 군주님께서 아마도 근래 정신이 맑지 못하신 게 아닙니까?"

"그, 그걸 어떻게……."

난릉왕은 크게 놀라 말을 더듬다가 곧 입을 다물었다. 자신의 신색을 깨닫고 얼른 자제한 것이다.

'과연 인물. 만약 현 황제가 빼어난 군주가 아니었다면, 난릉왕이 천하의 주인이 되었을 것이다.'

내심 난릉왕의 인물됨을 살핀 정일 진인이 눈에 기묘한 기운을 담았다. 이제 슬슬 본론으로 들어갈 때가 됐다.

"군주님은 본시 염정성을 타고나신 분. 초경이 있은 직후엔 음기가 폭발하여 크게 정신이 혼란해지실 수가 있습니다. 빈도가 마침 오늘과 같은 일이 발생할 것을 대비해 천도문에 몇 가지 방문비전을 마련해 놨으니, 군주님을 맡겨주시길 청원드립니다."

"방문비전?"

"염정성의 기운을 약화시켜서 군주님의 혼란해진 정신을 바로잡을 수 있는 비전입니다. 빈도의 사문에 비인부전으로 전해지는 것이지요."

"으음."

난릉왕이 나직이 신음을 토했다.

방문비전?

왕부의 천금이라 할 수 있는 경혜 군주를 그런 것에 맡기고 싶을 리 없다. 만약 눈앞에 있는 사람이 오랫동안 교분을 쌓아왔던 정일 진인이 아니라면 당장 호통을 쳐서 내쫓아 버렸을 터다.

그러나 난릉왕은 근래 광기에 빠져 시비의 눈알을 파내 버린 경혜 군주의 끔찍한 모습을 목도한 상태였다. 아무리 딸이라 하나 그날의 일만 생각하면 소름이 돋을 지경이었다. 이대로 광녀가 된 그녀를 방치하고 있을 수만은 없었다.

잠시의 침묵 끝에 난릉왕이 손을 뻗어 정일 진인의 양손을 힘껏 부여잡았다.

"본왕은 진인만 믿겠소이다."

"빈도, 왕야의 믿음을 결코 배신하지 않겠습니다."

정일 진인이 난릉왕에게 대답하며 눈에 다시 기이한 기운

그는 의외로 평범하게 생겼다　141

을 담았다.

모산파 비전의 환혹술(幻惑術).

맞수라 할 수 있는 배교의 이혼대법에 버금가는 최면술의 일종이다. 정일 진인의 요청을 난릉왕이 일언반구 반대치 않고 신뢰하게 된 까닭이었다.

바로 그 무렵이다.

번을 돌던 난릉왕부의 무사들에게 연운저 부근에서 붙잡힌 육노당 덕분에 새벽부터 포승줄에 칭칭 묶이는 꼴이 된 백운생이 하늘을 원망스레 쳐다보며 푸념했다.

"내 어찌 이런 무도리한 사람과 함께 천하대사를 이루려 했더란 말인고! 모든 것이 내가 사람을 보는 눈이 없어서인즉, 누굴 탓하랴!"

"⋯⋯."

백운생의 옆에 역시 포승줄에 묶여 주저앉혀진 육노당은 아무런 말이 없다.

마치 넋이 완전히 나간 백치와 같다.

그는 연운저 부근에서 무사들에게 붙잡힐 때부터 그 같은 꼴을 하고 있었다. 어디에서도 과거 운남무림을 종횡하던 초절정고수의 풍모 따위 보이지 않는다.

그게 백운생을 더욱 한탄케 한다. 그러나 그는 다시 터져 나오려던 푸념을 입 밖으로 낼 수 없었다. 내지 못했다.

퍽!

백운생을 밖으로 끌어낸 무사 중 하나가 발로 그의 뒤통수를 후려갈겼다. 한 번 입을 열면 장편소설과 같은 그의 푸념을 더는 듣고 싶지 않았기 때문이다.

◆ 第五十五章 ◆

성마대공(聖魔大公)

성마대공(聖魔大公)

진자운은 시공간을 일그러뜨리느라 극도로 무리한 영체를 육체에 안착시키기 위해 잠시 혼자만의 시간이 필요했다.

인간과 신선의 중간에 위치한 자로서 어쩔 수 없는 선택이었다. 지밀대의 천라지망을 상대한다는 건 그리 쉬운 일은 아니었기 때문이다.

그렇다면 어떤 곳이 적당할까?

진자운이 맨 처음 선택한 장소는 북경 하오문주인 금적왕의 본거지라 할 수 있는 만선루였다.

일단 그를 붙잡아서 껍데기를 두세 겹가량 벗겨낸 후에 천천히 휴식을 취할 요량이었다.

유산월의 죽음을 화풀이하는 것도 하는 것이지만, 북경 내에서 동창이나 지밀대의 시선을 피하기엔 하오문의 도움이 크게 필요하단 판단이었다.

그러나 진자운이 새벽에 만선루에 도착했을 때 금적왕은 이미 달아난 지 오래였다. 처음부터 진자운과 지밀대 간의 승부의 결과를 미리 예측하고 있었음이 분명하다.

게다가 금적왕은 진자운 뱃속의 회충이라도 되는 것처럼 그의 이후 행동 역시 정확히 예측하고 있었다.

만선루를 그냥 떠난 것이 아니라 화려하고 친절한 선물을 함께 남겨놓았다. 삼층의 거각을 단숨에 날려 버릴 만큼의 화약이 바로 그것이었다.

쾅!

삼층의 거대 주루를 단숨에 날려 버리기 위해선 얼마만큼의 화약이 필요한 것일까?

진자운은 그에 대한 답을 알지 못한다.

그냥 몸으로 경험했을 뿐이다. 그가 뛰어든 것과 동시에 만선루는 통째로 폭발을 일으켰다.

금적왕은 자신의 가장 큰 돈줄을 그냥 진자운에게 내줄 마음 따윈 눈곱만큼도 없었음이 분명하다.

덕분에 몸 상태가 근 십여 년 만에 최악이라 할 수 있던 진자운은 평소처럼 여유만만한 모습을 유지하지 못하게 되었다. 적어도 겉으로 보기엔 그렇다. 평소처럼 생생한 얼굴을 한 채 히죽거리지 않고 있었다.

그만큼 꼴이 말이 아니다.

"하! 하!"

입으로만 웃음을 터뜨리는 진자운의 얼굴엔 검댕이가 잔뜩 내려앉았고, 옷에는 여기저기 흉한 구멍이 뚫려져 있었다. 맨살을 그대로 드러내는 꼴이 된 것이다.

뿐만 아니다.

남자치고는 상당한 장발이라 할 수 있는 진자운의 머리 역시 상당 부분 불에 그슬려 이리저리 꼬부라져 있었다. 신체가 금강불괴에 수화불침이라 하여 모발까지 그리되진 않는다는 사실을 여실히 보여주는 광경이다.

그래서일까?

장진구와 형요란은 내심 터져 나오려는 웃음을 참느라 눈물을 쏙 빼고 있었다.

이번에 크게 도움을 받긴 했으나 여전히 그들에게 있어 진자운은 무척이나 얄미운 존재다. 인생을 꼬이게 만든 원흉이다. 살아 있는 악마라 할 수 있었다.

그의 크게 낭패한 꼴을 보고 심중에서 기쁨이 샘솟지 않을 도리가 없다. 만약 그동안 진자운에게 무수히 당한 경험이 없다면, 크게 대소라도 터뜨리고 싶다. 손가락질은 기본이었다. 그게 마땅했다.

'크하하! 고소하다, 고소해!'

'아유, 고거 정말 쌤통이다! 쌤통이야!'

장진구와 형요란은 내심 박장대소를 터뜨리며 진자운의 시선을 피해 연신 서로 간에 긴밀한 눈빛 대화를 나눴다. 이심전심이다. 이젠 그냥 바라보기만 해도 내심을 읽을 수 있게 된 두 사람이었다.

물론 이 같은 이심전심은 아주 은밀히 진행되었다.

결코 진자운에게 들켜선 안 된다는 대전제를 깔아놓은 은밀한 도락이었다.

문득 진자운의 시선이 자신들을 향하자 두 사람은 얼른 내심을 숨기고 시치미를 뚝 뗐다.

뿐만 아니라 얼굴 가득 처연한 기색을 매달았다.

진자운의 불운을 진심으로 애석해하는 모습을 전력으로 꾸며내어 보였다. 아주 죽이 착착 맞는다. 연기에는 두 사람 모두 달통의 경지에 이르른 듯하다.

하지만 심중 가득 열이 받은 상태인 진자운이고 보면 이 같은 두 사람의 속마음 따위에 관심이 있을 리 없다.

사실 전혀 안중에 없다고 할 수 있다. 시선을 잠시 그들 쪽으로 던진 건 아무런 의미가 없는 행동이다. 갈구기 위함이 결코 아니었다.

그도 그럴 것이 방금 전 북경 하오문의 돈줄 중의 돈줄이던 만선루가 산산조각났다. 아예 통째로 날아가 버렸다. 상상을 불허할 정도의 초강수다. 돈숨을 잃은 종업원과 기녀들의 숫자가 몇 명인지 헤아릴 수조차 없을 정도다.

그렇다 해도 이해가 가지 않는 일이 있다.

금적왕은 이미 진자운의 놀라운 무공을 견식한 바 있다.

이 정도 선물로 제거할 수 있을 거란 순진한 생각을 했을 리 없다. 만약 그 정도 인물이었다면 결코 천하 하오문계의 우상인 금적왕이 됐을 리 없다.

톡톡!

진자운은 이마를 손가락으로 몇 차례 두들긴 후 곧 의식의 영역을 크게 확장시켰다.

혹시라도 만선루 주변에 숨어 있을지 모르는 금적왕이나 그의 수하를 찾아내는 게 목적이다. 그에겐 마음만 먹으면 그리 어렵지 않은 일이었다. 평소라면 그랬다.

그러나 의식을 확장시킨 지 얼마 지나지 않아 진자운은 눈살을 살짝 찡그려 보였다.

백 장.

현재 진자운이 의식을 확장시킬 수 있는 한계 영역이었다. 그 이상은 무리였다. 영체가 불안정한 상태로 너무 시간을 많이 보냈기 때문이다.

'제길, 이래 가지고선 의미가 없잖아……'

요즘 부쩍 욕설이 늘었다.

의식의 확장을 포기하고 고개를 한차례 옆으로 까닥여 보인 진자운이 시선을 뒤에 멀뚱히 서 있는 거령신권패에게 던졌다.

"덩치, 지밀대주가 있는 곳으로 안내해!"

"예? 그, 그건……."

거령신권패가 커다란 덩치를 크게 꼬아 보이자 진자운의 눈매가 가늘어졌다.

"뭐야? 나한테 충성하기로 해놓고 첫 번째 명령부터 거역하겠다는 거야?"

"아, 아닙니다! 바로 안내하도록 하겠습니다!"

거령신권패가 우렁우렁한 목소리로 대답하자 나인준에게 맡겨져 있던 갱휘가 눈을 감아버렸다.

한때는 동료였다.

그것도 자신과 비슷한 위치인 지밀대 십대고수에 속했던 자들이다. 그들의 어처구니없는 변절을 차마 눈 뜨고 볼 수는 없었다.

낯 두껍기로 소문난 나인준 역시 겸연쩍긴 마찬가지다.

그가 나직한 목소리로 맹휘에게 중얼거렸다.

"맹휘, 너무 나쁘게 생각하진 말아라."

"……."

"우리는 지밀대 이전에 관에 속한 자들이다. 솔직히 황상 폐하의 의동생이신 진 왕야님께 끝까지 대항한다는 건 대역죄에 버금가는 짓이지 않겠냐?"

애초에 그 같은 사실을 몰랐던 나인준이 아니다. 그의 이 같은 말은 그야말로 구차한 변명에 불과하다. 그러나 맹휘는 굳이 탓하지 않았다.

지밀대주 소리산.

그를 최측근에서 모시면서 맹휘는 수없이 많이 놀랐다. 누가 뭐라 해도 당금 천하를 주무르는 최고의 모사 중 한 명이니만치 당연하다.

당연히 그가 아직까지 지밀대의 비밀 안가에 남아 있으리란 생각은 들지 않았다. 벌써 다른 안전한 다른 안가로 몸을 피했을 터였다.

'대주님이 건재한 이상 지밀대는 이대로 끝나지 않을 것이다. 게다가 그분의 뒤에는 북리 노야께서 계시다. 그분의 무위라면 태극무검이라 해도 충분히 제압할 수 있을 것이다. 틀림없이 그럴 거다!'

맹휘의 믿음은 확고부동했다.

*   *   *

삐걱! 삐걱!

소리산은 하룻밤을 꼬박 흔들의자에 앉은 채 샜다. 밤중에 몰래 찾아든 정일 진인을 배웅한 후 계속이다.

당연히 밤새 그에겐 수없이 많은 밀정들의 보고가 이어

졌다.

대부분 진자운과 지밀대가 펼친 천라지망에 관한 건이다. 불행하게도 썩 좋은 얘기는 없었다. 급박하게 이어지는 보고들이 뜻하는 바는 처참하기까지 한 패배였다.

완패!

그 외엔 내릴 만한 결론은 없다.

그럼에도 불구하고 소리산은 흔들의자를 떠나지 않았다. 그럴 만한 이유를 찾지 못했다. 갈수록 안색이 창백해진 채 달려온 밀정들의 보고를 전혀 듣지 못한 것 같다.

그렇게 날이 밝았다.

그리고 또 하나의 보고가 전해진 순간, 소리산의 입가에 기묘한 미소가 떠올랐다. 드디어 자신이 원하고 있던 말을 듣게 된 까닭이다.

'태극무검 진자운. 생각보다 늦었군? 중간에 내 예상을 벗어난 변수가 있었다는 뜻일 게지? 그게 뭔지 궁금하구나. 곧 알 수 있을 테지?'

삐걱!

소리산을 기분 좋게 만들던 흔들의자가 평상시보다 조금 큰 한차례 소음과 함께 거짓말처럼 멈췄다.

*　　　*　　　*

지밀대의 비밀 안가인 고택 앞에 도착하기까지 맹휘는 태연했다.

비록 내공을 금제당한 탓에 발걸음은 무겁지만 한 점의 흐트러짐도 보이지 않았다. 그를 맡은 나인준이 내심 감탄을 금치 못할 정도의 평정심이었다.

그러나 안가 앞에 도착한 것과 동시다.

맹휘의 명경지수와 같던 평정심은 단숨에 깨어졌다.

파문 정도가 아니다.

아예 폭풍우가 호수 위로 쏟아져서 물이 밖으로 마구 넘쳐흘러 버렸다. 그는 너무 놀라서 자신도 모르게 입을 크게 벌렸다. 두 눈 역시 있는 대로 부릅뜨여졌다.

눈앞의 현실.

도저히 믿을 수가 없다.

그럴 수밖에 없다.

언제나 굳게 닫혀 있던 안가의 대문은 활짝 열어젖혀져 있다. 그리고 그 앞에는 소리산이 태연하게 서 있다. 아무리 에누리해서 생각하더라도 믿기 힘든 광경이다.

그도 그럴 것이 필경 북경 전역에 거미줄처럼 뻗어 있는 지밀대 밀정들의 보고가 빠짐없이 전달되었을 터다.

손바닥 보듯 진자운과 지밀대 간의 싸움 결과를 보고받았을 텐데, 소리산은 도망가지 않았다.

오히려 대문 앞까지 나와서 진자운 일행과 그에게 회유된

전 부하들을 맞이하고 있었다. 있을 수 없고, 있어서도 안 되는 일이었다.

'대주님! 어째서! 어째서!'

맹휘는 기가 막혀서 일시 기절할 것만 같았다.

진자운에게 완전무결한 금제를 당한 탓에 극도로 쇠약해진 몸이 정신적인 충격을 견디기 쉽지 않았다. 두 발로 굳건하게 대지를 받치고 서 있는 것만도 강인한 정신력의 도움이 없었다면 힘들었을 터다.

그러거나 말거나 소리산은 태연하다. 평상시와 표정의 변화가 거의 없다시피 하다. 그는 일행의 최선두에 선 진자운을 향해 고개를 한차례 끄덕여 보인 후 입을 열었다.

"성마대공(聖魔大公), 오랫동안 기다리고 있었소이다. 안으로 드시지요."

'성마대공?'

'성마대공?'

맹휘와 나인준은 거의 동시에 눈 깊은 곳에 이채를 담았다. 두 사람에 비해 조금 머리가 떨어지는 거령신권패는 일시 커다란 눈만 깜빡거렸을 뿐이다.

마찬가지랄까?

사이좋게 어깨를 나란히 하고 서 있던 두 사람.

장진구와 형요란 역시 극히 상반된 반응을 보였다. 상황이 어찌 돌아가는지 전혀 감을 잡지 못하고 있는 형요란과 달리 장진구는 동공을 크게 확장시켰다. 그의 시선이 향한 곳은 진자운과 마주 보고 있는 소리산 쪽이다.

'성마대공이라니! 이는 필시 본 교에서 성녀의 배필인 진대협을 호칭하는 말이 분명하다. 율법상 성녀의 부군은 대공이라 칭해지고 본 교의 십대마군과 동일한 지위를 갖게 되니까. 그렇다는 건 저 늙은이가 본 교의 인물이란 뜻인데…….'

장진구가 말한 본 교란 다름 아닌, 그가 십여 년 전 도망쳐 나온 천마신교, 일명 마교다.

진자운은 마교의 성녀인 담화연과 천신만고 끝에 혼인을 했는데, 그로 인해 성마대공이 되었다. 오로지 천하에서 마교의 교도들만이 알고 있고, 입에 담을 수 있는 진자운의 또 다른 칭호였다.

당연히 장진구는 이 같은 사실을 대략 알고 있었다. 비록 마교를 뛰쳐나오긴 했으나 여전히 그는 자신을 마교도라 생각하고 있었다. 마교와 관련된 사항에 관해선 계속 관심을 품지 않을 수 없었다.

그러나 지금의 소리산은 과거의 그가 아니다.

초로의 늙은이.

과거의 빼어난 기품이나 패기 따윈 전혀 겉으로 드러나 보이지 않는다. 아내인 유옥려의 희생을 바탕으로 무공을 거의 구 할 이상 회복하긴 했으나 잃어버린 젊음까지 되찾진 못했다. 그냥 내버려 두었다.

결국 장진구는 고개를 옆으로 갸웃거릴 뿐이었다. 소리산과 일치하는 가교의 고수를 머릿속에 떠올릴 수 없어서다.

진자운은 달랐다.

그는 한차례 소리산을 바라본 후 곧 그의 무공 내력을 파악해 냈다.

"체내 깊숙이 갈무리하고 있긴 하나 패천마강의 패도지기를 완전히 숨기긴 힘든 법. 당신은 십대마군의 좌장 소리산이 맞겠지?"

"과연!"

소리산은 단숨에 자신의 정체를 파악한 진자운에게 다시 고개를 끄덕여 보였다.

그의 과거 정체는 지밀대의 요인 중의 요인이라 할 수 있는 십대고수조차 알지 못했다. 그저 오른팔이라 할 수 있는 맹휘만이 어렴풋하게 짐작하고 있을 뿐이었다. 소리산이 자신의 과거를 완벽할 정도로 지워 버린 까닭이다.

까닥!

고개를 옆으로 뉘어 보인 진자운이 말했다.

"그래서 설마하니 내 마누라의 이름을 팔아서 목숨을 구걸할 생각은 아닐 테지?"

"어찌 노부가 감히 성녀님의 이름을 팔 수 있겠소이까?"

"그럼?"

"노부는 성마대공께 천하를 팔 작정이올시다."

"천하?"

"그렇소이다, 천하! 성마대공께서는 일단 안으로 드시지요."

만약 진자운의 현 상태가 사뭇 심각하지 않았다면 소리산과 결코 말을 섞지 않았을 터였다. 일단 두들겨 패고서 천천히 변명을 읊게 해도 충분했기 때문이다.

그러나 상황이 여의치 않았다.

내심 조급증을 느낀 진자운이 어깨를 한차례 으쓱해 보이곤 얼굴 가득 험상궂은 기색을 담았다.

"뭐, 일단 앞장서라구."

"……."

문득 소리산의 심유한 눈 깊숙한 곳에 작은 이채가 스쳐 지나갔다. 진자운을 뒤로하고 신형을 돌려세운 것과 동시의 일이다. 혹여라도 그에게 내심을 읽힐 것을 두려워한 까닭이다.

                    *   *   *

자금성.

천도문으로 경혜 군주를 데려온 정일 진인은 황제를 알현하고 곧바로 작업에 들어갔다.

혼백을 제압당한 채 광녀가 된 경혜 군주의 치료!

이를 위해 정일 진인은 곧바로 천도문 내에 상주하던 모든 도사들과 도동들을 밖으로 내몰았다. 치료에 심력을 기울이기 위해선 극도의 청정함을 유지해야만 한다는 게 그가 내세운 이유였다.

그렇게 찾아든 적막.

천도문 내에 경혜 군주와 단둘만 남게 된 정일 진인은 주변에 특기인 건곤기변오행진을 펼쳐서 세인들의 침범을 막았다. 혹여라도 전날 씨앗을 뿌려놓은 환신환허법술을 마무리 짓는 데 방해를 받아선 안 되는 까닭이다.

법진의 설치가 끝나자 정일 진인은 혼혈을 점혈당한 채 의식을 완전히 놓고 있는 경혜 군주를 안고서 천도문 내부로 향했다. 법술을 펼치기에 가장 이상적인 장소인 태극팔괘의 방이 목적지였다.

한데, 이게 웬일인가!

막 경혜 군주를 태극팔괘의 방 한가운데 위치한 태극단 위에 눕히려던 정일 진인의 안색이 불그스름한 기색을 띠었다. 본래 나이에 비해 안색이 좋던 정일 진인이라 해도 지금의 낯빛은 조금 과하다 할 수 있다.

이 같은 변화를 모를 정일 진인이 아니다.

그는 문득 가슴까지 가벼이 뛰노는 걸 느끼곤 내심 헛웃음을 터뜨렸다.

'허허허, 내 나이가 몇인데 이리 가슴이 뛰는고? 오랫동안 꿈꿔왔던 역천의 법술이 완성될 때가 되어서 그런 것인가? 아니면 염정성의 화신이 음기를 극한까지 일으킨 상태인지라 양기가 동한 것인가?

정일 진인의 나이는 무려 팔십을 헤아린다.

여느 평범한 범부라면, 이젠 새벽의 정기를 받고서도 아랫도리에 힘이 들어가지 않을 만한 나이다. 아무리 대단한 음기를 지닌 여인이 앞에 있더라도 양기가 돈다는 건 있을 수 없는 일이었다.

하지만 정일 진인은 오랫동안 양생술과 섭생에 힘을 써온 술법사이자 무림의 고수다. 나이 따윈 숫자에 불과하다. 아직도 젊은이 못지않은 양기를 간직하고 있었다.

그래서 그는 음기의 덩어리라 할 수 있는 경혜 군주와의 잠시간 접촉으로 촉발된 양기에 곤혹스러움을 느꼈다. 한참 젊었을 때도 이처럼 고생해 본 일이 없는 듯하다.

부르르!

정일 진인은 신형을 가볍게 떨어 보였다.

마치 둑 터진 물처럼 마구 분출되어 나오는 양기를 억누르기 위해서다. 그래야만 했다.

그 정도로 지금 경혜 군주가 뿜어내고 있는 음기의 기세는 무서웠다. 웬만한 양기를 지닌 사내라 할지라도 단숨에 정기가 고갈되고 말 터였다.

"으음, 만약 환신환허법술을 시전받지 않았다 하더라도 군주님의 이 같은 음기는 결국 천하에 큰 화를 불렀을 것이다.

전설상의 절대태양지체라도 타고난 사내가 아니라면 군주님의 음기를 억누를 수 없을 테니까."

변명이다.

그것도 구차한 변명이다.

그러나 정일 진인은 그 같은 변명을 입 밖에 낸 것만으로도 표정이 한결 밝아졌다. 죄없는 소녀의 생명을 희생해서 역천의 법술을 완성하려는 자신에게 면죄부를 부여했기 때문이다.

"후우!"

정일 진인이 호흡을 가볍게 가다듬었다. 그의 입에서 흘러나온 한 가닥 정기가 뿌우연 기류를 형성하더니 곧 사방으로 흩어져 버렸다. 정일 진인을 괴롭히던 양기의 결정이 급기야 소멸을 맞은 것이다.

그와 동시다.

짝!

한차례 양손을 마주치는 것으로 본래의 신색을 되찾은 정일 진인이 슬그머니 경혜 군주로부터 떨어져 나왔다. 계속 그녀의 부근에 있다간 또다시 음기의 침습을 받을 게 뻔했다. 위험을 안다면 그곳을 피하는 것이 군자다.

'그럼, 이제 슬슬 가사 상태에 든 군주님을 깨워볼까?'

정일 진인의 손가락 사이에 어느새 한 장의 부적이 끼워져 있었다.

환혼부(還魂符)!

죽음 직전에 이른 사람이라 해도 육체로 잠시 혼백을 불러 올 수 있는 모산파 비전의 부적이다. 이거면 환신환허법술로 인해 음기가 극한까지 폭출한 상태인 경혜 군주라 해도 잠시 나마 제정신을 찾게 만들 수 있다.

한데, 막 정일 진인이 수결과 함께 수중의 환혼부를 경혜 군주에게 날리려 할 때였다.

쿵!

귀로 전해진 소음이 아니다. 정일 진인의 뇌리 속에서 울려 퍼진 울림이다. 어지러움증이 동반된 건 물론이었다.

휘청!

정일 진인은 가까스로 쓰러지려는 신형을 바로 했다.

일 갑자.

육십 년이 넘도록 수련을 멈추지 않았던 그가 할 수 있는 일의 전부였다.

'이게 도대체……!'

정일 진인의 노안이 커다란 파문을 일으켰다. 그럴 수밖에 없었다. 어째서 갑자기 자신에게 이 같은 기변이 벌어졌는지 알 재간이 없었기 때문이다.

그때다.

마치 그 같은 정일 진인의 의혹을 풀어주기라도 하려는 듯 태극팔괘의 방으로 한 명의 선풍도골의 노인이 모습을 드러냈다.

북리단야.

천하에서 아는 사람이 거의 없긴 하나 정일 진인의 사부다. 그가 환상과 같이 모습을 드러낸 노인의 정체였다.

"사, 사부님……."

북리단야의 느닷없는 방문에 놀란 정일 진인의 목소리가 가벼운 떨림을 보였다. 일 갑자가 넘는 동안의 수양과 수련조차 사부 북리단야 앞에선 무용지물이다.

북리단야가 금방이라도 바닥에 무너져 내리려는 정일 진인에게 특유의 부드러운 미소를 내보였다.

"허허, 천도문 밖에 펼쳐 놓은 게 모산파의 자랑 중 하나인 건곤기변오행진이렷다?"

"그, 그렇습니다."

정일 진인은 북리단야의 미소를 보고서야 자신의 신색을 깨닫고 안색을 딱딱하게 굳혔다. 이건 아무리 에누리해 생각해 봐도 몰래 못된 짓을 하려다가 범행 현장을 들킨 소도사에 다름 아니다. 그렇게밖엔 생각할 수 없었다.

'사부님께서 설마하니 나와 소리산 대주의 계획을 눈치 채고 계셨던 것인가?'

의심이라기보다는 확신에 가깝다.

그 외엔 북리단야의 갑작스런 방문을 설명할 길이 없다.

풀썩!

정일 진인이 재빨리 바닥에 엎드렸다. 방금 전처럼 외부의 충격에 다리가 풀려서가 아니다. 북리단야에게 사죄를 청하기 위해서였다.

"사부님, 제자가 죽을죄를 지었습니다!"

"죽을죄를 졌다?"

"그렇습니다! 죽을죄를 지었으니, 이번 한 번만 용서해 주십시오!"

"……."

정일 진인은 읍소와 더불어 바닥에 머리를 힘껏 박아댔다.

이마가 깨져 피가 터져 나올 때까지 쉬지 않았다.

그 모습을 묵묵히 지켜보고 있던 북리단야가 입가에 더욱 부드러운 미소를 만들어냈다.

"훌륭한 판단이다. 네 그 같은 기민함과 판단력을 높이 사서 내 그동안 중용을 해왔었지. 하지만 믿는 도끼에 발등을 찍힌다고, 네 녀석이 감히 역심을 품을 줄은 몰랐구나."

"사부님께서 제자에게 비풀어주신 은혜는 하해와 같습니다. 제자, 항상 은혜갚음을 할 때만을 기다리고 있었습니다. 어찌 감히 역심을 품을 수 있겠습니까?"

"역심을 품지 않았다?"

"그렇습니다! 부디 사부님께서는 통촉해 주시기 바랍니다!"

"통촉이라……."

북리단야는 정일 진인이 내뱉은 말 중 황제한테나 쓰는 단어를 중얼거린 후 입가에 매달려 있던 미소의 색채를 조금 옅게 만들었다.

'됐다! 사부님께서 살기를 조금이나마 거둬들이셨다!'

정일 진인이 북리단야를 사부로 모신 건 일 갑자가 족히 넘는다. 평범한 사람의 일생에 가까운 기간이다. 그의 성품과 취향 중 거의 모르는 게 없을 정도다.

당연히 북리단야의 입에 평소 걸려 있는 미소의 농도가 바로 살기의 유무를 판별하는 기준임 역시 알고 있었다. 이제 그가 극도로 강렬하던 살기를 조금이나마 누그러뜨렸으니, 그 천금과도 같은 기회를 놓칠 순 없다.

"사부님, 제자가 오늘 따로 경혜 군주를 천도문으로 데려온 것은 전날 완벽하게 시행하지 못한 환신환허법술을 완성하고자 함이었습니다."

"어째서 그랬지? 내 분명히 후일 쓰일 때가 도래할 때까지 난릉왕부에 맡기고 있으라 했거늘, 어째서 몰래 천도문으로 빼돌린 것이더냐?"

"그건 제자의 속 좁은 질투 때문입니다."

"질투?"

반문한 북리단야의 눈매가 살짝 가늘어졌다. 짐작 가는 바가 없지 않다.

"정일, 네가 질투를 느낀 건 첨수더냐?"

"사부님께서 바로 보셨습니다. 제자는 사부님이 사제에게 지나치게 관심을 보이시는 걸 마음에서 지워 버리기엔 수련이 부족했습니다."

"어리석은 것!"

북리단야의 입에서 가벼운 장탄성이 흘러나왔다. 이미 입가에 늘상 감돌 것만 같던 미소는 사라진 지 오래다. 꾸짖음은 바로 이어졌다.

"정일, 너는 나의 대제자니라! 어찌 네가 나이 어린 사제와 경쟁을 하려 했더냐! 그렇게도 용상의 자리가 탐이 났던 것이더냐?"

"그렇진 않습니다."

"하면?"

"제자는 용상이 사부님의 것임을 믿어 의심치 않습니다. 오로지 충심으로 사부님의 뒤를 따를 뿐입니다. 하지만 제자, 사제에게까지 충심을 바칠 순 없습니다. 그래서 마음이 흔들리고 말았습니다."

"……."

정일 진인은 속마음을 하나도 빠짐없이 그대로 고했다. 북리단야에겐 어떠한 거짓말도 통하지 않음을 잘 알고 있었기 때문이다.

그 점이 북리단야의 마음을 움직였다.

그는 지그시 정일 진인의 피범벅이 된 얼굴을 바라본 후 입가에 가벼운 한숨을 매달았다.

"여하한 이유를 댄다 해도 이번 잘못은 무척 크다. 네 헛된 질투심으로 인해 대업을 그르칠 뻔했음이야. 하지만 너는 내 대제자로 오랫동안 성심을 다해 대업을 위해 충성을 바쳤다. 그동안의 공(功)으로써 과(過)를 상쇄할 터인즉, 한동안 근신하고 있도록 하라!"

"사부님의 너그러움에 감사드립니다."

"또 한 가지!"

슬며시 목소리를 높인 북리단야가 시선을 태극단 위에 눕혀져 있는 경혜 군주에게 던졌다. 그의 맑고 투명한 눈이 일순 괴악스런 기운을 뿜어낸다.

"이번 기회에 경혜 군주, 저 아이를 황제와 동침하도록 만들거라."

"예? 그건……."

"황제가 타고난 자미성을 흐릴 수 있는 것이야말로 염정성이 할 일! 비록 자미성의 군건한 기운을 타고난 황제가 이번 일로 무너지진 않겠으나 한동안 정신을 차리지 못할 것이니라."

"……."

정일 진인은 일시 북리단야의 명에 대답하는 걸 잊어버렸다. 등줄기로 식은땀이 한 무더기나 쏟아져 내렸다. 자신이 방금 전까지 역천의 술법을 발동시키려 했다는 걸 까맣게 잊어버린 듯하다.

그런 그에게 북리단야의 서늘한 시선이 떨어져 내렸다.

대답을 종용하는 눈빛.

정일 진인은 가슴이 폭발할 것 같은 압박감에 그만 고개를 끄덕이고 말았다. 대답 대신이었다.

"좋아."

또다시 시선을 경혜 군주 쪽으로 던진 북리단야의 입가로 극히 부드러운 미소가 번져 나왔다.

*   *   *

작은 방에 마주 앉은 두 사람.

진자운과 소리산 중 먼저 입을 연 건 소리산이다. 그가 이곳의 주인이니만치 당연한 일이다.

"성마대공, 낯빛이 생각보다 좋지 않아 보이는데, 혹여 부상이라도 입은 게 아닙니까?"

"그거 날 걱정해서 묻는 거요?"

"반쯤은 진심이 담긴 질문입니다."

"하! 하!"

진자운이 만선루의 폭발을 맨몸으로 감당한 직후와 같이 입 모양으로만 웃음을 내뱉었다. 소리산의 안색이 극히 태연한 것과는 조금쯤 거리가 있는 대응이다.

웃음을 멈춘 진자운이 입매무새를 슬며시 꿈틀거려 보였다.

"그보다는 일단 변명이 먼저라고 생각지 않소?"

"변명이라……."

의도적으로 말꼬리를 끌어 보인 소리산이 곧 뒤엣말을 이어 붙였다.

"본인이 창안한 지밀대의 천라지망은 어떠했습니까? 맹휘는 빼어난 인물이니만치 성마대공께서도 조금쯤은 고전하셨을 듯한데?"

"이번 싸움에서 난 십여 년 만에 가장 많은 사람을 죽여야만 했소. 내 동료 역시 한 명 목숨을 잃었고."

"그러셨습니까?"

"방금 전 내 동료가 한 명 죽었다고 한 것 같은데?"

"똑똑히 들었습니다."

소리산은 대답과 함께 자신의 귀를 손가락으로 가리켜 보이기까지 했다. 자신 역시 귀가 있고 들을 수 있다는 걸 굳이 행동으로 취해 보인다.

그게 또 굉장히 얄밉다.

'…저 귀를 확 잡아당겨 버려?'

문득 손가락이 간질거리는 걸 느낀 진자운이 한쪽 볼살을 살짝 꿈틀거려 보였다. 그는 놀랍게도 인내심을 발휘해서 자신의 욕망을 억눌렀다.

어째서?

진자운은 소리산을 본 순간, 그의 주변을 맴돌고 있는 초탈의 기운을 읽을 수 있었다.

진자운과 같이 도를 깨우침으로써 이룬 것이 아니다. 죽음마저 가벼이 여길 정도의 각오를 한 자만이 내보일 수 있는 일종의 결의라 할 수 있었다.

당연히 이 같은 자에게 있어 진자운이 주로 애용하는 협박 같은 건 통하지 않는다. 오히려 조소를 당할 뿐이다. 그건 전혀 원하는 바가 아니다.

따닥!

자신도 모르게 손가락 관절을 꺾어 보인 진자운이 갑자기 밑도 끝도 없는 질문을 던졌다.

"무당산에서 벌어진 일부턴가?"

"눈치 채셨습니까?"

"눈치 챘지. 그냥 우연이라고 치부하기엔 지나칠 정도로 아귀가 딱딱 들어맞았으니까. 무림맹과 북녹림맹 간의 분쟁서부터 말야."

"호오!"

소리산이 탄성을 입에 담았다. 뜻밖이라는 투다. 그게 진자운의 눈매를 더욱 가늘어지게 만들었다.

"내가 그냥 무공만 익히느라 뇌까지 근육으로 굳어진 바보로 본 거로구만?"

"대개 최강의 무공을 익힌 사람들이 그렇지 않습니까?"

"대개지, 난 아니야."

"그렇군요."

얄짤없는 진자운의 대답에 소리산이 얼른 수긍의 빛을 보였다. 그래 봤자 성의가 없기는 여태까지와 매한가지다. 진자운의 눈매가 조금 더 가늘어질 수밖에 없다. 그는 슬슬 한계를 느끼기 시작했다.

"그래서?"

"어째서 그런 짓을 벌였냐는 겁니까?"

"하나도 빼놓지 않고 말해야 할 거야. 나는 보통 죽고자 마음먹은 자는 절대로 죽이지 않는 주의지만, 이번 강호행에선 이미 충분할 정도로 원칙을 어겼어. 이제 하나쯤 더 어긴다고 해도 그리 티가 나진 않아."

"협박입니까?"

"귀여운 정도지."

진자운은 한계까지 가늘어진 눈을 잔뜩 부라려 보이는 것 역시 잊지 않았다. 나름대로 갈구는 표정이다. 이를 지켜본 소리산의 눈에 문득 가벼운 이채가 어렸다.

'이 같은 자가 정파인이라니! 성녀님과 지나칠 정도로 잘 어울려서 무서울 정도가 아닌가?'

성녀 담화연을 갓난쟁이 시절부터 지켜봐 온 소리산이다. 그녀의 성장을 지켜본 자답게 그는 부군인 진자운에 대한 관심이 높았다.

제이차 마정대전 이후 명성이 욱일승천의 기세로 치솟은 진자운이나 실제로 대화를 나눠보긴 처음이었다. 이제 문서화된 자료가 아니라 직접 인물됨을 접하고 보니, 묘한 매력을 느낄 수 있었다.

그러나 소리산의 눈에 어렸던 이채는 금세 자취를 감췄다. 나타날 때보다 훨씬 빠른 속도다.

그는 다시 속을 모를 정도로 깊어진 눈을 한 채 진자운에게 말했다.

"성마대공께서 명하시니 하나도 빼놓지 않고 말씀드리겠습니다. 하지만 그전에 한 가지 대답해 주셨으면 합니다."

"짧게 끝내줘."

"성마대공께서는 이번 강호행이 끝나면 여전히 천하를 등지고 은거하려 하십니까?"

"생각해 본 적 없는 질문이야. 대답 역시 마찬가지고."

"그렇군요."

또다시 성의없는 수긍의 기색을 보인 소리산이 다시 눈에 이채를 담았다. 이번에는 색깔이 다르다. 이채라기보다는 안광의 폭출이라 함이 옳다.

"그럼, 다시 질문을 바꾸겠습니다. 성마대공께서는 성녀님의 부군으로서의 의무를 충실히 수행할 의향이 있으십니까?"

"뭐?"

"본 교의 제일 교주 승계권자인 성녀님의 부군인 성마대공으로서 위대한 천마신교를 다시 천하제일세로 만들 의향이 있으신지 묻는 것입니다."

"……."

진자운의 잔뜩 부라려져 있던 표정이 확 풀려 버렸다. 가늘어져 있던 눈매 역시 마찬가지다. 소리산이 한 말의 의미를 지나칠 정도로 잘 파악할 수 있었기 때문이다.

◆ 第五十六章 ◆

안빈낙도(安貧樂道)를
꿈꾸는 대칸의 아들

안빈낙도(安貧樂道)를 꿈꾸는 대칸의 아들

"푸하하하하!"

진자운은 언제 두 눈 가득 힘을 주고 있었냐는 듯 대소를
터뜨렸다.

웃음만 지어 보인 게 아니다.

그는 앞에 놓여져 있던 탁자를 손바닥으로 연달아 두들겨
댔다.

타닥! 탁! 탁!

묘하게 장단이 맞는다.

운율 역시 그럴듯하게 이어지는 것이 진자운의 입에서 한
소리 시가라도 흘러나온다 한들 전혀 어색할 게 없을 듯하다.

그런 엉뚱한 생각이 들 정도의 모습이다.

소리산은 별다른 표정의 변화가 없다.

그는 그냥 기다리고 있다.

진자운의 대소와 느닷없는 박자 맞추기가 곧 끝나리란 걸 확신하고 있다. 지밀대주가 된 후 꽤나 오랫동안 진자운이란 인물의 성향에 대해 준비하고 대비해 왔다. 이런 정도의 모습쯤 감당해 내지 못할 까닭이 없다.

과연 얼마 지나지 않아 진자운이 대소를 멈췄다. 손바닥 장단 역시 마찬가지다.

"그런데 천하제일세 정도로 되겠소?"

"용상 역시 바라시는 겁니까? 성마대공께서 원하신다면 그역시 준비해 보겠습니다."

"자신만만하시구만? 전날 상당히 심한 꼴을 당했던 걸로기억하는데?"

"본시 모사재인 성사재천이라 했습니다. 일을 꾸미며 완벽을기했으나 천재지변을 만났으니 도리가 없었다고 봅니다."

'허!'

진자운은 내심 가볍게 혀를 찼다. 천재지변이란 다름 아닌제이차 정마대전의 또 다른 주인공 중 하나인 마군자 상유하를 일컬음이리라.

벌써 십 년이 훌쩍 지났다.

하지만 아직도 진자운은 천마총에서 전날 상유하와 벌였

던 일전을 기억하고 있었다. 그날의 피해자 중 최악의 일인 중 한 명인 소리산의 대수롭지 않다는 모습에 깊은 감명을 받지 않을 수 없었다.

물론 한차례 혀를 찰 정도만이다.

그 이상의 감흥 따윈 진자운에게 각인되지 않는다.

까닥!

고개를 옆으로 한차례 뉘인 진자운이 사뭇 으르렁거리는 표정을 지어 보였다.

"내가 이래 봬도 황제의 의동생인 친왕이오."

"알고 있습니다."

"그런데 반역을 도모하라고 선동하는 거요?"

"그저 성마대공의 의중을 알고 싶었을 뿐입니다."

"아니면 말고?"

"물론입니다."

여전히 간명한 대답이다. 전혀 거침이 없다. 진자운으로서도 그 점만은 인정할밖에 도리가 없다.

'제길, 하여간에 무림맹의 옥성 사태나 이 얌생이 같은 인간이나 잔머리 굴리며 사는 인간들이란!'

내심 욕설을 내뱉은 진자운이 뉘었던 고개를 바로 했다.

"없소!"

맨 처음 소리산이 던졌던 질문에 대한 답이다. 참 오랫동안 말을 빙빙 돌리고서야 튀어나왔다. 그러나 소리산이 알아듣지 못할 리 없다. 그가 천천히 고개를 끄덕여 보였다.

"그러시군요."

납득했다는 표정이다. 태연하게 현실을 받아들이고 수긍하는 모습이다.

진자운에겐 그것 역시 마음에 안 든다. 그의 입에서 갑자기 폭갈에 가까운 일갈이 터져 나왔다.

"뭐가 그러시군요냐!"

"……."

소리산은 처음으로 진자운에게 곧바로 대답하지 못했다.

그럴 수밖에 없다.

느닷없이 진자운에게서 몰아쳐 나온 기세의 폭풍에 신체의 대부분이 마비되어 버렸다.

전날의 무공을 거의 대부분 회복한 상태임에도 꼼짝도 못하겠다. 그 정도의 기세였다.

'크으! 몸속의 피가 일제히 끓어오르기 시작했다. 고작해야 무형지기 정도의 발출 따위에 내 패천마강이 이 정도까지 뚫리다니, 도대체 어찌 되어 먹은 인간인 거냐!'

소리산은 내심 진저리치며 입을 꽈악 닫았다. 비명을 터뜨리지 않기 위해서다.

그러나 어느새 목구멍으로부터 진한 피 내음이 뭉클거리며 솟아오르고 있었다. 이대로 아무것도 하지 않고서 버티다간 전신 혈맥이 폭발해 죽을 것 같다.

다행히 그 같은 상황 속에서도 소리산은 표정 하나 변하지 않았다. 속마음을 겉으로 드러내지 않는 데는 이골이 났다. 전문 영역이라 할 만했다.

그래서일까?

당장이라도 소리산을 기세만으로 압사시킬 듯하던 진자운이 갑자기 살짝 앞으로 쏠려 있던 자세를 풀었다. 마치 뒤에 보이지 않는 등받이라도 있는 듯 허리를 젖혔다. 무척이나 방만해 보이는 자세다.

그뿐이었다.

더 이상 변한 건 없었다.

그런데도 소리산은 순식간에 압력이 줄어드는 걸 느꼈다. 미친 듯 들끓으며 목구멍을 아프게 압박하던 혈류의 분출 역시 마찬가지다. 진자운에게서 쏟아져 나온 무형지기 자체가 소멸하듯 모습을 감춰 버렸다.

진자운이 퉁명스레 말했다.

"제기랄, 제법이구만. 비명이라도 입에 담았다면 당장 골통을 부숴 버리려 했는데……."

"……."

소리산은 이번에도 대답하지 못했다. 호흡을 고르기에도 바빴다.

그 모습을 냉연히 바라보며 진자운은 마음속 한 켠에 자리 잡고 있던 유산월의 그림자를 지워 버렸다.

방금 전 터뜨린 폭갈!

거기에 더해 소리산을 단숨에 압사시킬 정도의 무형지기의 방출!

그것만으로 충분했다. 더 이상 유산월의 죽음으로 야기된 어둠을 가슴속에 품을 순 없었다. 누구보다 자유로운 성향을 지닌 진자운의 성향이 그리 만들었다.

소리산은 죽을 것 같은 고통 속에서도 진자운의 그 같은 변화를 직감적으로 눈치 챘다.

사람의 감정이나 내심을 읽는 건 그가 가진 수없이 많은 재주들 중 하나였다. 호흡을 다스리느라 이 같은 절호의 기회를 놓칠 순 없다.

"성마대공, 진정 천마신교와 함께할 의향이 없으신 겁니까? 성녀님을 교주에 올리신 후 대공께서는 교의 법을 행하는 호위사자가 될 수 있습니다. 그리되면……."

"그리되면?"

소리산의 말을 중간에 끊은 진자운이 언제 격분의 감정을 얼굴에 드러냈냐는 듯 담담한 기색으로 말을 이었다.

"난 사실 허울뿐인 정의를 내세우는 정파보다는 마교를 좋아해. 내가 본 인물들 중 정파인보다 마교에 속한 무인들이 더 멋있는 사람이 많았고 말야."

"……."

"하지만 그래 봤자 마교 역시 무림에 속한 세력이야. 그 본

질은 무력으로 범인들의 삶을 짓밟는 거야. 만약 절대적인 힘을 가지게 되면 그 같은 일은 더욱 가속화되겠지."

소리산이 눈에 가벼운 이채를 담았다. 진자운의 대답이 다소 뜻밖이란 모습이다.

"설마 성마대공께서 바라는 건 지금과 같은 무림의 힘의 균형이 계속되는 겁니까?"

"무림의 힘의 균형?"

"그렇습니다. 그래서 갑자기 무림에서 은거하신 게 아닙니까? 성마대공이 계속 무림에 남아 있었으면 정파의 힘이 천마신교를 제압했을 테니까요."

이는 소리산이 진자운의 갑작스런 무림 은거에 관해서 수없이 많은 생각을 한 끝에 내린 결론이다. 그 외엔 한창 나이때 천하제일인에 오른 그가 모든 명예와 권세를 버리고 세속을 등질 까닭을 당최 찾을 수 없었다.

그러나 진자운에겐 그저 생뚱맞은 얘기일 뿐이다. 그는 그런 복잡한 사정까지 생각하면서 사는 사람이 아니다.

'쳇, 나는 그냥 무림의 일에 계속 이리저리 끌려 다니는 게 귀찮아서 은거했을 뿐인데, 착각도 유분수로구만. 하지만 곧이곧대로 말을 할 수도 없겠군. 이런 자들은 지나치게 잔머리를 굴리는 통에 자신만의 생각 속에 갇히는 경우가 많으니까.'

천하를 손바닥 위에 올려놓은 채 마음대로 주무를 수 있다고 믿는 자들을 상대할 때 몇 번이나 경험했던 일이다. 대처 방법을 강구해 놓지 않았을 리 없다. 잠시 염두를 굴린 진자 운이 미미하게 고개를 끄덕여 보였다.

"이거 들통 났구만."

"……."

"그래, 나는 천하무림의 안녕과 평화를 위해 일신의 영달과 부귀영화를 버리고 은거를 결심했어. 한창 피 끓는 젊은 나이에 그런 결단을 내린다는 건 그리 쉽지 않더구만. 하지만 뭐, 어쩌겠어. 그로써 천하무림이 평화와 안녕을 구가할 수만 있다면야."

입만 열면 장편소설처럼 말을 늘어놓는 백운생을 진자운은 그럴듯하게 흉내 냈다. 항주에서 북경까지 함께한 백운생의 특징적인 말투쯤 흉내 내는 건 일도 아니었다. 말을 마친 진자운의 입가엔 꽤나 큰 성취감이 매달려 있었다.

물끄러미 그 같은 모습을 지켜본 소리산이 천천히 고개를 가로저었다.

"역시 그런 건 아니었군요."

"응?"

"성마대공에 대해선 오랫동안 연구했습니다. 또한 성녀님의 성품에 대해서도 익히 알고 있습니다. 당연히 그 정도만으로도 결과란 자명한 것인데, 제가 괜스레 노파심에 실수를 범했으니 용서해 주십시오."

"……."

진자운의 인상이 슬며시 찌푸려졌다. 소리산의 모든 걸 파악했다는 표정에 비윗장이 뒤틀린 것이다.

소리산은 진자운이 그러거나 말거나 뭔가 묵은 체중이라도 내려간 듯한 표정으로 말했다.

"성마대공께서는 앞서 했던 말은 모두 잊어주십시오. 그리고 지금 당장 이곳을 떠나주시기 바랍니다."

"이곳을 떠나라고?"

"이곳엔 곧 북리 노야가 올 겁니다. 최소한으로 낮춰 잡는다 해도 성마대공에 버금하는 고수입니다. 지금 성마대공은 전력을 모두 발휘할 수 없는 상황이니, 우선은 피하시는 게 나을 겁니다."

"……."

말을 마친 소리산이 먼저 자리에서 일어섰다. 자신의 볼일은 모두 봤으니 더 이상 자리를 지키고 있을 필요가 없어졌다는 판단이다.

진자운이 그 모습을 묵묵히 지켜보다 말했다.

"그 북리 노야란 자가 바로 이번 일의 최종 주모자라고 봐도 되는 건가?"

"그렇습니다."

"그럼 그자가 노리는 건 필시 용상이겠구만? 무림을 제패하려 했다면 전날 벌어진 일, 이차 정마대전을 이용하지 않았을 리 없을 테니까."

"그건……."

잠시 말을 멈춘 소리산이 진자운에게 의미심장한 표정을 지어 보였다.

"…이제부터 성마대공께서 알아보셔야 할 일일 줄로 믿습니다. 단 하룻새 북리 노야는 성마대공으로 인해 중심 세력 중 하나를 괴결당했으니까요. 이 정도 정보라면 오늘 밤 성마대공께 번거로움을 드린 것에 대한 사죄가 되지 않겠습니까?'

"충분해."

진자운의 대답이 떨어진 것과 동시였다.

그에게 슬며시 고개를 한차례 숙여 보인 소리산이 방문을 열고 밖으로 빠져나갔다. 미리 천명한 바와 같이 삼십육계 주의상책에 들어간 것이다.

진자운은 그를 붙잡지 않았다.

대신 턱밑을 손가락으로 한차례 슬슬 문질러 보였다.

"저 머리 좋은 자식이 말하길 아무리 낮춰 잡아도 나랑 동수라고? 그렇다면 결론은 이미 내려진 셈인가!'

진자운이 벌떡 자리를 박차고 일어섰다.

이유는 자명하다.

먼저 방을 벗어난 소리산과 마찬가지로 삼십육계 주의상책을 위함이었다.

잠시 후.

지밀대의 안가를 벗어난 진자운 일행은 고루거각들이 잔뜩 밀집해 있는 서귀의 골목 사이를 빠르게 이동하고 있었다. 모두 진자운이 서두른 덕분이다.

진자운은 움직임을 서두르며 눈살을 가볍게 찌푸려 보였다.

육체의 그릇.

그 속에서 영체가 계속 흔들리고 있다. 이대로 가다가는 제멋대로 육체를 버리고 튀어나가 버릴 것 같다. 소리산과의 대화로 지나치게 많은 심력을 소모한 결과다.

'큭, 이젠 더 이상 시간을 지체할 수 없는데… 도대체 어디에 짱박혀야 하는 거지?'

쉽사리 결론이 도출되지 않는다. 그동안 유용하게 사용해 왔던 북경 하오문과 척을 진 상황인 까닭이다.

한데, 그때다.

열심히 고루거각의 숲을 벗어나고 있던 진자운 일행 앞에 한 명의 낯익은 얼굴이 모습을 드러냈다. 천리추종마를 자처하던 견도진이다.

'저놈은……'

진자운은 두 번 생각할 것도 없이 앞으로 튀어나갔다. 접인지기를 펼치는 대신 육탄돌격해 갔다.

슈악!

바람과 같은 움직임!

본래 경공이 조금 그럴듯할 뿐 삼류를 조금 뛰어넘는 무공만을 익히고 있던 견도진이 피할 수 있을 리 만무하다. 그가 할 수 있었던 건 입을 딱 벌린 채로 바닥에 널브러지는 것뿐이었다.

"아……."

"그 주둥이로 소리만 내봐라! 당장에 목뼈를 발로 밟아서 부러뜨려 주마!"

"…합!"

진자운의 경고가 결코 경고로만 끝날 성질의 것이 아님을 견도진은 본능적으로 직감했다. 그는 얼른 입 밖으로 튀어나오려던 비명을 쑥 밀어 넣었다. 그럴 수밖에 없었다.

하지만 그는 진자운을 다시 찾기 전에 유서까지 써놨다.

이 정도 대접쯤은 충분히 예상하고 있었다.

당장이라도 오줌을 찔끔찔끔 싸고 싶은 걸 억지로 참아낸 그가 덜덜 떨리는 목소리로 중얼거렸다.

"저, 저기… 이놈은 사자올습니다."

"사자?"

"그, 그렇습니다요. 사, 사자는 전쟁 중에도 결코 죽이지 않는 법이라고 들었습니다요. 그러니까 제발……."

"지랄!"

진자운은 단 한마디로 견도진의 사정을 일축하곤 발끝을 살짝 움직였다. 견도진의 아랫배를 걷어찬 것이다.

툭!

그리 크지 않은 소리와 달리 견도진의 안색이 시커멓게 변했다. 하단전이 위치한 기해혈을 얻어맞자 기혈이 역류하기 시작했다. 주화입마다.

"으헥! 으헥! 으헥!"

견도진 같은 삼류무인이 주화입마를 제어하는 방법을 알고 있을 리 없다. 그는 기혈이 역류하며 느껴지는 고통조차 아랑곳하지 않고 연신 입 밖으로 가쁜 숨결을 토해냈다. 어찌할 바를 모르게 된 것 같다.

진자운이 그 모습을 지그시 바라보다 말했다.

"당장 치솟는 기혈을 단전으로 돌려보내지 못하면 반신불수를 면치 못할 거다."

"으헤헤헥!"

견도진의 숨소리가 더욱 거칠어졌다. 그러나 진자운은 아랑곳조차 하지 않는다.

"그러니까 당장 금적왕이 있는 곳으로 안내하는 게 좋을 거다."

"아, 안내하겠습니다! 안내하겠어요!"

"뭐?"

"문주님한테 안내하겠단 말씀입니다! 본래 그러기 위해 사자로서 온 것입니다요! 그러니 부디 자비를 베풀어……."

픽!

견도진은 연신 소리를 질러대다 입을 쩍 벌린 채 말끝을 흐렸다. 진자운이 다시 발끝을 움직여 그의 기해혈을 걷어찬 것과 동시에 벌어진 일이다.

아파서?

그렇진 않았다.

소리가 좀 컸을 뿐 견도진이 느낀 고통은 별것없었다. 오히려 당장이라도 전신의 경맥을 모조리 뒤틀리게 하고 부숴 버릴 듯하던 기혈의 역류가 수그러들었다. 들판을 내달리는 사자와 같던 기세를 죽이고 갑자기 순한 양으로 변모한 것이다.

이에 견도진이 놀란 표정으로 고개를 들어 올리자 진자운이 특유의 협박하는 표정을 지어 보였다.

"딱 일각 정도만 늦춰났을 뿐이야."

'이, 일각…….'

견도진은 하오문에서 잔뼈가 굵은 자다. 진자운이 한 말의 뜻을 대번에 눈치 챘다.

슥!

얼른 자리를 털고 일어선 견도진이 진자운에게 허리를 슬쩍 숙여 보이곤 고했다.

"소인이 모시겠습니다. 따르시지요."

"……."

진자운이 대답 대신 다시 발을 들어 올렸다. 주둥이 닥치고 앞장서기나 하라는 뜻이다.

이를 견도진이 못 알아들을 리 없다.

그는 움찔하고 어깨를 한차례 떨어 보이더니, 두말없이 신형을 돌려세웠다.

일각이란 시간.

그리 길지 않다. 한시라도 빨리 진자운을 금적왕에게 데려다 주고 싶지 않을 리 없다.

*　　　*　　　*

천도문을 뒤로하고 자금성을 빠져나온 북리단야는 곧장 서쪽으로 향했다.

서귀(西貴).

황족이나 귀족들이 잔뜩 몰려 있는 방면이다. 얼마 전 지밀 대주인 소리산이 옮긴 안가는 바로 수없이 많은 귀족들의 고루거각 사이에 숨겨져 있었다.

스스스슥!

북리단야의 걸음은 누가 보더라도 평범했다. 전혀 빠르지 않을뿐더러 특별한 점을 찾을 수 없었다. 그의 모습을 한차례 밖엔 보지 못한 자라면 모두 그리 생각할 터였다.

하지만 다시 그에게 시선을 던진다면?

방금 전 한 명의 평범한 노인이 거리를 걷는 모습을 봤다고 여겼던 자들은 눈을 휘둥그레하니 뜰 수밖에 없다. 아니면 두 눈을 소매로 비비고 허깨비를 본 것이 아닌지 스스로를 의심할 터였다.

그럴 수밖에 없다.

누구라도 평범하다고 느낄 만한 걸음으로 북리단야는 단숨에 수십 장씩을 이동하고 있었다.

당연히 두 번째 시선을 던질 때쯤 그의 모습은 자취조차 찾기가 어려웠다. 허깨비를 만났다고 생각하는 것이 결코 무리가 아니다.

그렇게 북리단야가 서귀라 불리는 고루거각의 바다 속으로 뛰어든 지 얼마나 지났을까?

어느 순간 산골짜기를 흘러내리는 계류와 같던 그의 걸음이 움직임을 멈췄다. 얼마 전까지 지밀대의 비밀 안가 중 하나였던 장소다.

"허허, 고작해야 단 한 명의 기척밖엔 느껴지지 않는다?"

딱히 누구를 향한 말이 아니다. 혼잣말에 가까웠다. 그러나 그 말이 끝난 직후에 벌어진 결과는 가히 놀랄 만하다.

퍼펑!

북리단야의 앞을 굳건히 가로막고 있던 두 짝의 대문이 요란한 꽝음과 함께 흔적도 없이 사라졌다. 부서지거나 날아간 게 아니다. 아예 존재 자체가 소멸해 버렸다.

무서운 위력의 격공장력!

북리단야는 자신의 일장으로 인해 훤히 드러난 대문 안쪽으로 천천히 걸어 들어갔다.

이미 안가 내부를 투과히 단 한 명의 존재를 파악해 낸 그의 움직임은 거침이 없다. 자신이 일으킨 소란으로 야기될 문제 역시 전혀 개의치 않는 듯하다.

그러자 요란한 소란 통에 모습을 드러낸 한 명의 인물이 있다. 바로 지밀대주인 소리산이다.

그는 얼마 전 진자운 앞에서 했던 말이나 행동과는 달리 다시 안가로 돌아와 있었다. 북리단야를 기다리고 있었다는 건 두말하면 잔소리다.

"네놈!"

북리단야는 소리산을 발견하자마자 곧바로 손을 썼다. 그의 입에서 일갈이 터져 나온 것과 거의 동시다. 소리산의 신형이 마치 눈에 보이지 않는 그물에 휘감긴 것처럼 일시 오그라들더니, 순식간에 바닥에 내동댕이쳐졌다.

반항할 틈?

그런 것 따윈 아예 존재치 않았다.

소리산은 얼굴을 바닥에 브-은 채 입으로 몇 덩이나 되는 핏물을 토해냈다. 한눈에 보기에도 대단히 심한 중상을 입었음이 분명하다.

슥!

북리단야의 눈에도 그리 비춰졌다.

특유의 계류와 같은 움직임으로 소리산 앞에 도착한 북리단야가 얼음처럼 차가운 시선을 던졌다.

"소리산, 지밀대의 조직도를 당장 노부에게 넘기거라. 그럼 고통스럽지 않게 죽게 해주마."

"……."

소리산은 핏물을 입에 담은 채 북리단야 쪽으로 고개를 들어 올렸다. 부상이 극심함에도 얼굴에는 고통스런 빛이 조금도 보이지 않는다.

그 모습에 북리단야가 차가운 눈에 슬쩍 이채를 담았다.

'역시 인물! 과거 마교의 두뇌라 불렸던 자다운 기백이로고. 충후한 성정을 지닌 정일이 이자에게 속아 넘어간 것도 무리는 아니라 할 수 있을 터.'

북리단야는 제자 정일 진인을 떠올리곤 눈빛을 더욱 차갑게 만들었다.

황제로의 길!

가장 가까운 친인조차 완전히 믿을 수 없는 고독한 길이다. 때문에 북리단야는 제자 정일 진인을 감시하기 위해 천도문 내에 밀정을 심어놓았었다. 결코 그 밀정을 사용할 일이 없기를 내심 바라고 있었음은 물론이다.

그런데 그 같은 바람이 근래 깨어졌다.

모두 눈앞에 피를 쏟아내고 있는 소리산이 정일 진인에게 헛된 야심을 심어준 까닭이다. 자칫 백여 년간에 걸쳐 쌓아 올린 공든 탑이 무너질 뻔한 것이다.

살의(殺意)!

북리단야에게서 일어난 무형지기가 무형의 창이 되어 곧 장 소리산을 향했다. 그에게 얼음으로 된 창칼에 온몸이 난자 당하는 것과 같은 고통을 안겨줬다.

그러나 소리산은 안색 하나 변치 않는다. 북리단야를 바라 보는 눈빛 역시 흔들림이 없다. 마치 고통을 아예 못 느끼는 사람 같은 모습이다.

'체내의 기경팔맥이 원활하게 활성화되어 있고, 단전에는 내공이 잔뜩 쌓여 있다. 신경에는 전혀 이상이 없어. 하긴 무 인에게 있어 세밀하고 정교한 감각은 생명과 다름없으니, 스 스로 신경을 차단시켰을 리 없겠지.'

소리산의 체내를 기감으로 훑어본 직후 북리단야는 무형 지기를 거둬들였다. 이 정도의 의지를 지닌 자에게 육체적인 고통을 주는 건 무의미한 일이란 생각이 들었기 때문이다.

그러자 기다렸다는 듯 소리산이 천천히 입을 열었다.

"북리 노야, 애석하게도 한발 늦으셨소이다."

북리단야의 눈에 다시 이채가 어렸다.

"설마 지밀대의 조직도를 없애 버린 것이더냐?"

"조직도 따윈 애초에 존재하지도 않았소이다. 한데 어찌 없애 버릴 수 있겠소이까?"

"하면 방금 한 말의 의미는 무엇이더냐?"

"……."

북리단야의 질문에 소리산은 대답 대신 입가에 흐릿한 미소를 만들어냈다. 특유의 전혀 내심을 읽을 수 없는 웃음이다. 이를 북리단야가 용납할 리 만무하다.

슥!

북리단야는 식지를 뻗어 소리산의 눈알을 뽑아버렸다. 자신의 질문에 곧바로 대답하지 않은 것에 대한 징벌이었다.

움찔!

이번만큼은 소리산이라 한들 태연할 수 없었다. 시야의 절반을 잃어버렸으니 당연하다. 그래도 여전히 비명 따윌 토해내진 않았다.

그러자 북리단야가 소리산에게서 떼어낸 눈알을 손바닥에 한차례 굴려 보이곤 등 뒤로 내던졌다. 방금 전 자신이 한 일에 어떠한 의미도 부여치 않는 모습이다.

"……."

소리산은 치밀어 오르는 분노와 통증을 참고서 북리단야를 외눈으로 바라봤다.

반면이 피로 물든 얼굴.

귀기마저 서린 듯 보인다.

그러나 북리단야는 전혀 개의치 않는 표정으로 다시 질문했다.

"그래서 방금 전에 한 말의 의미는 무엇이더냐?"

"이번에도 대답하지 않는다면 나머지 눈알도 뽑아낼 작정이신 게요?"

"물론."

단순명쾌하다.

능히 북리단야가 그럴 수 있는 사람임에 재론의 여지란 없다. 그 점이 정도를 추구하는 진자운과의 차이란 생각을 잠시 뇌리 속에 떠올린 소리산이 침묵을 거둬들였다.

"본인의 생각에 북리 노야는 지밀대의 조직도를 받으러 온 게 아닌 걸로 알고 있소이다."

"지밀대의 조직도는 상당히 중요한 가치를 가진다. 어찌 그런 말을 늘어놓는 것이더냐?"

"하지만 북리 노야쯤 되는 분이 직접 움직일 정도의 가치는 없다고 할 수 있소."

"하면?"

"북리 노야가 오늘 황급히 이곳에 온 진정한 이유는 지밀대와의 싸움에서 중상을 당한 태극무검 진자운을 제거하기 위함일 것이오. 향후 천하제패에 있어 가장 큰 걸림돌이 될 자를 쉽사리 제거할 수 있는 기회를 결코 놓치고 싶지 않을 테니까."

말을 마친 소리산이 북리단야를 지그시 쏘아봤다. 내 말이 맞지 않느냐는 표정이다.

"……."

북리단야의 청수한 노안에 일순 가벼운 파랑이 스쳐 지나 갔다. 소리산이 한 말이 맞았기 때문이다. 잠시의 침묵 끝에 그의 입술이 떼어졌다.

"그는 지금 어딨지?"

"이미 대답드렸소이다."

"늦었다고?"

"그렇소이다. 태극무검 진자운은 상당히 오래전에 이미 이 곳을 떠났소이다."

"노부가 찾아올 줄 알고 미리 피신시킨 것이더냐?"

"피신?"

북리단야의 말을 받은 소리산이 입가에 평소와 사뭇 다른 미소를 매달았다.

조소.

명백한 비웃음이다.

그는 다시 북리단야가 발작하기 전에 미리 선수를 쳤다. 비 웃음의 이유를 뒤에 갖다 붙였다.

"태극무검 진자운은 당금 천하제일고수올시다. 지밀대의 칠 할 전력을 홀로 괴멸에 가까운 타격을 입히고도 외상 하나 보이지 않았소이다. 어떻게 내가 그로 하여금 북리 노야에게 겁을 집어먹고 달아나게 할 수 있겠소이까?"

"……."

북리단야는 소리산이 한 말이 사리에 부합함을 알았다.

백여 년.

황제가 되기 위해 황천의 그림자 속에서 은인자중한 세월이다.

덕분에 북리단야의 존재는 무림에는 완전히 무명이다. 아예 소문 자체가 나지 않았다. 그쪽에 신경조차 쓰지 않았으니 서운해할 필요도 없는 일이다.

그러니 진자운이 무명의 북리단야에게 겁을 집어먹을 리 없다. 그동안 몰래 연구한 그의 성격이나 행동 양식으로 볼 때도 전혀 부합하지 않는다.

그렇다면 어찌 된 일인가?

지금 답을 줄 수 있는 유일한 인물인 소리산에게 북리단야의 시선이 집중되었다.

"태극무검 진자운은 내게 속아서 죽음의 길을 향해 떠났소이다."

"그 말을 노부더러 믿으라는 것이냐?"

"믿어야 할 것이오, 그토록 염원하던 용상을 얻기 위해선."

"……."

평소 같았다면 북리단야는 결코 소리산의 이 같은 말을 귀 담아듣지 않았을 것이다. 당장 손을 써서 목숨을 끊고 후일 있을지 모르는 분란의 싹을 없애 버렸을 것이다. 방금 전까지만 해도 그 같은 생각을 하고 있었다.

하지만 북리단야는 소리산의 건방진 말을 침묵으로 방조했다. 목숨조차 도외시할 수 있는 그의 담력과 정신력을 이미 경험한 까닭이다.

또한 그는 소리산의 장담이 묘하게도 설득력이 있다고 느꼈다. 아예 헛소리는 아니란 생각이 들었다. 이 같은 상황에서 손을 쓸 순 없다.

잠시의 침묵 끝에 북리단야가 얼음 같던 눈빛을 조금 풀었다.

필살(必殺)!

기세를 잠시 뒤로 물려놓기로 했다.

'됐다!'

소리산이 내심 눈을 빛낸 후 말을 이었다.

"태극무검 진자운은 북경 하오문주인 금적왕을 찾아갔소이다. 아니, 그보다는 오이랏의 대칸인 야선의 셋째 아들인 소도혁을 찾아갔다고 해야 옳을 것이오."

"으음… 그런 것까지 알고 있었던가?"

"동창과 제독태감 조 태감에 대해 조사하던 중 알게 되었소이다."

"그렇다면 어째서 조양중이 죽어야만 했는지도 짐작할 수 있었을 터인데?"

"물론이오. 조 태감은 본래 황제와 북리 노야 사이에서 물타기를 하고 있었소이다. 사실 완전한 황제파라 할 수 있으나 평생의 숙적인 사례감의 유 태감을 견제키 위해 북리 노야에 게도 한 발을 걸치고 있었던 것이라고 보는 게 옳을 것이오. 그러니 그 같은 사실을 알면서도 북리 노야가 그를 살려두긴 쉽지 않았을 것이오."

소리산은 말의 끝에 '그렇지 않소이까?' 란 질문을 덧붙이진 않았다. 그럴 필요를 느끼지 못했다. 북리단야가 알아서 첨언했기 때문이다.

"그뿐 아니라 그놈은 지나치게 많은 사실을 알았다. 유원익에게 빼앗기는 한이 있더라도 죽일 수밖에 없었어."

"물론 그럴 것이오. 야선 대칸과 북리 노야 간에 오고 간 밀약이 만약 세상에 알려진다면 큰일일 테니까. 아무리 북리 노야가 애써 쌓아 올린 조직이 견고하다 한들 외적과 결탁한 배덕자가 되면 와해는 불 보듯 뻔하지 않겠소이까?"

"……"

소리산이 한 말은 하나도 틀리지 않다.

핵심을 정확히 짚었다.

그 같은 이유 때문에 북리단야는 동창의 수장인 제독태감 조양중을 지밀대를 이용해 죽였다.

뿐만 아니라 계속 자신의 밀정들을 지밀대에 박아놓고 감시를 소홀히 하지 않았다. 혹시라도 그 같은 사실이 누설돼선 곤란했기 때문이다.

'지금 당장 이놈을 죽여야만 한다! 이놈은 생각 이상으로 위험한 녀석이다!

북리단야는 백여 년간 몇 번 없었던 긴장을 느꼈다.

회천대업(回天大業).

그가 이 갑자가 넘도록 결코 손에서 놓지 않았던, 아니, 놓을 수 없었던 존재의 의미였다. 이제 와서 한 명의 쥐새끼 때문에 망가뜨릴 순 없었다.

하지만 북리단야는 외눈의 소리산에게 잠시만 더 시간을 주기로 했다. 그에게 아직 끄집어내지 않은 패가 남아 있음을 알고 있어서다.

"네가 지금 노부를 협박하는 것이더냐?"

"협박이란 건 서로 대등한 상황일 때 할 수 있는 것이오. 내 목숨은 오래전부터 북리 노야의 손바닥 위에 놓여져 있지 않소이까? 협박이란 말은 어불성설(語不成說)이외다."

"그럼 그 같은 말을 끄집어낸 까닭이 무엇이지?"

"조 태감의 갑작스런 죽음으로 인해 본래 독자적인 세력이었던 동창은 일시적으로 사례감에 귀속되었소이다. 그 같은 상황에서 지밀대까지 잃게 된다면 아무리 북리 노야의 세력이 황천 곳곳에 똬리를 틀고 있다 해도 피해가 적지 않을 것이오. 그래서 오늘 직접 본인을 찾아와 지밀대의 조직도를 빼앗으려 한 것일 테고 말이오. 하지만 지밀대의 조직도를 얻는다 한들 그리 쉽사리 조직을 장악하진 못할 것이오. 내가 그동안 지밀대주를 하면서 놀고만 있었던 건 아니니까 말이오."

"협상을 하자는 것이냐?"

"그렇소이다. 당장 내게 만성독약의 해약을 내주시오. 그
러면 여태까지처럼 나는 북리 노야에게 충실할 것이고, 최대
의 불안 요소인 태극무검 진자운은 장성을 넘어 오이랏으로
떠나게 될 것이오."

"설마 그새 금적왕까지 구워삶아 놓은 것이냐?"

"그는 사실 야선 대칸과 그리 사이가 좋지 않소이다. 어차
피 셋째 아들이기에 후계자가 될 가능성도 무척 희박하고 말
이오. 그래서 중원에서 하오문의 막후 노릇을 하며 살기를 희
망하고 있소이다. 하지만 북리 노야는 야선 대칸과 줄을 대기
위해 금적왕에 대해 조사를 하긴 했지만 그 같은 사실까진 몰
랐을 것이오."

"……."

소리산의 말대로다.

북리단야는 금적왕의 신세 내력만을 파악했을 뿐 그 속의
농밀한 사정까지 신경 쓰진 못했다. 설마하니 긍지 높은 오이
랏의 지배자 야선 대칸의 피를 이은 자가 고작해야 중원에서
안빈낙도(安貧樂道)를 꿈꾸고 있을 줄은 몰랐던 것이다.

'그런데도 야선 대칸은 나와의 밀약에 순순히 응했다. 그
건 부정(父情)인가, 아니면 정복욕인가…….'

알 수 없다.

잠시의 침묵 끝에 북리단야가 입을 열었다.

"만성독약의 해약은 세상에 존재치 않는다. 하지만 노부가 해소시켜 줄 순 있을 것이다."

"본인이 만성독약으로부터 벗어나는 순간, 태극무검 진자운은 야선 대칸을 암살하기 위해 장성을 넘을 것이오."

"야선 대칸은 그 같은 사실을 미리 알고 있을 터이고?"

"물론이오."

'이렇게 주사위는 계획대로 던져졌다. 이제 남은 건 정파 무림맹의 애송이 맹주의 결단뿐인가?'

대답과 더불어 소리산의 뇌리 속으로 얼마 전 항주무림맹으로 날려 보낸 해동청의 모습이 스쳐 지나갔다. 오직 그 자신과 무림맹주 봉황여제 모용청려만이 알고 있는 비밀의 단편이 드러나는 순간이었다.

◆ 第五十七章 ◆

무림맹주구령, 정파무림을 움직이다!

무림맹주령, 정파무림을 움직이다!

푸드득!

족히 만 리나 되는 거리를 한시도 쉬지 않고 날아서 횡단한 해동청은 항주 외곽에 이르러 지친 날개에 조금 더 힘을 줬다.

이제 다 도착했다.

조금만 더 힘을 내면 목적지인 무림맹이다.

해동청의 힘찬 날갯짓에는 그 같은 희망이 잔뜩 매달려 있었다.

한데, 막 해동청이 무림맹으로부터 얼마 떨어지지 않은 천목산에 이르렀을 무렵이었다.

쉬익!

대기를 울리는 날카로운 소성이 일었다.

열심히 날갯짓하던 해동청을 노리며 화살 하나가 날아든 것이다.

그러나 해동청은 본시 준영물에 속할 정도의 맹금이다.

만 리를 횡단하고도 여전히 힘을 잃지 않은 날갯짓으로 해동청이 하늘에서 크게 곡예를 부렸다. 짐승 특유의 본능을 발휘해 자신을 노리며 파고든 화살을 피하는 묘기를 부린 것이다.

그뿐 아니다.

해동청의 날카로운 눈이 화살이 날아든 방향을 향했다.

반격을 가할 심산이다.

그래 보인다.

맨 처음 화살을 날린 궁사도 그 같은 생각을 떠올렸다. 그냥 넋 놓고 있을 리 없다.

곧바로 단월을 그린 대궁(大弓).

한껏 당겨졌던 시위에 떠밀린 화살이 용수철처럼 해동청을 향해 날아갔다.

첫 번째의 족히 두 배가 넘는 빠르기!

이미 첫 번째 화살의 속도를 경험한 바 있는 해동청으로선 피할 재간이 없다. 시간차를 둔 두 개의 화살의 공격에 완전히 당하고 만 것이다.

끼이!

두 번째 화살에 한쪽 날갯죽지를 관통당한 해동청이 애처로운 울음과 함께 바닥으로 떨어져 내렸다. 만 리를 날아와 어이없는 최후를 맞이하고 만 셈이다.

그와 때를 같이해서다. 해동청에게 연속적으로 화살을 날린 궁사가 빠르게 신형을 날렸다. 밑으로 추락하는 해동청을 낚아채기 위해서다.

가히 쏜살같은 빠르기!

궁술보다는 신법 쪽이 더 나아 보일 정도다.

그렇게 해동청을 맵시 좋게 낚아챈 궁사가 천천히 신형을 돌려세웠다. 어느새 손에 들고 있던 큼지막한 대궁은 등에 걸려져 있고 얼굴엔 가벼운 수심이 그림자처럼 매달려 있다.

"총군사님의 명을 받아 수일간 천기령을 동원해 천목산의 요로를 지키고 있었긴 했지만… 설마하니 내가 있는 쪽으로 날아올 줄은 몰랐거늘……."

단 두 개의 화살!

그것만으로 준영물 급인 해동청을 포획한 궁사의 정체는 다름 아닌 무림맹의 주력인 삼기령 중 천기령의 령주인 활인사검 중천위였다.

그는 총군사 옥성 사태의 밀명을 받고, 얼마 전부터 천목산 중에 천기령과 더불어 진을 치고 있었다. 무림맹으로 날아올

전서구나 전서응 등을 중간에서 낚아채기 위함이었다. 그 결과 만 리를 날아온 해동청은 포획당하고 말았다.

그는 무림에서 잔뼈가 굵은 노련한 인물이다.

당연히 자신이 한 일이 심상치 않다는 것쯤은 잘 알고 있었다. 뒤가 염려스럽지 않을 도리가 없다. 자칫 맹주 모용청려의 분노를 살 수도 있다는 우려 때문이다.

그러나 옥성 사태는 지난 십여 년간 실질적으로 정파무림맹을 이끈 사람이라 할 수 있다. 어떤 의미론 맹주 모용청려보다 더욱 큰 힘을 지니고 있었다.

게다가 그녀는 여태까지 특별히 잘못을 범한 일이 없고, 모든 일을 공평무사하게 처리해서 맹의 내외로부터 압도적인 지지를 받고 있었다.

비록 맹주 직속인 삼기령에 속한 중천위라곤 하나 그녀의 밀명을 거부할 수 없는 건 지극히 당연했다.

수중의 해동청을 살피며 한차례 눈살을 찌푸려 보인 중천위가 얼른 맹금의 다리에 매달려 있는 서신을 취했다. 옥성 사태에게 전달하기 위해서였다.

무림맹.

봉황각 내의 맹주 집무실에 앉아서 서류 정리를 하고 있던 모용청려의 고운 아미가 살짝 치켜 올라갔다. 누가 보더라도 기분이 많이 상한 표정이다.

그런데 하필 그녀의 앞에는 옥성 사태가 서 있었다.

아무리 인상을 찡그리고 화난 기색을 풀풀 내보인다 한들 아무런 효과를 기대할 수 없다는 뜻이다. 그 같은 사실을 모용청려 역시 알고 있었다.

"한동안 봉황각 출입을 금한다고 했던 것 같은데요?"

"급보가 없었다면 빈니 역시 봉황각을 찾진 않았을 겁니다."

"급보?"

모용청려의 눈에 살짝 이채가 떠올랐다.

그녀의 앞에 있는 사람은 다름 아닌 옥성 사태다. 급보라고 했다면 분명 매우 위급한 일임이 틀림없다.

"아무래도 무림 중에 마교의 무리들이 아직도 준동을 하고 있는 것 같습니다."

옥성 사태의 보고는 간단명료했다. 그러나 현 무림은 역사상 몇 차례 없었던 대녹림맹의 결성으로 일촉즉발의 위기가 가중되고 있는 상황이었다. 결코 간단명료하게 끝낼 만한 사안일 수 없다.

"그게 사실인가요?"

"물론입니다. 게다가 놀랍게도 무림맹 내부에 마교도와 은밀하게 서신 왕래를 하고 있는 사람이 있기까지 한 것 같습니다."

"그런……."

나직이 놀란 기색을 내보인 모용청려가 안색을 가볍게 굳혀 보였다.

"마교와 정파 연합군 간의 정마대전이 끝난 지 십여 년밖에 지나지 않았어요. 과거의 예를 보더라도 힘을 소진한 마교가 이렇게 빠르게 움직임을 보인 일은 없는 줄 알아요. 하물며 무림맹 내부에 그들과 내통하는 사람이 있다는 건 믿기 힘든 일이네요."

"빈니는 서신을 왕래한다고 했지, 내통을 한다는 말은 하지 않았습니다."

'그 말이나 그 말이나……'

모용청려는 옥성 사태의 말장난이 날이 갈수록 도를 넘어가고 있다고 여겼다.

마교의 재등장! 혹은 발호?

정파무림의 연합체라 할 수 있는 무림맹에 있어서 이보다 더욱 큰일은 존재치 않았다. 본래 무림맹의 탄생 배경 자체가 마교라 통칭되는 천마신교의 압도적인 힘에 대항하기 위해 만들어진 것이기 때문이다.

모용청려의 이 같은 불만을 읽은 듯 옥성 사태가 품에서 서신 한 통을 꺼내 들었다.

재질이 하얀 비단이다.

보통의 무림 세력이 사용하는 종이나 죽간과는 비교할 수 없는 고가품이다. 서신을 보낸 자는 필시 꽤나 상당한 재력과 권력을 지닌 인물일 터였다.

모용청려는 그 같은 인물을 한 명 알고 있었다.

"사태, 설마……."

자신도 모르게 입술을 뗀 모용청려가 뒷말을 도톰한 입술을 살짝 깨무는 것으로 삼켰다.

옥성 사태에겐 그것만으로 충분했다. 그녀의 얼굴에 한 가닥 그늘이 스쳐 지나갔다.

"맹주님, 어찌 이런 위험한 거래를 하셨습니까? 비록 관에 투신했다 하나 소리산은 정파무림의 숙적인 마교의 두뇌였습니다. 그자의 손에 얼마나 많은 정파의 정영(正英)들이 죽었는지 모르지 않으실 터인데·…….."

"사태는 지나칠 정도로 많은 걸 알고 있군요? 그 서신에는 수결 따윈 없었을 텐데요."

"소리산은 무공과 병법에만 조예가 깊은 자가 아닙니다. 금기서화(琴棋書畫)에도 빼어난지라 글씨 몇 가지쯤은 쉽사리 구할 수 있었습니다."

"말은 쉽지만 실행은 어렵지요. 더군다나 그는 전날 마교 총단에 위치한 천마총에서 죽은 것으로 되어 있는 사람이에요. 확신을 가지고 알아본 게 아니라면, 그 존재를 찾아내는 건 결코 쉬운 일이 아니라고 생각되네요. 아무리 정파무림의 지낭이라 불리는 혜관음 옥성 사태라 해도 말이죠."

모용청려의 얼굴엔 냉기가 풀풀 담겨져 있었다. 어투 역시 마찬가지다. 엄중한 추궁이다.

옥성 사태가 별다른 동요 없이 대답했다.

"본래 무림맹의 총군사가 되는 사람은 전대로부터 무척 많은 정보를 얻게 됩니다. 그중에는 때가 되기 전까진 세상에 비밀로 붙여야만 할 것들도 있지요."

"맹주에게도 그런가요?"

"무림맹주의 지위는 존엄합니다. 하지만 영원한 건 아니죠."

"결국 맹주 역시 야인으로 돌아갈 사람이니, 완전히 비밀을 공유할 순 없다는 거군요?"

"죄송합니다."

옥성 사태가 허리를 살짝 숙여 보였다.

맹주와 총군사로서가 아니라 친자매나 다름없이 보냈던 지난 십 년의 세월에 대한 사죄다. 그녀가 지금 모용청려에게 할 수 있는 일의 전부였다.

모용청려 역시 이해했다. 그녀는 옥성 사태에 대한 힐난의 기색을 거둬들였다.

"본래 현인 제갈 선배님은 무서운 분이셨죠. 그분이 사태에게 총군사를 맡긴 건 그만한 이유가 있었던 것이겠지요."

"……."

현인 제갈효.

일, 이차 정마대전 시 무림맹의 중심이 된 정파 연합군을 진두지휘했던 정파제일지(正派第一智)이자 전대 총군사다. 그는 전대 무림맹주인 불패신권 각원 대사와 함께 십여 년 전 무림에서 은퇴했으나 여전히 드높은 지략으로 인해 인구에 회자되고 있었다. 평생을 정파무림을 위해 바친 자의 족적이 너무나 거대한 까닭이었다.

옥성 사태 역시 제갈효에 대해선 존경의 염을 품고 있었다. 모용청려의 입에서 그의 이름이 거론되자 끝내 침묵을 유지치 못했다.

"현인 노선배님은 은퇴하기 직전까지도 정파무림을 위해 노심초사하셨습니다. 일, 이차 정마대전으로 인해 정파의 힘이 전성기 때보다 훨씬 약해졌기에 녹림과 황천 등이 발호할 시 큰 피해를 입을 가능성이 크다고 여겼던 겁니다. 그래서……."

"그래서 그분은 은퇴 직전까지 계속 진 사형을 괴롭혔지요. 그분과 무당파가 앞장서서 마교 잔당과 녹림, 흑도 등을 모조리 끝장내야 한다고."

"진 대협이 그 같은 일을 할 분은 아니셨지요. 맹주님도 나서서 끝까지 반대하셨고요."

"그러니 이 같은 결과를 얻게 된 것도 다 감내해야만 한다는 건가요?"

모용청려의 목소리엔 다소 감정적인 기색이 담겨져 있었다. 친자매처럼 여겼던 옥성 사태다. 그동안 무림맹 내에서

고군분투하면서 그녀가 얼마나 큰 힘이 되었는지 모른다. 그만큼 믿고 의지했다.

그런데 이런 배신을 당할 줄이야!

옥성 사태에 대한 불신감에 모용청려는 가볍게 치를 떨었다. 살짝 균열만이 가 있던 두 사람 사이에 여태까지완 비교도 되지 않을 정도의 큼지막한 골이 패어버렸다.

옥성 사태가 그 같은 결과를 예상치 못했을 리 없다. 그녀는 나직한 한숨을 입에 담았다.

"하아, 맹주님, 이 같은 다툼은 다 부질없는 일입니다."

"이미 엎질러진 물이란 건가요?"

"그렇습니다."

"그렇군요."

모용청려는 더 이상 말하지 않았다. 얼굴에 담겨져 있던 힐난의 기색 역시 지워 버렸다.

'마음을 닫아버렸구나……'

입이 아니라 마음으로 옥성 사태는 한숨을 토해냈다. 그럴 수밖에 없었다. 그런 후 그녀가 잠시 아껴뒀던 뒷말을 끄집어냈다.

"어찌 됐든 마교의 대마두인 소리산과의 거래는 후일 무림맹 정례회의 시 문책 사유가 될 수 있는 일입니다."

"무림맹 정례회의?"

"그렇습니다. 빈니는 무림맹 총군사로서 맹주님의 명령

을 받드는 동시에 감사 역시 맡고 있습니다. 그러니 내년 원단에 열리는 정례회의 때 정파 각대문파에서 파견된 원로 대표들에게 오늘의 일을 알려야만 합니다. 이에 동의하십니까?"

"……."

모용청려는 곧바로 대답하지 않았다. 아니, 못했다.

무림맹 정례회의.

매년 원단을 기해 무림맹에서 거행되는 각대문파의 대회합이다. 무림맹에서는 한 해 동안 벌어진 무림의 대소사에 대한 보고를 원로 무림인들에게 하는데, 지난 십여 년간 별다른 큰일은 벌어진 바가 없었다. 아주 중대한 과실이 아닌 한 무림맹에서 벌인 일의 상당 부분은 대충 무마되고 넘어가는 까닭이다.

일 년.

매 정례회의가 벌어지기까지 소요되는 기간이다.

당연히 어떠한 과실이든 수습하지 못할 바 없다. 그 정도의 힘쯤은 무림맹에 있었다.

이번 일 역시 마찬가지다.

앞서 준엄하고 심각했던 보고와 달리 옥성 사태는 이번 역시 모용청려의 편을 들어주겠다는 뜻을 에둘러 피력했다. 그게 모용청려가 잠시 침묵을 유지할 수밖에 없었던 이유다.

'이쯤으로… 일단 화해하잔 뜻인가.'

내심 옥성 사태를 얄밉게 노려봐 준 모용청려가 고개를 살짝 끄덕여 보였다.

"그리하도록 하세요."

"예."

다시 모용청려에게 허리를 숙여 보인 옥성 사태가 태도를 일신했다. 이제 본론에 들어갈 차례다.

"소리산과는 얼마만큼의 교분이 있는지 말해주실 수 있으신지요?"

'흥, 곧바로 본색을 드러내는군.'

내심 나직이 코웃음 친 모용청려가 고개를 가볍게 흔들어 보였다.

"사태는 실망스럽겠지만, 그다지 교분이랄 건 없어요. 북녹림맹과 장강수로십팔채 간의 녹림지쟁이 벌어질 무렵 그쪽에서 먼저 접근해 왔을 뿐이에요."

"그럼 당시 녹림지쟁에 끼어들지 않아도 될 것 같다던 맹주님의 의견은 소리산에게서 얻은 정보를 바탕으로 한 것이었군요?"

"맞아요. 그는 관부에서가 아니면 결코 알아낼 수 없는 몇 가지 정보를 지속적으로 나한테 전해줬어요."

"그에 대한 대가는?"

"없었어요. 그는 어떤 의미론 무림맹보다 훨씬 정확한 정보망을 가지고 있었어요. 특별히 대가로 바라진 않았어요."

"그렇군요."

옥성 사태는 담담한 대답과 달리 내심 크게 안도했다.

모용청려의 강직한 성격은 익히 아는 바다. 그녀가 아니라 했다면 아닌 것이다.

그렇다면 한 가지 의문이 인다.

어째서 소리산이 과거 숙적이었던 무림맹에 지속적으로 정보를 전해준 것일까?

'그 점에 관해선 지금부터 내가 풀어야 할 일이겠지. 그것이야말로 내가 맹주님 곁에 있는 존재 의의일 테니까.'

내심 중얼거린 옥성 사태가 중간에 낚아챈 소리산의 전언을 모용청려에게 내밀었다. 그 속에 적혀져 있는 암호와 같은 글귀에 대한 해석을 얻기 위함이었다.

"몇 가지 시구만이 적혀져 있더군요."

"언제나 그랬죠. 다른 사람의 손에 들어가면 곤란한 내용이 많았으니까요."

모용청려는 굳이 옥성 사태한테 군사 직속의 암호 해독 전문가를 활용치 않은 이유를 묻지 않았다. 그녀와 이같이 시답지 않은 대화를 계속한다는 건 지극히 힘든 일이다.

침묵이 흘렀다.

모용청려는 하얀 비단 천 위에 적혀 있는 몇 줄의 시구를 눈으로 읽어 내려갔고, 옥성 사태는 석상처럼 침묵을 지켰다.

마치 두 사람 사이에 시간이 멈춰 버린 것 같다. 그렇게 잠시의 시간이 흐른 끝이다.

"하아!"

서신으로부터 시선을 떼어낸 모용청려가 가벼운 한숨을 토해내곤 옥성 사태에게 고개를 가로저어 보였다.

"대녹림맹과 정파는 어쩔 수 없이 대결전을 벌여야만 할 것 같네요. 그토록 녹림과의 대전만은 피하려 했건만……."

"황천에서 대녹림맹을 방관하겠다는 건가요?"

"그렇다는군요, 당분간."

"대녹림맹은 자칫 역천을 일으킬 수 있는 위험한 세력인데 어찌 그럴 수가……."

옥성 사태가 말을 잇다가 중단하곤 얼굴 가득 놀란 기색을 떠올렸다. 문득 뇌리를 스치는 생각이 있었기 때문이다.

"…황천 내부에 대녹림맹과 연계된 세력이 있군요. 어쩌면 새외 세력들의 준동 역시 있을 수 있겠고. 으음, 이미 역천은 시작된 것이었어요."

'귀신!'

모용청려와 소리산 간에 서신 왕래가 시작된 건 상당히 오래된 일이다. 그녀로선 그의 의도에 관해서 많은 시간을 할애하지 않을 도리가 없었다.

덕분에 그녀는 소리산이 관계된 조직이라거나 황천에 암중으로 흐르는 암류 역시 어느 정도는 짐작하고 있었다.

이 일에 관해 굳이 함구를 했던 건, 황천과 무림 간에 오래 전 맺어진 상호불가침의 관습을 깨고 싶지 않아서였다. 또다시 무림인들의 피가 중원의 드넓은 대지를 붉게 물들이는 건 결코 용납할 수 없는 일이었다.

문제는 대녹림맹이 탄생하면서 발생했다.

만약 무림 세력인 녹림이 역천에 중추적으로 가담하게 된다면 상호불가침의 관습 따윈 깨진 것이나 다름없게 된다. 더 이상 무림의 일이 아니라는 변명을 대고 외면할 수 없는 일이 되는 것이다.

이를 별다른 설명조차 듣지 않고 옥성 사태는 눈치 챘다. 어찌 귀신이란 말이 절로 튀어나오지 않을 수 있으랴.

모용청려의 그 같은 내심을 아는지 모르는지 옥성 사태가 안색을 굳힌 채 말했다.

"맹주님, 무림맹 총군사로서 당장 무림맹주령을 발동해 주시길 청원드립니다! 구대문파와 남북개방, 팔대세가를 비롯한 각대문파를 총집결해야만 합니다!"

"당장 대녹림맹과 정면 대결을 벌이겠다는 건가요?"

"최소한 황천에서 그리 생각하도록 만들어야만 합니다. 맹주령의 발동을 받더라도 정파의 제문파들이 무림맹에 집결하기까지는 최소한 삼사 개월 이상의 시간이 걸립니다. 그것도 최소한으로 잡았을 때 그렇습니다."

"중원 전역에 있는 정도문파들을 모두 소집하려면 그렇겠지요. 하지만 그리되면 그동안 무림맹에서는 대녹림맹에 대한 견제를 전혀 하지 않겠다는 게 아닌가요?"

"견제는 이미 들어갔습니다. 무림맹, 아니, 정파무림의 최정예가 대녹림맹의 중심으로 뛰어들었으니까요."

"그건……."

모용청려는 급히 반박하려다 옥성 사태의 태연한 표정을 보고 문득 의심이 들었다.

'설마 옥성 사태는 오늘과 같은 상황이 벌어질 걸 처음부터 예측하고서 그토록 대녹림맹에 대한 정찰조 구성에 공을 들인 건가?'

사실 생각해 보면 이상한 일이 한두 가지가 아니다.

고작 정찰조다.

비록 적진 한가운데로 뛰어드는 위험한 임무라곤 하나 당대 정파제일의 고수 중 한 명인 창파검제 모용진천이 포함된다는 건 말이 안 되었다. 그가 정파 내에서 차지하고 있는 위치와 존재감을 굳이 들먹이지 않더라도 그렇다는 뜻이다.

하물며 옥성 사태는 이번 정찰에 진자운의 동생인 장자경을 굳이 끼워 넣어 모용청려와의 불화를 자초하는 강수까지 마다치 않았다. 생각하면 생각할수록 의혹의 깊이는 깊어지기만 할 뿐 그 끝을 드러내지 않는다.

모용청려가 다시 입가에 한숨을 매달았다.

"하아, 사태의 본심은 어떤 건가요?"

"무림맹의 총군사는 정파무림의 안녕과 평화를 위해 사는 존재입니다. 맹주님 역시 정파무림이 피를 흘리는 걸 피하기 위해 여태까지 최선을 다해오시지 않았습니까?"

"……."

모용청려는 대답하지 않았다.

긍정도 부인도 아니다.

옥성 사태는 긍정으로 받아들였다.

"그럼 그렇게 알고 준비하도록 하겠습니다. 물론 모용 노가주님께서 곧 좋은 소식을 가져오실 테지만… 만약에 대한 대비는 해놓는 것이 좋겠지요."

"…그래야겠죠."

모용청려가 씁쓸한 표정으로 고개를 끄덕여 보였다.

사흘 후.

무림맹의 사대문이 활짝 열리고, 수백 명이나 되는 무사들이 사방으로 빠져나갔다.

무림맹주령이 찍힌 서신을 품에 간직한 전령들.

제이차 정마대전이 끝나고 십여 년.

또다시 시대는 정파무림으로 하여금 붉은 피를 요구하고 있었다. 최소한 무림맹주령이 찍힌 서신에 적혀진 내용은 그러했다.

누가 봐도 알 수 있다.

정파 연합군의 재결성이 임박했음을.

*   *   *

견도진이 진자운 일행을 안내한 곳은 북경성에서도 최빈
민층이 모여서 사는 남쪽 지역이었다.

남빈(南貧).

소문대로 길목마다 썩은 악취와 함께 금방이라도 무너질
듯 낡은 집들이 다닥다닥 늘어서 있었다. 거리를 뛰어다니는
아이들의 행색은 꼬질꼬질하고 여인들은 젊으면 창기를 업으
로 삼고, 늙으면 행상과 구걸로 연명한다.

그렇다면 사내들은?

젊고 주먹을 잘 쓰면 건달에 기둥서방이요, 힘없고 늙었으
면 협잡에 사기로 밥을 빌어먹고 산다. 개중에는 사람 대접조
차 못 받는 백정과 도수부, 수묘인 역시 끼어 있었다.

하류층.

그것도 막장의 밑바닥 인생들이 몽땅 모여 있는 곳이라 할
만하다.

그러나 명백한 사실 역시 한 가지 있다.

이곳 남빈이야말로 북경 하오문 탄생의 시발점이며 뿌리
에 해당한다는 점이었다.

사흘.

진자운이 남빈에 위치한 지하 도박장의 퀴퀴한 냄새를 참아가며 비밀방에 처박혀 있던 기간이다.

본래 그는 견도진을 닦달해서 당장 금적왕을 만나려 했다.

적어도 남빈에 도착하기 전까진 그랬다.

하지만 이곳저곳에서 시간을 너무 많이 보낸 탓에 그의 영체는 더 이상 육체의 그릇에서 버티지 못할 지경이 되었다. 당장이라도 그릇을 깨버리고 밖으로 튀어나가려 안달을 부리기 시작한 것이다.

이는 우화등선 따위가 아니다.

그냥 유체 이탈 후 영원히 육체로 돌아오지 못하게 되는 것에 불과했다.

그 상태에서 취할 수 있는 선택은 몇 가지 없다.

그는 견도진을 다시 협박해서 더럽고 추레한 남빈에서 그나마 안전한 지하 도박장을 찾았고, 무작정 사흘간 처박혔다. 당시엔 그게 최선의 방법이었다. 영체를 몸에 다시 붙들어 맬 때까지 완전히 무방비 상태가 된다는 걸 감안하면 어처구니없을 정도로 한심한 대처였다. 누구라도 쉽사리 내릴 수 없는 결정이라 할 만했다.

하지만 그는 혼자가 아니었다.

장진구와 형요란은 차치한다손 쳐도 지밀대주 소리산과의

만남 직후 아예 수하를 자처하게 된 나인준과 거령신권패가 단단히 지하 도박장을 지켰다.

남빈에서 굴러먹으며 사는 하류 인생들이 인생 역전의 헛된 꿈을 꾸며 찾아들던 장소가 세상에서 가장 무시무시한 귀역이 되어버렸다.

덕분에 단 며칠간이나마 남빈에는 돈이 넘쳐 나는 기현상이 나타났다. 정기적으로 하루의 수입을 지하 도박장에 고스란히 갖다 바치던 행태가 강제적으로 봉합되어 버린 까닭이다.

진자운은 눈을 뜨자마자 코끝으로 파고드는 퀴퀴한 냄새에 눈살을 가볍게 찌푸려 보였다.

냄새로 인한 역겨움 때문이 아니다.

후각의 자극은 멈춰 있던 뇌의 활동을 촉진시켰고, 곧 잠시 한 켠으로 밀어놨던 불쾌한 기억을 떠올리게 만들었다. 영체가 크게 흔들려 버린 탓에 강제적으로 억눌러 놨던 인간적인 감정 역시 폭발적으로 촉발된다.

퍽!

진자운은 가부좌를 틀고 앉은 채로 주먹을 맞은편 벽에 날렸다.

진흙을 발라 만든 흙벽이다.

진자운의 분노 섞인 일격을 조금이나마 막아낼 수 있을 리만무하다. 그의 주먹은 단숨에 팔뚝 부근까지 쑥 들어갔다.

벽을 완전히 뚫어버린 것이다.

그것만으로 끝나지 않았다.

벽을 뚫고 들어간 진자운의 주먹이 활짝 펼쳐지자 장심으로부터 무한대에 가까운 기파가 소용돌이치듯 일어났다. 겉으로 드러나 보이진 않으나 무공을 익힌 자는 감각만으로도 느낄 수 있을 정도로 강력한 기운이다.

흡인(吸引).

빨아들이는 것이 없을 리 없다.

단숨에 진자운의 활짝 펼쳐진 수장으로 붙잡혀 드는 게 있었다.

옷자락!

혼백이 뒤흔들린 듯한 비명 역시 뒤따랐다.

"흐에에에엑!"

"지랄!"

진자운은 터져 나온 비명성에 한 소리 욕설로써 화답했다. 벽을 뚫고 들어갔던 주먹이 제자리로 돌아왔다. 요란한 소리와 함께 흙벽에 사람 크기의 구멍을 내면서.

콰득!

흙벽을 박살 내며 진자운에게 딸려 들어온 자.

그는 다름 아닌 견도진이다.

진자운이 칩거하고 있던 방 안에서 얼마 떨어지지 않은 지하 도박장의 다른 객실에 쭈구린 채 새우잠을 자다가 날벼락을 맞았다.

　표정 역시 딱 날벼락을 제대로 맞은 사람과 같다.

　연신 끔뻑거리는 두 눈과 달달 떨리고 있는 사추리 사이.

　오줌을 지리지 않은 게 용해 보인다.

　진자운이 그 모습을 한차례 훑어본 후 입술 한쪽 끝을 치켜
올렸다.

　"금적왕은 어딨지?"

　"그, 저기, 거시기……."

　"그? 저기? 거시기?"

　진자운은 마치 놀리듯 견도진의 더듬거림을 따라 했다. 하
나하나 틀림이 없다.

　한데 놀랍다.

　너무 크게 늘라서 혼비백산한 듯 보이던 견도진의 안색이
빠르게 안정을 되찾았다. 진자운의 대놓고 따라 하는 말이 오
히려 냉정을 되찾게 해준 것 같다.

　"무, 문주님은 오늘 밤쯤 무자비석 부근에 가시면 만나실
수 있을 겁니다요."

　"무자비석?"

　"한마디로 말해서, 아무런 글자도 써 있지 않은 석비입죠."

　"그런 게 있단 말야?"

　"물론입니다. 사실 그리 적은 편도 아닙죠. 적어도 세네 개
는 됩니다요."

"……."

진자운은 무자비석이 뭔지 모른다. 그러나 눈앞의 견도진이 지금 거짓말을 하고 있는 게 아니란 건 알았다. 특별히 협박을 계속할 필요가 없다는 뜻이다.

툭!

진자운은 수중에 붙잡혀 옴짝달싹도 못하고 있던 견도진을 놔줬다. 더 이상 그를 붙잡고 있을 필요성을 느끼지 못한 까닭이다.

"오늘 밤 금적왕을 만날 수 있게 조치를 취해줘."

"명심합죠!"

견도진이 진자운에게 얼른 고개를 숙여 보이곤 자신이 몸으로 뚫어놓은 구멍을 통해 빠져나갔다. 필시 금적왕에게 보고하기 위해 가는 것일 테다.

진자운은 그의 뒤를 쫓을 필요성을 느끼지 못했다.

어차피 이번 일은 금적왕 쪽에서 먼저 손을 내밀어 온 거다.

만약 다른 꿍꿍이속이 있었다면 지난 사흘간 아무런 일도 없었을 리 없다.

잠시 염두를 굴린 진자운이 문득 시선을 뒤편으로 던졌다.

그에 의해 휑뎅그렁한 구멍이 뚫려 버린 흙벽의 반대편.

느닷없이 일어난 소란에 놀란 듯 덜컥거리는 소리와 함께 문이 활짝 열렸고, 장진구의 익숙한 얼굴이 모습을 드러냈다. 진자운이 시선을 뒤로 던진 것과 거의 동시에 벌어진 일이다.

"어! 수련을 끝내신 겁니까?"

장진구의 다소 놀란 듯 아쉬운 듯 복잡미묘한 심정이 담긴 질문에 진자운이 이를 슬쩍 드러내 보였다.

"왜? 내가 이런 곳에 쌍박혀서 운기조식하다가 갑작스레 우화등선이라도 하길 바랐던 건가?"

"그, 그럴 리가……."

"얼굴에 다 써 있구만."

"……."

진자운의 퉁명스런 대꾸에 장진구가 자신도 모르게 얼굴을 손바닥으로 더듬거렸다. 진짜로 얼굴에 그 같은 표정이 담겼을지 모른다는 생각이 들었다. 행동이 뒤를 따르는 건 지극히 자연스런 일이다.

"쳇, 그렇다고 꼭 그렇게 티가 날 정도로 확인할 것까진 없구."

'컥!'

장진구가 내심 숨넘어가는 소리를 냈다. 비로소 자신의 어처구니없는 행태를 눈치 챈 것이다.

히죽!

그 모습을 보고 언제 분노를 분출시켰냐는 듯 평상시와 전혀 다름이 없는 웃음을 던진 진자운이 질문했다.

"유 소저의 장례는 제대로 치렀겠지?"

"무, 물론입니다. 명하신 대로 최고급 관에 지관을 써서 양지바른 명당을 얻고, 사람을 사서 곡까지 하게 했습니다."

"고맙소."

"예. 예?"

장진구가 건성으로 대답하다 놀란 기색을 보였다. 진자운에게 이 같은 말을 들은 게 처음이다. 갑작스레 평소와 전혀 다른 모습을 보이는 그의 태도에 놀라지 않을 수 없다.

'고맙다니! 지난 사흘간 이놈이 미쳤나? 그러고 보니 방금 전에도 주먹을 날리지 않고 그냥 넘어갔었지?'

장진구는 잠시 진자운을 뚫어져라 바라봤다. 이 역시 자신도 모르는 새 벌인 일이다.

진자운이 문득 퉁명스런 표정을 만들어냈다.

"나 미친 거 아뇨. 꼭 내가 주먹과 발을 휘둘러야 그 명청한 표정과 의심을 풀어버릴 거요?"

"그럴 리가!"

"됐구. 일단 밥이나 먹읍시다. 사흘간 굶었더니 배가 등가죽에 붙었수다."

"당장 차리겠습니다!"

장진구가 얼른 목청을 높이곤 밖으로 뛰쳐나갔다. 조금 이상해진 진자운과 둘이서만 남아 있기가 무척 껄끄러웠을 터다.

며칠 전까지만 해도 남빈의 빈민가에서 가장 번화하고 사람의 발걸음이 많던 지하 도박장엔 적막만이 흐르고 있었다.

인적이 아예 끊긴 건 아니다.

지하에 조성된 방원 오십 장의 너른 공간에는 대여섯 명 정도의 인원이 오순도순 모여 있었다. 그들은 도박장의 한가운데 모여 앉아 한참 식사에 열중하고 있었다.

그중에는 사흘간의 폐관을 끝마친 진자운이 있었다.

그는 장진구와 형요란이 합동으로 차려온, 상다리가 부러질 정도의 산해진미를 몇 점씩만 집어먹고 식사를 끝마치는 만행을 서슴지 않고 저질렀다.

덕분에 포식을 하게 된 건 나머지 사람들이다.

특히 본래 몸집답게 엄청난 대식가인 거령신권패는 완전히 신이 났다.

재빨리 자신의 앞에 놓여진 요리를 싹싹 비우더니, 진자운 쪽에 몰려진 것까지 마구 입에 쓸어 담았다. 마치 진자운 대신 지난 사흘간 밥을 굶은 것 같은 모습이다.

요리의 상당 부분에 참여한 당사자인 형요란의 아미가 샐쭉하니 치켜 올라갔다.

평소 손가락에 물 한 방울 안 묻히며 살아온 그녀다.

손수 음식을 한 건 어디까지나 진자운을 핑계 삼아 정인인 장진구에게 맛있는 걸 먹이고 싶은 마음 때문이었다. 이같이 죽 쒀서 개 주는 것 같은 상황에 기분이 썩 좋을 리 없다.

"더럽기는. 고급 음식일수록 맛을 음미하면서 먹어야 하는 건데……."

"우걱! 우걱!"

거령신권패는 자신에게 들으라는 듯한 형요란의 투덜거림에 전혀 관심을 기울이지 않았다. 여전히 그는 손과 입을 멈추지 않았다. 혹시라도 다른 사람한테 음식을 빼앗길 것을 두려워하는 모습이다.

형요란의 얼굴에 더욱 화난 기색이 어렸다.

거령신권패나 나인준.

두 사람 모두 뒤늦게 합류한 자들이다. 나이 역시 이제 고작해야 중년을 조금 넘었을 뿐이다. 엄밀히 말해서 장진구나 형요란에겐 새카만 후배가 되는 셈이었다. 이런 무시를 당한다는 건 자존심이 허락지 않았다.

'내가 이런 꼴이 됐다고 이젠 저런 어린애들한테까지 무시를 당하다니! 내 이놈들을 그냥!'

막 발작하려는 형요란의 손목을 장진구가 슬그머니 잡아당겼다. 입술 역시 살짝살짝 움직인다.

"난 매, 참으시오. 저들은 황천에서도 상당히 높은 위치에

있는 동창 지밀대의 고수들이오. 두 사람 모두 최소한 육 도
장과 동수라 할 수 있소이다."

"엑! 육 도장과 동수라고요!"

"그렇소. 그것도 최소한으로 봤을 때 그렇소."

"……."

형요란은 다소 놀란 표정으로 여전히 음식에 몰입해 있는
거령신권패와 깨작거리며 젓가락질을 하고 있는 나인준을 살
폈다.

지난 사흘.

지밀대 출신의 두 사람은 진자운이 폐관에 든 지하 도박장
에 상주하며 아무렇게나 널브러져 있었다. 나름대로 경계에
들어간 것인데, 견도진에 의해 이미 도박장 주변이 깨끗이 정
리된 터라 특별히 할 만한 일은 없었다.

당연히 형요란으로선 두 사람이 그냥 중간에 굴러 들어온
식객, 그 이상도 이하도 아니었다. 특별히 주목하거나 할 만
한 일이 없었다는 뜻이다.

그때 형요란의 그 같은 시선을 의식한 나인준이 젓가락을
놓고 턱밑을 손가락으로 스윽 문질러 보였다. 나름대로 우아
하고 품위있게 식사를 마친 것이다.

"하하, 얼굴 뚫어지겠소. 소저, 아무리 내가 잘생겼다곤 해
도 그리 대놓고 쳐다보면 식사하기에 심히 곤란을 느끼지 않
겠소이까?"

"……."

형요란이 나인준을 힐끔 바라보곤 시선을 휙 돌려 버렸다. 다른 때 같았으면 살짝 눈웃음이라도 던져 보였을 텐데, 장진구가 곁에 앉아 있는지라 행동이 조심스럽다.

'귀여운 것! 저 외팔이 녀석과 부부는 아닌 것 같으니, 이번 기회에 꼬셔봐야겠군.'

'꿀꺽! 육 도장과 동수라면 내공이 솔찮게 빵빵할 텐데… 어맛! 내가 무슨 생각을! 나한테는 이제 장 대가가 있는데…….'

나인준과 형요란은 열심히 동상이몽에 빠져들었다.

그때다.

식사가 얼추 끝나가는 걸 눈으로 확인한 진자운이 장진구와 형요란에게 시선을 던졌다.

"두 사람한테 부탁할 게 있수다."

"예?"

"예?"

장진구와 형요란이 얼른 진자운에게 시선을 맞췄다. 둘 다 놀란 토끼 같은 표정이 얼굴에 다분하다.

진자운이 말했다.

"별건 아니고, 무당산에 좀 다녀오슈."

"무당산이라면… 무당파에……."

"응, 거기에 있는 진무각하고 장가촌에 있는 내 내자한테 서신 하나씩을 전달하면 되는 일이오."

"⋯⋯."

장진구는 무당파의 자랑인 진무각과 진자운의 아내가 누군지 잘 안다. 진무각은 한때 몰래 침입했다가 죽도록 싸웠던 곳이고, 진자운의 아내인 담화연은 내심 여신처럼 여기고 있던 사람이니 모를 리 만무하다.

하지만 어째서 갑자기 이 시기에?

의혹 어린 표정을 얼굴 가득 내보이고 있는 장진구에게 진자운이 음식이 차려질 동안 작성한 서신 두 통을 내밀었다. 한마디 당부의 말 역시 빼놓을 수 없다.

"보름 안에 반드시 전달해야 할 거요. 중간에 새면 국물도 없고 말이오."

"존명!"

자신도 모르게 천마신교 부대주 시절의 버릇대로 복명한 장진구가 얼굴을 붉게 물들였다. 그를 향해 모아진 뜨악한 시선들 앞에서 마냥 버티고만 있을 순 없었다.

툭툭!

진자운이 흡사 상관이 수하를 대하듯 장진구에게 다가가 어깨를 두드려 줬다.

확정(確定)!

모두의 뇌리 속에 전직 천마신교 부대주 출신의 장진구가 진자운의 수하로 확실하게 각인되는 순간이었다. 거기엔 처연한 얼굴이 된 형요란 역시 포함되어 있었다.

'시부랄!'

장진구는 더러운 기분에도 불구하고 욕설조차 입 밖으로
내뱉지 못했다.

◆ 第五十八章 ◆ 나는 형가(荊軻)가 아니다!

나는 형가(荊軻)가 아니다!

밤.

견도진의 뒤를 쫓아 홀로 남빈을 떠난 진자운은 집채만 한 크기의 석비 앞에 도착한 후 눈에 이채를 발했다.

"무자비석… 그냥 하는 소린 줄 알았더니, 진짜로 이런 게 있었구만!"

다소 탄성이 담겨 있는 진자운의 중얼거림에 무자비석 주변 여기저기를 살피고 돌아온 견도진이 어깨를 한차례 으쓱해 보였다.

"헤헤헤, 이 무자비석이야말로 현 황실의 실정(失政)을 나타내는 상징이라 할 수 있습죠."

"현 황실의 실정?"

"그렇습죠. 실정입지요."

견도진은 연달아 하지 않아도 될 말을 늘어놓은 후 고개까지 두어 차례 주억거려 보였다. 진자운에게 떠들 거리가 생긴 게 무척 기뻤던 모양이다.

"본래 이곳은 황릉입지요. 그런데 황릉이란 곳은 본시 제위 기간 중의 치적을 큼지막한 석비에다가 적어놓는 게 관례인데… 이놈의 빌어먹을 황제란 작자들이 죽은 후에 아무리 기록을 뒤져 봐도 치적 자체가 없는 겁니다요. 한마디로 황제를 하는 동안 그냥 놀고먹은 것입죠. 그러니 어쩌겠습니까? 무자비석을 세울 수밖에요."

"허!"

진자운은 나직이 혀를 찼다.

문득 그의 뇌리 속으로 나름대로 훌륭해 보이던 현 황제와 개차반 황태자가 떠올랐다.

현 황제야 무자비석이 세워질 리 없지만, 황태자의 경우 자칫 그런 꼴을 당할 가능성이 농후해 보인다. 그것도 온전히 황제에 오를 수 있었을 때 논할 수 있는 일이겠지만 말이다.

'이번에 일이 상당히 꼬였긴 하지만, 반드시 황태자 녀석은 제대로 교육을 시켜놔야겠구만. 그래도 명색이 내가 놈의 숙부인데, 무자비석이나 세워지게 만들어선 안 될 테니까. 그럼 나중에 조금 더 확실히 교육을 시켜야겠지?

만약 자금성의 태자전에서 숙면을 취하고 있는 황태자가 안다면 안색이 새파랗게 질릴 만한 내심이다. 적어도 이 밤 꿈자리가 뒤숭숭해서 잠을 설치긴 할 것 같다.

진자운이 그 같은 생각을 떠올리며 잠시 생각에 잠겨 있을 때였다.

황릉의 입구임이 무색할 정도로 별다른 인적이 없던 무자 비석의 뒤편으로 한 명의 흑의 경장인이 모습을 드러냈다. 진 자운에게 한 아름의 폭약이 장치된 만선루를 남긴 채 줄행랑을 친 북경 하오문주 금적왕이었다.

힐끔.

진자운이 그의 등장을 파악치 못할 리 없다.

한차례 시선을 던지는 것만으로 금적왕을 옴짝달싹도 못 하게 옭아매 버린 진자운이 견도진에게 휙휙 손을 내저어 보였다. 금적왕이 나타났으니, 더 이상 볼일이 남지 않았다는 뜻이다.

견도진이 이를 거부할 리 없다.

기쁨이 넘치는 표정을 얼굴에 그대로 드러낸 그가 역시 금적왕 쪽의 눈치를 보곤 휑하니 신형을 날려갔다.

이번 임무를 위해 유언장까지 써뒀다.

운 좋게도 무사히 떠나게 된 만큼 결코 머뭇거릴 까닭이 없다.

"참 멋진 문도를 뒀구만."

진자운이 견도진 쪽은 쳐다도 보지 않고 금적왕에게 비꼬인 심사를 드러냈다. 그를 보자마자 주먹과 발부터 날리지 않은 건 그 정도로 끝낼 일이 아니기 때문이었다.

그 같은 진자운의 심사를 아는지 모르는지 금적왕이 특유의 독특한 신법을 펼쳐 한걸음에 다가왔다. 여전히 노련해 보이는 얼굴에는 미소가 머금어져 있고, 양손은 포권을 하고 있다. 예의부터 차리는 것이다.

"그 문주에 그 문도가 아니겠습니까? 진 왕야의 건녕하신 모습을 보니, 마음속 깊은 곳에서 치밀어 오르는 기쁨을 금치 못하겠습니다."

"시간 얼마 남지 않았다."

"예?"

"내가 인내할 시간이 얼마 남지 않았으니, 변명거릴 내놓으려거든 서두르는 게 나을 거란 뜻이야."

"아아!"

금적왕이 고개를 가볍게 끄덕여 보였다.

그는 북경에서 가장 정보에 밝은 사람이다. 며칠 전 진자운이 당한 일과 유산월의 죽음을 모를 리 만무하다.

"유 소저의 일은 정말 안타깝게 되었습니다. 본래 견도진의 뒤만 제대로 따라나섰더라도 무사했을 터인데……."

"반 각!"

"…역모 사건이 코앞에 임박했습니다."

"역모? 누가 황제라도 되고 싶어한다는 건가?"

"그렇습니다. 그것도 새외 세력과 연계된 역모입니다. 자칫 잘못하면 중원 전체가 전화에 휩싸일 수 있습니다."

진자운은 내심 눈살을 찌푸렸다. 유산월의 죽음에 대한 대가를 금적왕에게 받아내지 못하게 됐기 때문이다.

"지밀대주 역시 그 비슷한 말을 하더군. 새외 세력이 연계되었다는 건 금시초문이지만 말야."

"중원을 노리는 새외 세력은 다름 아닌 북방 오이랏의 대칸 야선입니다. 제 몸에 그의 피가 절반쯤 흐르고 있지요."

"중원인이 아니란 건가?"

"그렇진 않습니다. 저는 중원인이 맞습니다. 야선 대칸은 중원을 침공해 왔을 때 제 어머님을 강제로 취했습니다. 그러니 어찌 제가 그를 아버지로 여길 수 있겠습니까?"

"딴은 그렇군."

진자운이 곧바로 수긍하자 금적왕의 얼굴에 가벼운 놀람의 빛이 떠올랐다.

저주받은 출생의 비밀!

이는 평생 금적왕을 따라다닌 업장이었다. 결코 남에게 알릴 수 없는 비밀이었다.

하물며 현 상황은 대전쟁이 벌어지기 직전이었다. 자신이라 해도 쉽사리 납득치 못할 일인데, 곧바로 수긍을 하다니!

잠시 어리둥절할 지경이다.

그러나 진자운은 사람의 마음을 읽을 수 있는 능력자다. 또한 출생의 비밀로 친다면 그 역시 만만치 않다. 평생 동안 진짜 부친이 누군지 알지 못하고 살았으니, 당연하다.

'뭐, 부친이 누구든 알고만 있다면 그것만으로도 훌륭하지……'

진자운의 생각이다.

금적왕이 호기심 어린 표정으로 질문했다.

"제 말을 도두 믿으시는 겁니까?"

"물론."

"그렇지만… 이번 일은 역모에 관련된 일입니다만?"

"그런 게 사람을 믿는 데 특별히 문제될 것 있나? 내가 보기에 당신은 인간 세상의 쓰레기야. 힘없고 배고픈 자들한테서 고혈을 짜내 제 배를 불리지. 하지만 자기 부모를 팔아서 욕심을 채울 인간은 아니야. 그렇지 않나?"

"……"

금적왕은 진자운의 말에 침묵했다. 그렇다고 특별히 기분 나쁜 표정을 지어 보이지는 않았다. 그가 한 말 중에 틀린 게 없었기 때문이다.

진자운이 어깨를 한차례 으쓱해 보였다.

"그래서 나한테 그런 일에 대해 떠들어대는 까닭은 뭐지?"

"부탁할 게 있어서입니다."

"부탁할 게 있어서 지밀대한테 날 팔아먹고, 폭약까지 한

아름 안겨준 건가?'

"말씀드렸다시피 제 부친은 오이랏의 대칸입니다. 지밀대에서 그 같은 사실을 눈치 채고 협박했기에 저로선 어쩔 수 없는 선택이었습니다. 다만……."

"다만?"

"저는 진 왕야의 무쌍한 능력을 잘 알고 있었습니다. 아무리 지밀대의 무력이 대단하다 해도 진 왕야에게 어떤 위해를 입힐 수 있으리라곤 전혀 생각지 않았습니다."

"말은 정말 잘하는구만. 그 기름을 바른 듯 매끄러운 헛바닥을 당장 뽑아버리고 싶을 지경이야."

"그것만은 용서해 주십시오. 혀가 뽑히면 만선루의 총관 노릇을 못하게 됩니다."

"그 폭삭 무너져 내린 만선루 말인가?"

"이미 이틀 전에 다른 장소에 만선루를 새롭게 개장했습니다."

"벌써?"

"우리같이 하루 벌어 하루 먹고사는 하류인생들은 결코 시간을 헛되이 사용할 수 없지요."

"허허."

진자운은 결국 입가에 웃음을 매달고 말았다. 소싯적 그 역시 말을 꽤나 잘한다는 평을 들었지만, 눈앞에 있는 금적왕은 수준이 남다르다. 정말 쉽사리 만날 수 있는 상대가 아니다.

내심 아끼는 마음이 들지 않을 수 없다.

금적왕이 진자운이 웃음을 멈추길 기다려 말을 이었다.

"그래서 말인데, 진 왕야께서 오이랏의 대칸을 죽여주시지 않겠습니까?"

"뭐?"

"야선 대칸을 암살해서 중원과 황실의 근심을 덜어주실 수 있겠냐는 겁니다."

"……."

진자운은 대답 대신 금적왕을 잠시 노려봤다. 그가 한 말이 진심인지를 파악하기 위함이었다.

'이 자식, 진심이군.'

손끝에 닿을 정도로 확실한 일이다. 틀림이 없다. 내심 한 차례 눈살을 찌푸린 진자운이 곧바로 고개를 가로저어 보였다.

"싫어."

금적왕의 얼굴에 가벼운 실망의 기색이 떠올랐다.

그동안 파악한 진자운의 성격상 한 번 싫다고 하면 그만이다. 여기서 다시 권하면 화를 부를 수 있다. 면밀한 검토 끝에 파악한 사실이니만치 틀림이 없다.

그래서 금적왕은 질문을 던지기로 했다.

"진 왕야는 당금 무림이 낳은 불세출의 영웅이십니다. 또한 현 황상 폐하의 의제이신 친왕으로서 황족이라 할 수 있습니다. 그런데 어찌 국가 존망의 위기를 그냥 외면하려 하시는 겁니까?"

"나는 형가─전국 시대 말기 위(衛)나라 사람으로 진시황이 통일제국을 건설하기 이전에 연나라 태자 단(丹)의 비밀 지령을 받고 그를 암살하려다 실패한 인물로 유명하다. 사마천(司馬遷)의 '사기(史記)'의 '자객열전(刺客列傳)'에는 그에 대한 이야기가 비교적 상세하게 기술되어 있다─가 아니니까."

"형가라시면… 진시황(秦始皇)을 죽이려고 했던 자객 형가를 말씀하시는 겁니까?"

"그래. 나는 당당한 무인이야. 형가처럼 누군가를 암살하러 가는 건 성격에 맞지 않아. 특히 그게 누군가의 부친이고 남편이라면 더더욱 그래. 이의있나?"

"그건……."

"또 한 가지 있어. 오이랏이 비록 북방에서 굉장히 강성하긴 하지만 장성을 넘는다는 건 그리 쉬운 일이 아니야. 만약 내부에서 호응하는 자가 없다면 결국 전쟁을 일으키는 건 포기할 수 없을 것 같은데… 그렇지 않은가?"

"……."

말 잘하던 금적왕이 결국 입을 다물었다. 말발에서 진자운에게 완전히 밀려 버린 것이다.

그래도 체면상 곧바로 수긍키는 어려웠으리라!

잠시 진자운을 바라보던 그가 한숨과 함께 고개를 가볍게 흔들어 보였다.

"과연 진 왕야는 대단하십니다. 저 같은 범부로선 결코 따를 수가 없는 배포를 지니셨습니다. 오이랏과의 전쟁 전에 황천 내의 역모를 조기 진압할 수 있다는 자신감이라니!"

"그야 이제부터 당신이 힘을 써야 할 일이지."

"예?"

"모른 척하겠다?"

진자운은 금적왕이 다시 입을 여는 걸 용납하지 않았다. 그래 봤자 일을 해결하는 데 별다른 도움이 되지 않는다는 걸 경험을 통해 잘 알고 있어서다.

퍽!

발로 금적왕의 복부를 걷어찬 진자운이 곧바로 구타에 들어갔다. 이미 충분할 정도로 손발은 풀어놓은 상태다. 특별히 준비 운동 따윌 할 필요는 없었다. 그냥 마음 내키는 대로 주먹과 발을 효율적으로 휘두르면 됐다.

"됐다고 생각이 들면 고개를 끄덕여 보이라구. 늦게 끄덕거릴수록 난 좋아. 지난 사흘간 가부좌를 틀고 앉아 있느라고 전신이 결릴 지경이니까. 이번 기회에 몸 좀 확실히 풀어보도록 하지."

"……."

금적왕의 두 눈이 퉁방울처럼 커졌다.

이건 계획과 다르다.

지밀대주 소리산과의 약속은 이런 게 아니었다.

그는 내심 부르짖고는 얼른 고개를 끄덕이기 시작했다. 조금 더 버텼다가는 자칫 맞아 죽을 수도 있겠다는 절박한 위기감에 결국 굴복하고 만 것이다.

                    *   *   *

월도천심처(月到天心處)
풍래수면시(風來水面時)
일반청의미(一般淸意味)
요득소인지(料得少人知)

달은 하늘 한가운데 이르고,
바람은 수면에 불어오는구나!
이러한 맑고 상쾌한 맛을,
세상에 아는 사람 적으리라!

송대 도학(道學)의 개조(開祖)라 알려진 소옹(邵雍)이 지은 청야령(淸夜吟:맑은 밤에 읊음)은 이 밤에 그럴듯하니 잘 어울린다.

풍미가 만만치 않다.

그 같은 생각은 근래 들어 네 번째로 옮긴 안가의 너른 정원을 달빛을 벗삼아 산책하고 있던 소리산 역시 동의하는 바다.

그는 시가를 흥얼거리다 말고 입가에 담담한 미소를 담았다. 어찌 보든 흡족해 보이는 웃음이다.

그때였다.

어느새 그의 배후로 흑의 전포를 걸친 한 명의 사내가 어둠 속에서 떨어져 내리더니, 곧바로 부복했다. 지밀대 십대고수 중 수좌인 묵포사신 맹휘였다.

"대주님께 죄를 청하기 위해 죄인이 돌아왔습니다!"

"……"

맹휘의 입에서 흘러나온 청죄에 소리산이 슬며시 신형을 돌려세웠다. 다른 건 전혀 변한 것이 없는데, 본래 한 쌍이던 눈이 하나밖에 남지 않았다.

그 모습을 목도한 맹휘의 얼굴 반면이 일그러졌다. 소리산의 이 같은 변화에 짐작 가는 바가 있었기 때문이다.

"어찌 북리 노야께서 대주님께 이러실 수 있단 말입니까! 무인의 눈을 빼앗다니요!"

"대수로울 것 없다. 내 머리는 온전하다."

"큭!"

맹휘의 입에서 앓는 듯한 신음성이 흘러나왔다. 소리산이 눈을 잃은 게 마치 자신의 실패 때문인 것 같다. 마음의 한쪽이 찢겨 내리는 것 같은 고통을 느끼는 건 어쩔 수 없다.

쉬잇!

그의 소매 속에서 사인검의 검인이 튀어나왔다. 그리고 빠르게 목젖을 그어가는 뱀과 같은 움직임.

소리산이 재빨리 손가락을 탄지(彈指)했다.

챙!

사인검의 검인이 외마디 비명과 함께 튕겨졌다. 주인의 목에 실선조차 내지 못하고 뜻을 꺾었다. 소리산의 손을 떠난 지강(指罡)에 담긴 강력한 힘의 결과다.

맹휘의 얼굴에 음영이 짙게 머물렀다.

"저는 대주님께 씻을 수 없는 잘못을 저질렀습니다. 부디 자결을 허락해 주십시오!"

"앞서 말했다시피 기껏해야 눈알 하나에 불과하다. 신경 쓸 필요는 없어. 하지만 그래도 자네가 신경 쓰인다면, 앞으로도 계속 내 손발이 되어줘야겠어. 그래 주겠는가?"

"대주님……."

맹휘가 고개를 아래로 떨궜다. 차마 소리산의 외눈과 시선을 마주칠 수 없었기 때문이다.

소리산이 그 모습을 보고 입가에 또다시 담담한 미소를 매달았다.

"그래서 태극검해의 주인공은 장성을 넘기로 했는가?"

'이건… 대주님께서는 태극무검 진자운이 내게 한 말에 관해 이미 알고 계신 건가?'

맹휘의 뇌리 속으로 자신을 놔주며 진자운이 지껄인 말이 스쳐 갔다. 이미 소리산이 그 같은 사실을 아는 듯 말하자 놀라움을 금하기 힘들다.

"진 왕야는 자신은 형가가 아니라고 하셨습니다."

"형가가 아니다?"

"그렇습니다."

맹휘가 재차 확인해 주자 소리산의 입가에 매달려 있던 미소가 더욱 짙어졌다. 진자운의 성정에 대해선 이미 충분할 정도로 파악해 놓은 상황이다. 이 같은 결과 역시 어느 정도 예상하고 일을 꾸몄다.

'그렇다곤 해도 한동안 북리 노야의 눈길을 피하려면 좀 피곤해지겠구만. 그의 패망을 보기 전엔 절대로 남은 눈을 내놓을 수 없으니까.'

내심 쓰게 웃음 짓는 소리산에게 맹휘가 말을 이었다.

"진 왕야는 또 이렇게 말씀하셨습니다. 그래도 일단은 형가가 된 것으로 생각해 달라고."

"일단은 형가가 된 것으로 생각해 달라? 그런 말을 했단 말인가?"

"그렇습니다."

"하!"

소리산의 웃음 속에 유쾌함이 담겼다.

이건 예상 밖이다.

아니, 그보다는 이상이라고 해야 옳겠다.

진자운은 소리산에게 제안을 해왔다. 같이 손을 잡고 북리단야를 물먹이자 한 것이다.

"또 다른 말은 없었는가?"

"앞으로 머리 쓰는 일은 금적왕과 의논하라 하셨습니다. 자신은 머리 쓰는 일 따윈 딱 질색이니, 빠지겠노라고."

"그렇군."

소리산이 머리를 가볍게 끄덕여 보였다.

그만하면 충분하다.

진자운은 이제 한동안 모습을 감추기만 하면 된다. 그래야만 북리단야가 마음 놓고 준동을 보일 테니까.

문득 밤하늘 사이로 은빛 유성 하나가 떨어져 내렸다.

불길함을 뜻하는 흉성.

소리산의 심중에 박힌 계획만큼은 아니다.

＊　　　＊　　　＊

무당산.

담화연은 정오가 넘도록 밭을 일구고 있었다.

그녀가 장가촌으로부터 얼마 떨어지지 않은 곳에 얼마 전 만든 화전(火田)이다.

아직 만든 지 얼마 되지 않아서 곡물을 수확할 수 있는 땅으로 만들려면 손이 무척 많이 간다. 사실 담화연 같은 연약한 여인이 하기엔 거칠고 힘든 일이다.

우려와 옅려의 시선이 없을 리 만무하다.

화전이 형성된 곳으로부터 그리 멀리 떨어지지 않은 장소에서 잘생기고 튼튼한 꼬맹이를 어르고 있던 소설향이 짐짓이맛살을 찌푸려 보였다.

"성녀님, 벌써 정오가 다 되었습니다. 홀몸도 아니신데, 그리 무리하시다 병이라도 들면 어쩌시려는 거예요?"

"조금만 더 하고."

"그만 하세요! 저도 이젠 힘들다고요!"

"응?"

양손에 보통의 세 배쯤 되는 호미를 나눠 쥔 채 큼지막한 나무뿌리 하나를 캐내고 있던 담화연이 그제야 고개를 들었다. 소설향 쪽에 시선을 던진 그녀의 백옥같이 하얀 얼굴엔 점점이 흙먼지가 묻어 있다.

스윽!

이미 더러워진 소매로 이마를 훔치자 얼굴은 더욱 지저분해진다.

딱 밭일 하는 아낙이다.

그 험한 모습에 소설향이 활달한 얼굴 가득 우려의 기색을 드러냈다. 담화연 대신 화전을 일구지 못하는 게 한스럽다는 표정이다.

"성녀님, 유성이 이 녀석, 벌써부터 밝히긴 엄청 밝혀서 제 젖가슴을 온통 멍투성이로 만들어놨다구요! 더 이상 견디지 못하겠으니, 좀 데려가서 젖을 주시든 하세요! 이러다간 애도 낳아보지 못하고 가슴이 다 처지겠어요!"

"망할 놈!"

담화연의 입에서 성녀 시절엔 상상도 하지 못했던 험한 소리가 흘러나왔다.

다 시어머니인 진가영의 영향이다.

그녀는 아쉬운 듯 여태까지 작업하고 있던 나무뿌리 쪽을 바라보곤 천천히 소설향 쪽으로 걸음을 옮겼다. 못돼먹은 제 아비를 닮아 짓궂고 성미 드센 진유성의 볼기라도 한차례 두들겨 팰 작정이었다.

그러자 위기감을 느꼈음인가!

소설향의 말이 결코 엄살이 아님을 확인이라도 시켜주려는 듯 계속 그녀의 가슴을 양손으로 주물럭거리고 있던 진유성이 갑자기 하던 짓을 멈췄다. 거짓말 같은 변화다.

그뿐 아니다.

놈은 슬그머니 어느새 바로 코앞까지 다가선 모친 담화연 쪽으로 고개를 돌리더니, 얼굴 가득 환한 웃음을 지어 보였다.

"꺄르륵!"

잘생긴 얼굴에 살까지 포동포동하니 붙어서 귀여움이 극

에 이른 녀석의 미소다. 게다가 사내답지 않게 애교가 철철 넘치는 표정까지 동반하고 있다.

'이 요악스런 너구리 녀석! 교활한 것도 꼭 제 아비를 빼닮아서는!'

담화연은 진유성의 모친이다.

녀석의 이 같은 표변에는 그동안 몇 차례나 속아 넘어갔다. 비록 지극한 사랑스러움에 가슴이 저릿해져 올 정도나 약발이 쉽사리 받진 않는다.

오히려 반응은 방금 전까지 투덜거리고 있던 소설향에게서 왔다.

"아유! 이 귀여운 녀석 같으니!"

"꺄르륵!"

또다시 요악스런 미소를 터뜨리는 진유성을 소설향이 꼬옥 끌어안았다. 방금 전까지 투덜거렸던 여인이 맞는가 싶다.

'에휴, 설향 언니도 저 녀석한테 넘어갔구나!'

담화연은 내심 한숨을 내쉬었다.

그녀가 보는 앞에서 어느새 앉아 있던 나무 그루터기에서 일어선 소설향은 진유성을 안은 채 빙빙 맴을 돌고 있었다. 어디서 힘이 솟았는지 기운이 넘치는 것이 완전히 딴사람이 된 것 같다.

그에 진유성은 보조라도 맞추듯 계속 웃음을 터뜨렸다.

소설향에게 양 옆구리를 붙잡힌 채 양손을 만세 부르듯 활짝 펼친 놈은 하늘이라도 날아가려는 듯 마구 네활개를 쳐댔다. 완전히 지 세상이다.

담화연 또한 어느새 입가에 흐뭇한 미소를 매달고 있다. 소설향과 진유성의 모습을 지켜보고 있자니, 근래 우연찮게 시작한 화전 일구기로 쌓인 느독이 눈 녹듯 사라지는 기분이다.

'나도 참 어처구니없는 짓을 했지. 아무리 기분이 울적했기로서니 애꿎은 나무들한테 화풀이를 했으니……'

그렇다.

담화연이 갑작스레 화전을 일구게 된 건 일종의 사고 때문이었다.

진자운이 장가촌을 떠나고 얼마 지나지 않아 담화연은 임신한 여인들이 종종 걸리곤 하는 우울증에 빠져들었다. 첫애인 진유성 때와 달리 남편 진자운이 곁에 없다는 게 그녀의 병을 심화시켰다.

결국 그녀는 밤마다 몰래 장가촌 뒤편에 조성된 숲을 쑥대밭으로 만드는 것으로 마음속의 울화를 풀기 시작했다. 그리라도 하지 않고선 우울증의 심화를 막을 방도가 없을 것 같았다.

그런데 며칠 전 하필이면 그녀의 이 같은 행동이 진가영의 눈에 뜨이고 말았다. 변명거릴 만들지 않고선 빠져나갈 수 없는 상황이 되어버렸다.

화전!

그게 담화연이 진가영에게 내민 변명이었다. 심심파적 삼아 화전을 일구기 시작했다는 어처구니없는 말을 무심결에 내뱉고 만 것이다.

그리고 그 결과 지금 담화연은 장가촌이 생긴 이래 가장 큰 화전을 일구고 있었다. 무공이 고강한 그녀라 해도 최소한 몇 개월은 족히 힘을 써야 끝이 날 만한 작업을 홀로 떠맡고 만 셈이다.

어쨌든 화전 일구기는 의외로 담화연에게 도움이 되었다.

극심한 임신 우울증에 시달리던 그녀는 어느새 봄날 같은 평소의 미소를 되찾고 있었다. 심기 역시 안정되었다. 자연 속에서 무언가에 열중하는 동안 자잘한 마음의 질병 따윈 쉽사리 치료가 되었다.

'그러고 보니 벌써 정오가 다 됐네. 설향 언니와 유성이도 배가 고플 테니까 참이라도 먹으라고 해야겠다.'

담화연은 잠시 뇌리 속에 떠올랐던 과거의 기억을 한 켠으로 치웠다.

정오다.

열심히 일을 했으니 밥을 먹어야만 한다.

한데, 그때다.

어느새 소설향의 품을 벗어나 제 세상이라도 만난 듯 화전 이곳저곳을 뛰어다니고 있던 진유성이 움직임을 멈췄다. 참 이상한 일이다.

한번 뛰어놀기 시작하면 지쳐서 쓰러질 때까진 절대로 멈추지 않는 게 아이들의 특성이다. 진유성은 지나칠 정도로 건강한 터라 더욱 그렇다.

담화연이 아들 진유성의 성격을 모를 리 없다.

그녀는 언제 봄날 같은 미소를 입가에 매달고 있었냐는 듯 시선을 소설향에게 던졌다. 본능적으로 진유성에게 신형을 날리려다가 소설향이 무공을 상실한 상태란 점에 생각이 미쳤다.

소설향 또한 비슷한 생각을 한 것 같다.

그녀는 담화연이 자신을 바라보자 얼른 표정을 굳힌 채 소리쳤다.

"성녀님, 유성이가 먼저예요!"

"…그래."

담화연은 소설향이 한 말이 옳다는 걸 알았다. 오히려 그녀에게 염려의 시선을 던진 게 미안해진다.

무인.

그것도 마도의 하늘인 천마신교의 절정무인이었던 소설향이다.

무공을 상실했다 하여 아이보다 우선순위가 될 순 없다. 그건 눈앞의 아이가 진유성이 아니라 해도 마찬가지다.

담화연은 지체없이 진유성에게로 신형을 날렸다. 일단은 그게 가장 먼저 할 일이다.

스으.

담화연의 신형이 단숨에 오륙 장의 간격을 단축했다. 최상의 신법을 펼친 결과다.

한데, 그녀가 막 눈앞에 있는 진유성에게 손을 뻗어 잡아채려는 찰나였다.

동작을 멈춘 채 손가락을 입에 물고 있던 진유성이 갑자기 앞으로 쑥 걸음을 떼어냈다.

절묘하다.

담화연의 손이 간발의 차로 진유성의 뒷덜미를 낚아채는 데 실패했다.

그것만으로 끝이 아니다.

재차 담화연이 금나수를 펼쳐 진유성을 잡아채려는 시도를 할 때였다. 모친의 속을 태우려 작정이라도 한 것처럼 느닷없이 아장거리며 움직인 진유성이 땅바닥을 발로 마구 짓밟아댔다.

퍽퍽퍽퍽!

화전 밑에서 꿈틀대는 지렁이라도 발견한 것일까?

그렇다면 무척 큰 놈을 발견한 것 같다.

진유성이 발을 구르는 것과 동시에 지축이 불쑥 위로 튀어 올라왔다. 흙먼지 역시 솟구친다. 발을 구르던 진유성이 단숨에 흙투성이가 됐음은 물론이다.

당연히 담화연으로선 경계심이 치솟지 않을 수 없다.

그녀는 단순히 진유성을 낚아채기 위해 펼치려 했던 금나수를 재빨리 장공(掌功)으로 바꿨다.

활짝 펴진 옥수(玉手).

백옥빛 투명한 기운을 담은 수장에서 노도와 같은 기운이 뿜어져 나왔다.

백옥마인(白玉魔印)!

천마신교 백대마공 중 일좌를 당당히 차지하는 장공이다.

창졸간에 펼쳐 냈으나 위력은 극강.

땅거죽을 뚫고 튀어나온 괴인이 박살 나리란 점에 있어 이의를 제기하기란 결코 쉽지 않아 보인다. 누구라도 그리 생각할 게 분명하다.

그런데 반전이 일어났다.

풀썩!

단숨에 웬만한 사람 키 높이만큼을 튀어나왔던 괴인이 바닥으로 푹 꺼졌다. 담화연의 백옥마인이 하릴없이 허공을 갈랐음은 물론이다.

분분히 흩날리는 분진(粉塵).

담화연은 자신의 일장이 허사로 돌아간 것에 신경 쓰지 않았다. 그녀에겐 더욱 중요한 일이 있었다.

파앗!

백옥마인을 다시 금나수로 바꾼 담화연이 진유성을 낚아챘다. 이번에는 실수가 없다.

"맘마! 맘마!"

"……."

흙투성이가 된 얼굴을 한 채 담화연의 품에 안긴 진유성이 좋아라 네활개를 치며 소리를 질러댔다. 방금 전 어미의 가슴을 철렁 내려앉게 만들었다는 걸 까맣게 모르는 태도다.

재빨리 내기를 일으켜 진유성의 전신을 살핀 담화연이 입가에 안도의 한숨을 담았다.

대담하게도 무림고수가 분명해 보이는 은신자를 발로 짓밟은 아들은 전혀 다친 곳이 없었다. 흔한 경기조차 일으키지 않았다.

스으.

담화연은 진유성을 안은 채 뒤로 재빨리 물러섰다. 아들을 무사히 확보하자 이번엔 소설향이 마음에 걸린다. 만약 그녀가 다치기라도 한다면 남희명을 볼 면목이 없다.

마침 허벅지에 몰래 숨겨놓았던 소검을 빼 든 소설향 역시 담화연 쪽으로 달려오고 있었다. 두 여인은 화전의 중간쯤에서 만났다.

자연스레 등이 마주 대어졌다.

사방에 대한 경계 역시 빠짐이 없다.

먼저 입을 연 건 소설향이다.

"성녀님, 제가 이목을 끌 테니 유성이를 데리고 얼른 이곳을 빠져나가세요!"

담화연이 고운 아미를 살짝 찡그려 보인다.

"설향 언니를 두고 어찌 나 혼자 떠나겠어요! 말도 안 되는 소리 하지 마세요!"

"유성이를 생각하세요! 자칫 유성이가 다칠 수 있어요! 게다가 성녀님은 홑몸도 아니시잖아요!"

"날 무시하지 마세요! 나는 유성이와 설향 언니, 모두 지킬 수 있어요!"

"성녀님, 그건……."

소설향은 다시 담화연에게 권하려다 자신도 모르게 말끝을 흐렸다. 담화연의 얼굴에서 과거 진자운을 만났을 때와 같은 고집스러움을 엿본 까닭이다.

한데, 그때다.

갑자기 고요만이 감돌던 화전 이곳저곳이 들썩거리기 시작하더니, 십여 명의 괴인이 모습을 드러냈다. 언제부터 은신을 하고 있었는지 무공이 절정에 이른 담화연의 이목조차 숨기고 있었다.

그 점이 담화연을 긴장시켰다.

'숫자가 너무 많아! 과연 내가 설향 언니와 유성이를 끝까지 지켜낼 수 있을까? 으음…….'

과도하게 신경을 쓴 때문이리라!

담화연은 문득 아랫배 쪽이 아파오는 걸 느꼈다. 임신한 상황인지라 함부로 넘기기 쉽지 않은 징후다.

그때 화전 속에서 모습을 드러낸 괴인들 중 한 명이 앞으로 슥 나섰다.

표홀한 신법.

덕분에 전신을 덮고 있던 흙먼지가 바람에 흩어졌다. 황포 일색의 진신(眞身)이 모습을 드러냈다.

'저자들은……'

소설향의 눈에 이채가 담겼다.

그녀는 진신을 드러낸 괴인의 복장과 신법이 눈에 익었다. 정체 역시 쉽사리 파악할 수 있었다.

슥!

담화연의 앞을 가로막듯 막아선 소설향이 지척까지 이른 황포인을 싸늘한 시선으로 바라보며 일갈을 터뜨렸다.

"신교의 제자가 감히 성녀님을 놀라게 하다니, 무엄하다!"

"신교 천세!"

황포인이 소설향의 일갈이 터지기가 무섭게 바닥에 부복하며 목청을 돋웠다.

뒤에 남아 있던 자들 역시 마찬가지다. 앞선 황포인과 똑같은 외침과 함께 그들 역시 바닥에 부복했다.

"신교 천세!"

"신교 천세!"

천마신교의 제자들만이 내뱉을 수 있는 외침.

소설향은 자신의 짐작대로의 모습에 눈살을 가볍게 찌푸

렸고, 담화연은 품 안의 진유성을 힘주어 안았다.

십 년.

무림의 다툼에서 벗어난 세월은 즐거웠다. 평화롭고 다사
로웠다.

이제 그 같은 세월이 종언을 고하려 하고 있었다. 그런 예
감을 지울 수 없었다.

"꺄르륵!"

담화연의 그 같은 내심을 아는지 모르는지 품에 안긴 진유
성은 여전히 마음대로 네활개를 치며 웃느라 정신이 없다.

第五十九章 ◆ 천마신교에는 후계자가 필요하다!

화전을 뒤엎으며 모습을 드러낸 십이 인의 황의인!

그들의 정체는 십수 년 전 천마신교를 실질적으로 이끌던 오마의 좌장인 영마 일보혈해 반여삭의 수신호위들이다. 지난 세월 완전히 잊혀져 있던 과거의 인물들이 느닷없이 모습을 드러낸 것이다.

소설향에게 설명을 들은 담화연이 최선두에 부복해 있는 황의인에게 부드럽게 말했다.

"영마 천좌께서는 무탈하신가요?"

"전날 정파 놈들의 합공에 당한 부상을 치료하던 중 하반신에 마비가 오셨습니다. 워낙 고강한 무공과 정신력을 지닌 분이신지라 겉으로 티는 안 내시지만, 매일같이 죽음보다 더 지독한 고통을 감내하고 계신 줄로 압니다."

"아!"

담화연의 입술 새로 가벼운 탄식이 흘러나왔다.

영마 반여삭.

과거 천마신교의 성녀였던 담화연과는 선연(善緣)이라기보다는 악연(惡緣)으로 기억되는 인물이다.

그는 마군자 상유하를 지지하여 전대 교주였던 마선 담천위의 유일한 혈육인 담화연을 붙잡았고, 천마총에 억류했다. 태극검해의 신화로 인구에 회자되는 천마총에서의 대혈전은 그로부터 시작된 것이라고도 할 수 있었다.

원망하는 마음이 없을 리 없다.

한때는 원수처럼 생각하기도 했다.

하지만 이제 담화연은 성녀 시절의 철없던 소녀가 아니다.

비록 당시 자신을 괴롭히긴 했으나 영마 반여삭이 천마신교의 재건을 위해 불철주야 노력했다는 걸 모를 리 없다. 그는 다만 방향을 잘못 잡았을 뿐이고, 운이 없었을 뿐이다.

'게다가 영마 천좌는 본래 나한테 잘해줬었다. 어렸을 때는 종종 업어주기도 했어. 그리고 만약 조부님과 부모님이 돌아가셨을 때 그분이 없었다면 천마신교는 단숨에 공중분해가 됐을지도 몰라.'

부인할 수 없는 사실이다.

그 같은 생각이 담화연의 가슴에 작은 파문을 만들어냈다. 방금 전까지 불신으로 가득 차 있던 마음이 크게 흔들리는 걸 느꼈다.

소설향은 다르다.

그녀는 본래부터 오마와는 대립각을 세우던 십대마군에 속한 사람이다. 영마 반여삭이 얼마만큼 무서운 인물인지도 잘 알고 있었다.

그래서 그가 크게 고통받고 있다는 말을 듣고서도 마음에 조그만 파문조차 일지 않는다. 오히려 마음 한 켠에서 요란한 경계성이 울려 퍼지는 걸 느꼈다.

슬그머니 담화연을 제치고 나선 소설향이 눈꼬리를 살짝 치켜 올린 채 질문을 던졌다.

"그런데 어째서 십이 수신호위들께서는 영마 천좌를 떠나 무당산에 몰려온 거죠? 다들 알다시피 천마신교의 제자들이 무당산에 오기 위해선 성녀님이나 성마대공의 허락을 득해야만 해요."

"그건……."

십이 수신호위의 첫 번째인 일호위가 말끝을 가볍게 흐렸다. 그럴 수밖에 없다. 제○차 마정대전이 끝난 후 소설향이 한 말은 천마신교의 제자들이라면 누구라도 지켜야만 하는 일종의 불문율이었다. 설혹 영마 반여삭 본인이라 해도 어길 수 없는 게 자명하다.

잠시 망설이는 기색을 보이던 일호위가 말했다.

"영마 천좌께서는 신교에 후계자가 필요하다고 생각하십니다."

"후계자?"

"그렇습니다. 후일이라도 신교가 과거의 영광을 되찾기 위해선 구심점이 필요합니다. 후계자는 그래서 필요한 것입니다."

소설향의 안색이 가볍게 변했다. 영마 천좌가 원하는 게 무언지 짐작이 갔기 때문이다.

'이들은 유성이를 노리고 왔구나! 현재 신교의 정통 혈맥은 성녀님과 성마대공인 진 대가의 혈육인 유성이밖에 없으니까.'

소설향이 파악한 걸 담화연이 모를 리 없다.

그녀의 안색이 언제 안쓰러움을 드러냈냐는 듯 차갑게 굳었다. 아들 진유성의 미래가 달린 문제다. 어미로서 보호 본능을 느끼지 않을 수 없다.

"언제부터 신교의 후계 구도가 혈연에 의해 좌우됐지요? 제 아버님도 조부님의 뒤를 이어 교주에 오르시진 않았습니다."

"그때와 상황이 다르다고 봅니다. 당시엔 신교의 위세가 오늘날처럼 땅바닥으로 추락하지 않았을뿐더러 고수 역시 넘쳤습니다. 하지만 지금의 신교는 다릅니다. 십여 년 전의 제이차 마정대전 이후 고수는 흩어지고 세력 역시 예전만 못하게 되었습니다. 이렇게 계속 가다가는 정파에게 짓눌려 명맥마저 위태롭게 될지도 모릅니다."

"그건 안타까운 일이군요. 하지만 우리 부부는 십여 년 전이미 은거했어요. 이제 와서 다시 무림의 일에 끼어들고 싶진 않아요. 제 아들 역시 마찬가지고요."

담화연은 매몰찬 거절의 말과 함께 품 안의 진유성을 더욱 힘주어 끌어안았다. 일시 숨이 콱 막힌 진자운의 버둥거림이 조금 더 심해졌다.

물론 꼬맹이에 불과한 진유성이 절정고수인 담화연의 품에서 벗어난다는 건 기대할 수 없는 일이었다.

일호위의 얼굴에 안타까움이 묻어 나왔다.

상대는 존엄의 대상인 성녀다.

다른 때 같으면 충성을 맹세하고 목숨을 바치는 게 옳다. 그것이야말로 천마신교 제자로서 가질 수 있는 최고의 명예일 터였다.

그러나 일호위는 천마신교의 총단을 떠나오던 날 봤던 영마 반여삭의 얼굴을 잊을 수 없었다. 극마지경을 뛰어넘어 탈마의 경지에까지 이르렀던 그의 마공은 근래 들어 모래성처럼 급격히 허물어지고 있었다.

고통이 없을 수 없다.

인간의 한계를 뛰어넘은 절대고수조차 비명을 참을 수 없을 정도로 엄청난 고통이다. 더욱 절망적인 사실은 그것조차 이제 시작이란 거다. 마공의 특성상 붕괴의 순간이 다가올수록 고통은 더욱 극심해지기 때문이다.

'영마 천좌님에겐 남은 시간이 이제 얼마 없다. 그분을 회한 속에 가시게 할 수는 없는 일이야.'

결정은 이미 총단을 떠날 때부터 내려진 상태였다.

죽음 역시 각오하고 있었다.

성녀 담화연의 곁엔 부군인 태극무검 진자운이 있는 까닭이었다.

그런데 천우신조랄까?

우연찮게도 진자운은 몇 달 전 무당산을 떠났다. 최강의 대적이 모습을 감춘 것이다. 당연히 이 천금과 같은 기회를 놓칠 순 없었다.

꾸욱.

바닥에 짚고 있던 수장에 살짝 힘을 가한 일호위가 눈에 형형한 안광을 담았다. 마음의 결정을 내린 이상 더 이상 시간을 끌 수 없다는 판단을 내린 것이다.

"성녀님의 말씀은 잘 들었습니다. 하지만 영마 천좌님의 염원대로 신교에는 구심점인 후계자가 반드시 필요합니다. 부디 결례를 용서해 주십시오."

"감히!"

소설향이 싸늘한 냉갈과 더불어 들고 있던 소검을 치켜올렸다. 무공을 상실했다곤 하나 본능적으로 그리했다. 담화연과 진유성을 지키기 위함이었다.

그러나 십이 수신호위들은 영마 반여삭의 심복들답게 하나같이 절정의 무공과 은신법을 익힌 고수들이었다. 무공을 완전히 소실한 소설향의 허장성세 따위가 통할 리 만무하다.

챙! 파팟!

일호위가 바닥을 짚고 있던 손을 들어 올린 것과 동시였다. 그의 손가락을 떠난 두 가닥의 지력이 소설향의 손아귀에서 소검을 날려 버리고 마혈을 점혈했다.

느닷없이 일어난 반전이다.

휘청!

소설향의 신형이 크게 흔들리더니, 바닥에 모래성처럼 허물어졌다. 과거 천하를 마음대로 종횡하고 다녔던 절정고수답지 않은 모습이다. 그러나 그러면서도 그녀는 담화연을 향해 소리치는 걸 잊지 않았다.

"성녀님, 얼른 무당파로 도망치세요! 어서요!"

"설향 언니……."

담화연은 그리하지 않았다. 그리할 수 없었다.

어찌 친자매처럼 지냈던 소설향을 놔두고 자신만 몸을 피할 수 있으랴!

게다가 현재 장가촌에는 시어머니인 진가영을 비롯한 무공을 전혀 모르는 촌부들이 수두룩했다.

만약 십이 수신호위들이 그들에게 해코지라도 한다면 앞으로 진자운과 천마신교 간에는 깊이를 알 수 없을 정도로 깊은 고랑이 파이게 될 터였다.

'절대로 그런 일이 벌어지도록 놔둘 순 없다! 이번 일은 어떻게 해서든 내 선에서 처리해야 돼!'

내심 마음을 결정한 담화연이 소설향의 연이은 부르짖음에도 불구하고 천천히 부복을 풀고 있는 일호위 쪽으로 나섰다. 여전히 품 안의 진유성은 단단히 끌어안은 채였다.

담화연의 화편처럼 붉은 입술이 나풀거렸다.

"진 상공께서 무당산을 벗어났다는 걸 알고 찾아온 것일 테죠?"

"어찌 감히! 성마대공께서 성녀님의 곁을 떠나셨다는 걸 안 건 균현 땅에 도착해서입니다. 강남 쪽에서 발원한 성마대공의 신위에 대한 소문이 천하를 울리고 있더군요."

"그렇군요."

담화연이 그개를 가볍게 끄덕여 보였다. 물론 현 상황에 완전히 수긍했다는 뜻은 아니다. 뒤이어 흘러나온 말속에서도 그 점은 확연히 드러난다.

"하지만 정말 어리석군요. 너무 어리석은 짓을 저질렀어요. 과거 정파 연합군과 북천대룡의 무리들, 황천무군 등이 신교의 총단을 합공했을 때 그걸 막아선 분이 바로 그분이세요."

"소인, 잘 알고 있습니다."

"잘 아시는 분이 이 같은 어처구니없는 행동을 저지르시는 건가요? 만약 진 상공이 무당산으로 돌아와서 자신의 아들이 영마 천좌에게 납치당했다는 걸 알면 어떻게 행동하실 것 같은가요? 설혹 천하 전체가 상대라 해도 그분은 검을 빼 들 분이에요. 여러분들한테는 진 상공의 그 같은 분노를 감당할 자신이 있는 건가요?"

"……."

담화연의 연이은 질문에 일호위는 입을 굳게 다물었다.

대답할 말이 없다. 해서도 안 된다. 그를 비롯한 십이 수신호위들에겐 그 같은 권한이 부여되지 않았다. 잠시의 침묵 끝에 나온 대답은 사죄를 동반한 굳은 결의였다.

"성녀님, 무례를 용서해 주시기 바랍니다! 모두 성녀님과 도련님을 모셔라!"

"하!"

일호위의 외침에 나머지 십일 수신호위들이 부복을 풀고 담화연과 소설향의 주변을 에워싸 왔다. 영마 반여삭에게 전수받은 진형을 펼쳐서 압박해 들어간 것이다.

담화연의 입가에 가벼운 한숨이 담겼다.

"하아, 다시 과거의 전철을 밟으려 하다니……."

"……."

십이 수신호위들은 대답이 없다. 그들은 진형을 갖추곤 일호위의 명을 기다렸다. 삽시간에 담화연을 제압한 후 진유성을 빼앗는 게 목적임은 자명하다.

한데, 그때다.

갑자기 서로를 지그시 응시하고 있던 담화연과 일호위의 안색이 가볍게 변했다.

그뿐 아니다.

두 사람의 시선은 서로를 떠나 한쪽 방향으로 향했다.

'강력한 기세를 품은 고수들이 자소봉 쪽에서 다가들고 있다! 무당파의 도사님들이야!'

'이런! 무당파다!'

담화연과 일호위는 거의 동시에 같은 생각을 떠올렸다. 그리고 그와 동시였다.

화전 주변의 울창한 삼림 속에서 십수 명의 도사와 두 명의 남녀가 모습을 드러냈다. 무당파가 자랑하는 진무각의 칠성검수들과 장진구, 형요란의 등장이었다.

칠성검수들의 최선두.

현 진무각의 수장이자 차대 가장 강력한 장문인 후보로 손꼽히는 현음자가 손에 불진을 들고 서 있다. 그의 좌우로는 장진구와 형요란이 있는데, 표정이 자못 당황스럽다.

하긴 그럴 만도 하다.

장진구는 전 천마신교의 부대주인 마두고, 형요란은 기련산맥을 주거점으로 활동하던 마녀다. 두 사람 모두 아주 훌륭한 사마외도라 할 수 있었다.

당대 정파무림을 대표한다고 할 수 있는 무당파의 최정예인 진무각의 칠성검수들과 함께하고 보니, 심히 어색하지 않을 도리가 없다. 마치 몸에 맞지 않는 옷을 걸친 듯하고 잘못된 자리에 앉은 듯 불편하기 짝이 없다.

특히 형요란이 더욱 그렇다.

"장 대가, 설마하니 이 도사들이 우리를 잡으려 들거나 죽이려 하진 않겠죠?"

"그야……."

"그, 그야라뇨?"

"으음, 명색이 진 대협의 서신을 가지고 온 사람이니 위해를 가하진 않을 거라고 생각하긴 하지만… 본래 마와 정은 세불양립이니만치……."

장진구는 형요란의 전음에 최선을 다해 대꾸하던 중 말끝을 살짝 흐렸다. 그럴 수밖에 없다.

그는 전날 무당파를 기습해서 자소궁을 불지르다 진자운에게 붙잡힌 전력이 있다. 또다시 그런 꼴을 당하지 않으리란 보장을 하기 쉽지 않은 일이다.

장진구의 그 같은 미적지근한 태도가 형요란의 불안을 가중시켰다. 그녀는 은연중에 주변을 에워싼 칠성검수들의 면면을 살피곤 내심 침을 꼴깍 삼켰다.

한 명 한 명의 도사들이 기태가 출중하고 젊은 나이에 비해 빼어난 무공을 지녔다. 일 대 일이라 해도 수월하게 이길 수 없는 상대들이다.

하물며 진무각주인 현음자는 정말 무서운 고수다. 무공의 수위를 전혀 가늠키 어렵다.

'세상에 어찌 이렇게 고수가 많아진 거람. 괜스레 기련산을 벗어났다가 고생만 진창 하게 됐잖아. 내 이번 일만 무사히 끝나면 장 대가와 함께 기련산으로 돌아가서 절대로 중원에는 다시 나오지 않을 거야! 정말이야!'

형요란은 내심 굳게 다짐했다.

'빌어먹을! 빌어먹을! 빌어먹을! 저 말코도사 녀석은 전날 나한테도 밀렸던 놈인데… 이젠 감히 넘보지도 못할 정도가 되었다니! 이런 개 같은 경우가 있단 말인가!'

장진구와 현음자는 초면이 아니다. 과거 자소궁을 불지를 때 서로 손속까지 나눠본 적이 있다.

당연히 근래 현음자의 놀랍도록 발전한 무학과 기태를 보고 기분이 좋을 리 없다.

그는 오랫동안 잊고 있던 무인의 자존심을 떠올렸고, 내심 가슴이 욱신거려 왔다. 그동안 무공 연마를 등한시했던 것을 깊이 반성하지 않을 수 없었다.

그때다. 화전의 이곳저곳을 에워싸고 있는 십이 수신호위와 담화연 등을 면밀히 살피고 있던 현음자가 바람같이 신형을 움직였다.

칠성검수들 역시 마찬가지다.

현음자와 칠성검수들은 마치 한 몸이기라도 한 것처럼 십이 수신호위들을 덮쳐 갔다.

일시 뒤따르지 못하고 남겨진 건 장진구와 형요란뿐이었다. 무당파와 전혀 관련이 없는 두 사람이니만치 어쩌면 당연한 결과라 할 수 있다.

"엇!"

"아!"

장진구와 형요란이 갑작스런 상황 변화에 신음을 터뜨렸다. 그러나 뒤늦게나마 현음자와 칠성검수들을 쫓으려곤 하지 않았다. 그럴 필요성을 전혀 느끼지 못했다.

현음자는 제운종을 펼쳐 공중에서 멋지게 한 바퀴 공중제비를 돌고는 곧바로 일호위의 머리 위로 떨어져 내렸다.

그와 동시다.

손에 들려져 있던 불진이 현란한 변화를 일으켰다.

촤라라라락!

그가 펼친 건 위위구조(圍魏救趙)의 수법이다.

우선 담화연과 십이 수신호위의 수좌인 일호위 간의 간격을 떨어뜨려 놓고 보자는 판단이었다.

이럴 경우 일호위는 불진에 머리를 얻어맞고 뇌수를 쏟아내든 뒤로 신형을 물리든 양자 간에 하나를 선택해야만 한다. 현음자가 펼친 수법은 충분히 그 정도의 위력을 함유하고 있었다.

일호위는 세 번째 방법을 택했다.

뒤로 신형을 날리지 않고 머리로 뇌수를 쏟아내지도 않았다.

그는 진유성을 안은 채 무방비 상태로 서 있는 담화연에게 파고들었다. 그녀를 제압해서 현음자의 공격을 무위로 돌리려는 의도였다.

'무당파는 명문정파다! 성녀님을 방패로 삼는다면 결코 공격을 계속할 수 없을 것이다!'

일호위의 판단은 옳았다.

"놈!"

삽시간에 일호위의 머리 위에 도달한 불진을 거둬들이며 현음자가 노갈을 터뜨렸다. 연약한 여인과 아이를 방패로 삼으려 하는 일호위의 의도를 눈치 채고 분노를 금치 못한 것이다.

한데, 바로 그때다.

막 담화연의 면전에 이르렀던 일호위가 후다닥 뒤로 물러섰다.

파고들었을 때보다 오히려 더 빠른 후퇴다. 담화연이 느닷없이 펼쳐 넌 백옥마인을 피하기 위함이다.

현음자로선 물실호기(勿失好機)!

스으.

그의 신형이 공중에서 다시 변화를 일으켰다. 구름 위를 노니는 것과 같다. 제운종을 극상까지 완성해야만 보일 수 있는 움직임이다.

그뿐일 리 없다.

순식간에 현음자의 불진이 또다시 일호위의 머리를 노렸다. 방금 전 부지불식간에 펼쳤던 수법과는 비교가 되지 않을 정도로 강력한 일격이다.

촤라라라락!

일호위의 어깨에서 피가 튀었다. 최선을 다했지만, 불진의 변화를 완전히 피해낼 순 없었다.

그게 시작이었다.

어느새 화전 위에선 난전이 벌어지고 있었다. 나머지 수신호위들을 두 배가 넘는 숫자의 칠성검수들이 요격해 들어간 것이다.

"허어!"

"헤에!"

장진구와 형요란은 뒤에 처진 자의 권리를 아낌없이 사용했다. 삽시간에 난전으로 발전한 칠성검수들과 십이 수신호위 간의 대결에 철저한 방관자로 남았다. 현재로선 그게 가장 좋겠다는 판단이었다.

그래도 장진구에겐 조금쯤 양심이 남아 있었다.

꾸준히 방관자를 자처하던 중 싸움터의 한가운데에 위태롭게 서 있는 담화연을 발견한 그의 표정이 변했다. 아들 진유성을 품에 안은 채 소설향을 지키기 위해 주변을 떠나지 않고 있는 모습에 문득 가슴 한 켠이 뭉클해져 왔다.

'그토록 철이 없던 성녀님께서 참 많이도 변하셨구나! 남을 구하기 위해 저리 위험을 무릅쓰시다니…….'

장진구가 아는 담화연은 소녀 시절의 철없는 말괄량이였다. 아들 진우성과 소설향을 위해 기꺼이 위험을 무릅쓰는 현숙한 여인과는 사뭇 거리가 먼 모습인 게 당연하다.

꿈틀!

장진구는 자신도 모르게 하나밖에 남지 않은 독비에 힘이 들어가는 걸 느꼈다. 현음자의 놀랍도록 발전한 무위를 보고 뜨거워진 가슴이 지금 이 순간 활활 불타오르고 있었다. 아예 기름이 부어진 것이다.

그러자 그 같은 장진구의 변화를 눈여겨보고 있던 형요란의 표정이 묘하게 변했다.

그의 시선이 향하고 있는 장소.

잘생기고 튼튼해 보이는 사내아이를 품에 안고 있는 절세미녀의 얼굴이 보인다. 군데군데 묻어 있는 흙먼지가 전혀 미모를 가리지 못한다. 같은 여인이 보기에도 눈이 확 뜨일 정도의 용모인 것이다.

몸매는 또 어떤가?

대개의 촌부와 다름없이 다만 고(褲)만 걸쳤을 뿐 투군(套裙)을 입지 않은 차림 밖으로 드러나는 곡선이 매우 아름답다. 상의(上衣)가 비교적 길고 감견(坎肩)을 입고 있는 자 역시 마찬가지긴 하나 눈길을 잡아끌기에 충분하다.

굳이 몸매를 확연하게 드러내는 궁장 차림인 형요란 자신과 비교해도 전혀 꿀리지 않아 보인다. 실제론 더욱 죽이는 몸매라는 뜻이다.

이는 평소 외모와 몸매에 대한 자신감이 대단하던 형요란의 속을 뒤집어놨다.

평소 같으면 아예 비교 자체를 하지 않으려 할 정도의 천하절색을 만났으니 어쩔 수 없는 일이다. 스스로를 위로하고 시선을 딴 쪽으로 돌릴 수밖에 없다. 그게 상수다.

그런데 형요란은 지금 그게 되지 않았다. 평생 처음으로 마음을 준 사내, 장진구의 시선이 단단히 그쪽에 고정되어 있는 까닭이다.

'저런 절색은 내 생전에 처음 본다. 저런 절색을 보고 마음이 동하는 것도 무리는 아닐 것이야. 하지만 내가 옆에 있는데도 이리 노골적으로 시선을 떼지 못하다니… 장 대가도 어쩔 수 없는 사내구나!'

형요란은 서운한 마음에 장진구를 가볍게 흘겨봤다.

마음을 준 사내.

다른 여인에게 눈길을 주는 것을 보고 기꺼운 마음이 들 리 없다.

그때다.

거의 넋을 놓은 듯 담화연 쪽을 바라보고 있던 장진구가 갑자기 나직이 부르짖었다.

"제기랄, 결정했다! 결정했어!"

'뭘 결정해?'

형요란이 눈을 동그랗게 떴다. 그때 그녀 쪽을 바라본 장진구가 단호한 결의를 품은 표정으로 말했다.

"난 매, 난 아무래도 무인이야! 난 매와 함께 안빈낙도를 추구하기엔 아직도 내 피가 너무 뜨거워!"

"장 대가, 그게 무슨 말씀이세요?"

"나는 싸움터를 외면할 수가 없단 말이야! 난 매와 함께 은거할 수 없다는 거라구!"

"……."

형요란은 비로소 장진구가 뭣 때문에 그리 요란스레 소리를 질렀는지 알 것 같았다. 그는 무당파의 고수들과 천마신교의 십이 수신호위들 간의 대결을 보고 무인으로서의 자신을 자각했음이 분명하다.

하지만 그렇다면 뚫어져라 절세미녀를 쳐다본 까닭은 무언가?

형요란은 차마 가장 궁금한 사항에 대해 물을 수 없었다. 그런 질문을 하기엔 지금 장진구는 너무나 뜨거웠다. 그를 만난 후 이처럼 투지로 불타오르고 있는 모습은 처음이었다. 느닷없이 찬물을 끼얹고 싶진 않았다.

"장 대가, 가세요! 어찌 아녀자가 사내대장부가 가는 길을 막을 수 있겠어요! 소첩은 그리 속 좁은 여인이 아닙니다!"

"고마워! 고마워, 난 매!"

장진구가 감격한 표정으로 형요란의 손을 꽈악 부여잡았다. 그녀의 이 같은 응원이야말로 그에겐 천군만마보다 더한 원군이었다.

'근데 저 절세미인은 혹시 장 대가가 아는 여인네인가요? 소첩은 질투가 강한 여인네는 아니지만, 저리 아리따운 미인과 장 대가를 놓고 경쟁할 자신은 없네요…….'

형요란의 눈이 촉촉하게 젖어들었다.

장진구는 그 같은 형요란의 내심을 곡해했다. 그녀가 자신이 싸움터에 나갔다가 혹으라도 부상을 당할까 봐 눈물짓는다고 지레짐작한 것이다.

'난 매, 나는 그렇게 약한 사내가 아니야! 염려하지 말라구!'

장진구는 내심 크게 소리친 후 여전히 심할 정도로 난전이 벌어지고 있는 화전 쪽을 바라봤다. 싸움은 시시각각 격렬해지고 있었다. 당장이라도 양측에서 사상자가 발생할 것 같았다. 그만큼 대단한 격전이었다.

장진구는 어깨를 활짝 폈다.

이 같은 격전장이야말로 자신이 전력으로 뛰어들기에 부족함이 없는 곳일 터였다.

"후웁!"

호흡을 한차례 고른 장진구가 형요란을 뒤로하고 화전을 향해 신형을 날렸다. 뒤에 남은 형요란이 양손을 꼬옥 쥐고 장진구를 전송했다.

사삭! 사사사삭!

장진구는 화전 앞에 도착하자마자 신형을 바닥에 거의 닿을 정도로 숙였다.

그렇다고 신법을 멈춘 건 아니다.

속도는 그대로였다.

단지 신형을 바짝 내려뜨려서 움직임이 잘 보이지 않게 했을 뿐이다.

'목표는 성녀님이다! 성녀님에게 도착하기 전까진 절대로 싸움에 휘말려 들어선 안 된다! 그래선 내 귀하디귀한 목숨을 걸고 싸움터에 뛰어든 보람이 없어! 절대로 이번 일은 성공시켜야만 한다! 절대로!'

장진구가 형요란에게 한 말은 결코 거짓말이 아니다.

그는 진짜로 순간적으로 무인의 뜨거운 피가 펄펄 끓어올

라서 주체하지 못할 정도에 이르러 있었다. 평소의 안전제일
주의마저 한 귀퉁이에 내동댕이칠 정도로 후끈 달아오른 것
도 사실이었다.

하지만 그것도 딱 싸움터에 뛰어들기 직전까지의 일이다.

격전장에 발을 내딛자마자 그의 차가운 이성과 보신주의
는 곧바로 고개를 바짝 치켜 올렸다. 마치 자동적으로 머릿속
에서 발동한 것 같은 변화다.

후회?

그런 걸 하기엔 너무 늦었다.

현음자와 일호위를 중심으로 집결한 칠성검수들과 수신호
위들은 각기 놀라운 위력의 진세를 펼친 채 격전을 벌이고 있
었다.

본격적인 싸움이다.

개인과 개인의 대결이 아니라 진세와 진세가 맞붙는 대규
모의 집단전이었다.

당연한 일이랄까?

이 같은 상황하에서 밖에서 안으로 뛰어드는 것도 그리 쉽
진 않았지만, 양 세력이 형성한 진세 밖으로 탈출하는 건 거
의 불가능에 가까웠다.

진세와 진세가 맞부딪치며 일어난 거대한 기운이 일종의
흡인력을 발휘하고 있었다.

진세를 이루고 있는 개개인의 모든 힘이 용권풍마냥 중심

쪽으로 빨려 들어가는 형국이다.

인공적으로 형성된 진공의 회오리가 만들어낸 기변!

장진구는 그 같은 사실을 깨닫자마자 덜컥 겁을 집어먹었다.

그는 진세의 기본이라 할 수 있는 음양오행과 팔괘에 대한 지식이 그다지 깊지 못하다. 이같이 진세와 진세의 대결 속에 끼인 상황하에선 일시 어찌해야 할 바를 모르게 되는 것도 무리는 아니다.

장진구는 곧 비책을 찾아냈다.

격렬한 싸움에 끼어들지 않으면서도 쉽게 이동할 수 있는 방법, 즉 은신법을 응용한 포복에 들어간 것이다.

웬만한 무인이라면 결코 선택하지 않을 굴욕스런 이동법이나 그는 전혀 개의치 않았다. 언제 무인의 피가 끓어올랐냐는 듯 자신의 선택에 하등의 주저함이 없었다.

그렇게 장진구는 미꾸라지가 무색할 정도의 움직임으로 단숨에 담화연 부근에 이르렀다. 이동하던 중 철저하게 싸움을 피한 끝에 이뤄낸 개가였다.

'성녀님이 저기 계시다! 성녀님만 무사히 구해낼 수 있다면 만사가 다 해결된다! 이번 일의 최대 공헌자는 바로 나 장진구가 되는 것이야!'

장진구의 입가로 득의만면한 미소가 번져 나왔다. 자신의 앞에서 정중하게 고개 숙이고 고마움을 표시하는 진자운과 담화연 부부의 모습이 뇌리를 스쳐 갔다. 물론 그 장면에는 오만한 기색을 한 채 어깨에 잔뜩 힘을 넣고 있는 장진구 본인 역시 함께하고 있었다.

무인의 자존심?

죽도록 싸움이나 벌인다고 지켜지는 게 아니다. 실질적인 공이 있어야만 했다. 세상의 인심은 본래 과정 따위보단 결과를 중시 여기게 마련이기 때문이다.

한데, 내심 목청을 가다듬으며 담화연을 감동시킬 만한 문구 몇 개를 떠올린 장진구가 막 전음을 날리려 할 때였다. 갑자기 지금 당장 세상의 종말이 오기라도 할 것처럼 치열하게 전개되고 있던 격전이 거짓말처럼 멈췄다.

그리고 빠르게 좌우로 갈라서는 양 세력!

일시 소설향을 보호하고 있던 담화연과 그녀로부터 얼마 떨어지지 않은 장소에 포복하고 있던 장진구 주변이 썰렁하게 변했다.

어째서?

장진구는 곧 어떤 일이 벌어졌는지를 깨달았다. 마치 기다렸다는 듯 그의 심혼 속으로 파고든 검명음 속에서 깊이를 헤아릴 수 없는 현기와 파천의 패기를 동시에 느낄 수 있었기 때문이다.

'이 검명음은⋯⋯.'

담화연 역시 검명음을 들었다. 무공을 상실한 소설향과 품 안의 진유성을 보호하기 위해 전력을 다하던 중 심부 깊숙한 곳에서 일어난 울림은 마음을 따사롭게 어루만져 왔다. 바짝 긴장해 있던 그녀의 마음을 봄날 햇볕을 만난 눈처럼 사르르 녹게 만들었다.

이 같은 능력은 범상한 것이 아니다.

비범이라 말하기에도 부족한 무언가가 있었다.

방금 전까지 불구대천의 원수를 만난 듯 서로를 잡아 죽이 기 위해 최선을 다하고 있던 자들이 곧바로 싸움을 멈춘 것만 으로도 알 수 있는 일이다.

그렇다면 누가 이 정도의 능력을 지녔을까?

담화연은 한 명을 안다.

하지만 곧바로 고개를 가로저었다. 진자운이 지금 이 순간 등장한다는 건 너무 작위적이다. 또한 이런 식으로 신비로운 척 검명을 발해 싸움을 종결시키는 것도 그의 성격과는 크게 어울리지 않는다.

결국 진자운과 비슷한 수준의 다른 사람이란 뜻인데… 이 곳이 무당파의 영역인 자소봉 중턱임을 감안한다면 떠올릴 수 있는 건 딱 한 명밖에 없다.

무당 장문 북검신도 운룡 진인.

지난 십수 년간 무당파 내부를 비롯한 세사에서 완전히 손 을 떼고 은거했다 알려진 절대고수다.

워낙 움직임이 없어서 무당파 내부에서도 근래 얼굴을 본 제자들이 무척 드물다고 알려졌을 정도다. 담화연이 곧바로 떠올리지 못한 이유다.

어쨌든 이곳은 무당파의 영역이다.

방금 전의 검명음이 운룡 진인이 일으킨 게 맞다면 곧바로 싸움이 종결된 것도 충분히 납득할 수 있는 일이다. 운룡 진인이란 대명에는 그 정도의 권위와 위세가 있었다.

담화연이 떠올린 생각을 현음자와 일호위가 하지 못했을 리 없다.

그들은 서로를 직시한 채 깊은 상념에 잠겨 있었다.

심부를 울린 검명음의 여파는 전력을 다해 상대를 죽이려 하고 있던 두 사람에게 가장 크게 작용했다. 싸움에 직접적으로 참가하지 않고 있던 담화연과 열심히 포복으로 이동한 장진구와는 비교조차 되지 않을 정도였다.

당연히 고민이 없을 리 없다.

두 사람은 일시 어떻게 이와 같은 현상이 벌어질 수 있는지, 무학의 심도 깊은 부분으로까지 사유를 넓혀갔다. 일시지간 그동안 정체되어 있던 무학의 벽을 뛰어넘을 수 있는 계기를 맞이한 것이다.

'잠시만 이대로 시간이 멈췄으면 좋겠다. 조금만 더 사유할 시간이 주어지면 뭔가가 뚫릴 것 같다!'

'어째서 하필 이때 이런 순간이 찾아든단 말이냐! 내겐 시간이 필요하다, 시간이!'

현음자와 일호위는 미동조차 하지 않았다.

그럴 수밖에 없었다.

상승 무학에 대한 깨달음과 한 단계 윗길로의 나아감.

쉽사리 얻을 수 없는 기회다. 무인이라면 결코 놓칠 수 없는 마음이 드는 것이 당연했다.

◆ 第六十章 ◆

장대한 어리석음

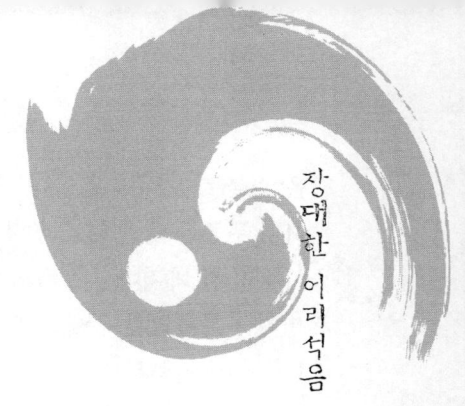

장대한 어리석음

자소봉 정상.

어느샌가 구름을 벗삼듯 자연과 동화되어 있는 한 명의 노도가 있다.

무당 장문인 북검신도 운룡 진인.

전날 구주이십오성이라 일컬어지던 초강자들 중 오정(五正)에 속해 있는 절대고수이며 당대 천하제일고수인 태극무검 진자운의 사형이다.

어느 모로 보든 천하를 오시할 만한 인물이다.

누구든 그리 생각할 터다.

하지만 지금 자소봉 정상에 서 있는 운룡 진인은 전혀 그 같은 인물로 보이지 않았다. 절대고수로서의 압도적인 기도는커녕 무공을 익힌 티조차 나지 않는다.

아무리 잘 봐줘야 촌로랄까?

머리는 파뿌리같이 세었고, 허리는 살짝 굽어 있다. 얼굴엔 주름이 자글자글하니 뒤덮였고, 낯빛 역시 그리 좋아 보이지 않는다. 보통 고수 급쯤 되는 무인들이 불그스름하니 좋은 낯빛을 지닌 걸 생각하면 이해할 수 없는 모습이다.

그러나 그런 그에게도 딱 한 가지 좋은 게 있다.

표정이다.

늙을 대로 늙은 외견과 달리 표정만은 천진난만한 아이와 같이 전혀 물색이 없다.

가만히 보고 있자면 자신도 모르게 마음이 푸근해지고 세사에 대한 걱정이 사라진다. 그런 표정을 운룡 진인은 십수 년 만에 가질 수 있었다.

모두 사제 진자운과의 인연 덕분이다.

적어도 운룡 진인 본인은 그같이 생각하고 있었다.

디링!

두 번째다.

자소봉 주변을 노닐 듯 배회하고 있는 구름을 바라보고 있던 운룡 진인이 얼마 전과 마찬가지로 수중의 검신을 튕겨 보았다. 검선지경까지 검을 익힌 절대검객임에도 참 어울리지 않는 모습이다. 묘한 위화감까지 인다.

당연하다.

운룡 진인이 검을 손에 든 건 십여 년 만에 처음 있는 일이다. 그동안 검은커녕 연무(鍊武)조차 하지 않았다. 무당파 일각에서 장문인인 운룡 진인을 삐뚜름하게 바라보게 된 것도 무리는 아니다.

그러나 다시 두어 차례 검신을 튕겨 보인 운룡 진인은 곧 만족한 미소를 입가에 매달았다. 오랜만에 빼 든 검으로 일으킨 조화가 꽤나 마음에 든 모양이다.

'허허허, 저 마교의 어린 친구도 그렇지만, 현음 사질의 자질 역시 참으로 훌륭하지 않은가? 본래 빼어난 인재였는데 근래 들어 더욱 일취월장(日就月將)했어. 이번에 큰 벽을 하나 뛰어넘게 되었으니, 슬슬 이 우도도 장문인의 굴레에서 벗어날 때가 된 것 같아.'

굴레.

정파무림에서 가장 존귀한 위치 중 하나라 할 수 있는 무당파의 장문인으로서 할 말은 아니다. 적어도 무림에 속한 자라면 그리 생각할 터였다.

하지만 세상을 바라보는 잣대는 사람마다 다르다.

이미 오래전에 세속적인 명예와 욕심으로부터 벗어난 운룡 진인에게 있어서 사문 무당파의 장문인이란 지위는 굴레에 불과했다.

범인과 선인.

차이가 존재하는 건 당연하다.

그렇게 잠시 더 자소봉 주변을 휘감고 도는 구름을 바라보고 있던 운룡 진인이 검을 거둬들였다.

오늘 그는 인연을 전했다.

상대는 천마신교의 재기를 꾀하는 영마 반여삭의 심복인 십이 수신호위의 수장인 일호위와 진무각주인 현음자.

각기 자신이 지닌 깜냥대로 얻을 터다. 누가 더하고 덜함을 지금으로선 알 수 없다. 전한 자에게 삿된 마음이 전혀 존재하지 않았기 때문이다.

스으.

문득 운룡 진인의 노구가 자소봉 정상에서 자취를 감췄다.

찰나 만에 벌어진 일.

만약 계속해서 그의 모습을 주시하고 있던 자라 해도 한참이 지나서야 눈치 챌 수 있었으리라!

그 정도로 운룡 진인은 주변의 풍경 속에 동화되어 있었다. 그리밖엔 생각할 수 없는 모습이었다.

*　　　　*　　　　*

"어부어! 어부어!"

갑자기 멈춰 버린 격전장을 감돌고 있던 숨 막힐 듯한 침묵을 일깨운 건 천진난만한 진유성의 버둥거림이다. 어미인 담화연에게 땡깡을 부리는 옹알거림이다.

담화연은 진유성이 어째서 갑자기 이리 몸을 버둥거리는지 이유를 알 수 있었다.

벌써부터 눈치가 빠하달까?

방금 전까지 험악하게 돌아가던 상황이 진정되자 진유성은 언제 얌전을 떨었냐는 듯 어느새 평상시의 떼쟁이로 돌아갔다. 담화연의 품에서 빠져나와 다시 마음대로 흙장난을 하고 놀고 싶어진 것이다.

근데 이상하다.

담화연은 진유성의 이 같은 땡깡에 마음 한 켠이 푸근해지는 걸 느꼈다. 얼마 전까지 바짝 곤두섰던 신경도 한결 나아졌다. 남편 진자운의 히죽거리는 웃음을 대할 때와 같은 변화다.

'쳇, 누가 제 아비 자식이 아니랄까 봐……'

담화연은 내심 미소를 지어 보였다.

그때다.

격전을 멈추게 만든 예의 검명음이 또다시 들려왔다. 조금 전과 하나도 변한 것이 없는 것 같은데, 상황은 또 달라졌다. 갑자기 미동조차 하지 않은 채 상념에 젖어 있던 현음자와 일호위가 움직임을 보였다.

부르르!

각기 미몽(迷夢)에서라도 깨어난 듯 몸을 한차례씩 떨더니 두 눈 가득 안광을 담았다.

정도인 무당파와 마도인 천마신교.

전혀 연관성이 없는 양대문파의 적자라 할 수 있는 무공을 익혔는데도 두 눈에 담겨진 기운은 비슷하다. 정기 넘치고 맑으며 강하다.

먼저 입을 연 건 주인이라 할 수 있는 현음자다.

"무량수불, 어깨는 괜찮나?"

최초의 기습 시 현음자의 불진에 얻어맞은 일호위의 어깨는 여전히 피에 젖어 있다. 하도 현음자의 공격이 맹렬해서 제대로 치료조차 하지 못했다. 고작해야 진기를 운용해서 더 이상의 출혈을 막아놓았을 뿐이다.

"마도에 속한 자보다 더욱 손속이 맵더군. 무량수불이란 도호는 전혀 어울리지 않아."

일호위의 대꾸가 곱지 않다.

현음자 또한 대충 예상하고 있었던 반응이다. 그의 이가 슬 그머니 드러난다.

"뭐, 하긴 그렇군. 그냥 일상적으로 사용하던 버릇으로 내 뱉은 말이니, 이해하라구."

"그러지."

"그래, 그래서 이젠 어찌할 작정이지? 끝까지 해볼 참인 가?"

"……."

현음자는 그냥 말만 한 게 아니다. 어느새 손가락 하나를 들어서 하늘 쪽을 가리키고 있었다. 손가락이 가리키는 게 그냥 하늘이 아니란 건 자명한 사실.

일호위의 얼굴로 침중한 기색이 스쳐 갔다.

'영마 천좌의 상세는 위중하시다. 이번에 이대로 발길을 돌린다면 다시는 기회가 없을지도 몰라. 하지만 그 검명음의 주인은… 결코 나 따위가 어찌해 볼 수 있는 상대가 아니다. 아니, 눈앞의 저 진무각주 역시 강적이다. 애초에 검명음이 아니더라도 승산은 없었을지도 몰라.'

머릿속이 복잡해졌다.

일시 어찌해야 할 바를 모르겠다.

그 같은 일호위의 번뇌를 풀어준 건 다름 아닌 담화연이다. 그녀는 언제 일호위를 비롯한 십이 수신호위들과 사생결단을 하려 했냐는 듯 소리쳤다.

"신교의 제자들은 이만 무당산에서 물러들 가세요! 이건 성녀로서 내리는 명령이에요!"

"성녀님……."

담화연은 여태까지 성녀란 지위를 전혀 내비치지 않았다. 그건 일호위가 소설향을 제압할 때도 마찬가지였다. 십여 년 전 천마신교를 떠나 무당산에 은거하며 자신의 모든 지위를 기억 속에서 지워 버린 까닭이다.

그럼 어째서 갑자기 마음이 변한 것일까?

일호위는 어렵지 않게 담화연의 내심을 읽을 수 있었다.

'성녀님은 여전히 신교를 마음속에 담고 계신다. 무당파의 고수들한테 나와 형제들이 핍박당하는 걸 걱정하고 계시는 거야. 이런 부끄러운 일이 있는가……'

일호위가 가볍게 몸을 떨었다. 그의 뒤에 도열한 십이 수신호위들 역시 마찬가지다. 그들 역시 담화연의 깊은 마음과 은정을 읽을 수 있었던 것이다.

그때 담화연의 도움을 받아 가까스로 마혈을 풀고 자리에서 일어선 소설향이 일호위에게 다가갔다.

얼마 전 병기를 빼앗기고 마혈이 점혈당하는 수치를 당했는데도 그녀의 표정은 당당했다. 처음 일호위와 십이 수신호위들을 접했을 때와 전혀 변한 게 없어 보인다.

"비록 신교를 떠나셨지만, 성녀님께서는 단 한시도 교와 형제들을 잊어본 적이 없으세요. 어찌 그렇게들 성녀님의 진심을 모르실 수 있는 건가요?"

"그렇지만 이대로 가면 신교의 미래는 결코 장담할 수 없소이다. 영마 천좌님께서 이대로 후계자조차 키우지 못하고 쓰러지신다면 누가 있어 신교의 영광을 재현할 수 있겠소이까?"

"신교의 뿌리는 깊고 강해요! 한때 잠시 세력이 흔들릴진 몰라도 결국엔 다시 당당한 마도의 하늘로 일어설 수 있을 거예요. 그리고……"

잠시 말을 멈춘 소설향이 목소리를 슬며시 낮췄다.

"성녀님께서는 현재 임신 중이세요. 제가 그 아이의 대모지요. 그게 뭘 뜻하는 건지 아시겠어요?"

"그, 그건 설마……."

"다시 말씀드리지만 성녀님께서는 한시도 신교와 형제들을 잊어보신 적이 없어요."

"……."

소설향이 한 말을 속으로 되새김질한 일호위의 얼굴이 복잡미묘하게 변했다.

그럴 수밖에 없다.

소설향의 말은 해석하기에 따라서 전 무림에 거센 후폭풍을 야기시킬 만했다. 당금 천하제일고수이자 정파의 태양인 진자운의 핏줄이 마도의 하늘인 천마신교의 후계자가 될 수도 있음을 의미했기 때문이다.

'충분히 가능한 일이다. 성녀님은 우리의 성녀님이시니까. 게다가 성마대공께서는 본래 신교와 깊은 연관이 있는 분이셨다. 전날 천마총의 혈전 이후에 그분의 도움이 없었다면 신교는 멸망을 면치 못했을 거야.'

검명음을 듣고 난 후 이미 크게 마음이 흔들린 터다.

이제 담화연에 이어 소설향의 의미심장한 말까지 전해 듣자 일호위는 급격히 마음이 바뀌었다. 옥쇄까지 생각했던 단호한 결의 따윈 이미 흔적도 남지 않았다.

"알겠소. 내 소 호위의 천금 같은 말을 믿고 오늘은 이만 물러나도록 하겠소. 부디 성녀님과 성마대공님을 잘 모셔주시오."

"……."

소설향은 내심 웃음이 터져 나오려는 걸 억지로 참았다.

그냥 던져 본 말이다.

미끼다.

그걸 덥석 문 일호위의 제멋대로 해석을 그녀는 침묵으로 동조했다. 그러는 편이 이번 사태를 원만하고 평화적으로 해결하는 데 최선이란 판단이었다.

'좀 미안하지만… 일단은 그냥 넘어가자구. 나도 아직은 피가 끓어서 교의 형제들이 눈앞에서 피 흘리고 쓰러지는 모습 따윈 절대로 보고 싶지 않으니까 말야.'

소설향은 시치미를 뚝 잡아뗐다.

일호위는 완전히 속아 넘어갔다. 그는 입가에 한차례 미소를 담고 현음자에게 소리쳤다.

"무당과 진무각의 명성대로의 실력은 잘 보았소! 우린 이만 철수하도록 하겠소!"

현음자가 미미하게 고개를 끄덕여 보였다.

"그래 주면야 빈도야 고마울 뿐이오. 하나 앞으로 다신 우리 두 사람은 만나지 않아야만 할 것이오."

"동감이오. 다시 만났을 땐 두 사람 중 한 명이 죽어야만 할 것이오."

"허! 누가 마도 아니랄까 봐 살벌하구만."

현음자는 나직이 혀를 차면서도 전혀 기분 나쁘지 않은 표정을 지어 보였다.

물론 겁을 집어먹지도 않았다.

'저게 바로 정파제일문파인 무당파의 진정한 모습일 테지!'

내심 현음자의 당당한 모습을 눈 속 깊숙이 각인한 일호위가 담화연을 향해 정중하게 허리를 숙여 보이곤 신형을 돌려세웠다. 나머지 십일 수신호위들 역시 마찬가지다.

퇴각.

무당산의 중턱을 잠시간 긴장시켰던 혈풍의 그림자가 자취를 감추는 순간이었다.

장진구는 모든 사태가 종료되고 현음자와 칠성검수들이 철수하자마자 얼른 담화연에게 달려갔다.

형요란을 뒤로하고 떠났을 때의 당당함.

흡사 몸에 방울이라도 매단 듯 딸랑거리며 담화연에게 다가간 장진구의 모습에선 찾을 길이 없다. 담화연에겐 무척이나 익숙한 모습이다.

"장 부대주!"

자신을 보자마자 활짝 미소 지어 보인 담화연의 환대에 장진구가 얼른 굽신거렸다.

"성녀님의 무탈하심을 보니, 소인, 목이 다 메어옵니다."

"그동안 어디서 무얼 하셨나요? 팔은 어쩌다가 그리되었고요?"

담화연과 장진구는 십수 년 전 천마신교의 총단에서 헤어진 후 처음으로 만난다. 장진구가 천마총 안에서 팔이 잘린 일 따월 알 리 만무하다.

그녀의 안쓰러움이 묻어나는 질문에 장진구가 어색한 미소를 입가에 매달았다.

"하하, 전날 천마총에서 잘렸습니다. 이미 오래전에 당한 상처니 성녀님께서는 너무 걱정하지 말아주십시오."

"그랬군요. 그런데 무당산엔 어떻게 온 거죠?"

"아, 그건……."

장진구가 얼른 품속에서 오랜 여행으로 꼬깃꼬깃해진 서신을 꺼내서 담화연에게 공손히 바쳤다.

"이건?"

"성마대공… 아니, 진 대협께서 성녀님께 전하라 하신 서신입니다."

"아!"

담화연의 얼굴에 장진구를 만났을 때완 비교조차 될 수 없는 미소가 떠올랐다.

아찔하다.

만화가 만발한 것 같다.

장진구는 일시 현기증을 느꼈으나 곧 정신이 번쩍 들었다. 어느새 형요란이 바짝 다가와 옆구리를 지그시 손가락으로 꼬집었기 때문이다.

'이크크! 난 매가 보는 앞에서 내 이 무슨 추태란 말인가! 자칫 이러다가 난 매한테 걷어차이면 내 인생은 끝장이다, 끝장!'

'애까지 딸린 여인한테 침이나 흘리고… 정신 못 차리는 꼬락서니라니!'

장진구와 형요란의 시선이 빠르게 얽혀들었다.

복잡한 심사가 두 사람의 얼굴에 그대로 드러난다. 만난 직후부터 찰싹 달라붙어 떨어지지 않은 만큼 당연한 일이다.

삭삭!

장진구가 양손을 합장하듯 모아서 문질러 대자 형요란이 고개를 팩 하고 옆으로 돌려 버렸다.

그때다.

진자운이 써준 서신을 한달음에 읽어 내린 담화연이 형요란에게 슬그머니 웃음을 담아 말했다.

"언니, 정말 별호가 기련마녀신가요?"

'언니!'

형요란은 눈치가 빠르다.

특별히 자세한 설명을 듣진 않았지만 눈앞의 절세미인이

진자운의 아내이며, 천마신교의 고귀한 성녀란 걸 이미 눈치 챈 상태였다.

자신과 같은 마도 출신.

하지만 신분은 천양지차라 할 수 있었다.

한 명은 마도의 장중보옥(掌中寶玉)이고, 다른 한 명은 노류장화(路柳墻花)나 다름없는 사마외도다.

게다가 그녀가 가장 자신있어하던 미모 역시 비교 불가다. 아예 상대가 안 된다. 믿었던 장진구마저 미소 한 번에 헤벌레한 표정이 되어버린 게 이를 증명한다.

자괴감이 들지 않을 수 없다.

어째서 진자운이 무수한 유혹에도 꿈쩍하지 않았는지 비로소 이해가 간다.

그런데 언니란다.

살짝 얼어붙어 있던 마음이 사르르 풀리지 않을 수 없다.

"신첩처럼 천한 계집한테 언니라니요! 성녀님은 말씀을 낮춰주세요. 혹시 다른 사람들이 들을까 봐 두렵습니다."

"다른 사람들?"

담화연이 주변을 천천히 둘러봤다. 얼마 전까지 치열한 격전이 벌어졌던 화전에는 장진구와 진유성을 안고서 어르고 있는 소설향을 제외하곤 아무도 없다.

형요란 역시 이 같은 사실은 안다.

괜히 해본 말이다.

담화연이 다시 입가에 미스를 매달았다.

"주변에 별로 사람들은 없는 것 같네요. 그리고 저보다 나이가 많은 분한테 언니라고 부르는 게 뭐 어때서요? 진 상공의 동료면 제게도 친인이니, 언니는 말을 놓아주세요."

"호호, 그렇긴 하지만……."

"싫으시면 그만두시고요."

담화연은 짐짓 토라진 표정을 지어 보였다. 진자운과 말싸움을 할 때 잘 써먹는 기술이다.

형요란은 눈치가 빠르지만 담화연과는 처음이다. 여자들과 그다지 친하지도 않다.

특히 자신보다 월등히 신분이 높은 여인과 이렇게 물색없이 대화를 나눠본 적은 없다.

'애까지 낳은 여인이 이렇게 귀여울 수가! 항주에서 본 봉황여제 모용 맹주도 인세에 보기 드문 절세미인인데… 독사 혓바닥 녀석도 정말 염복 하나는 타고났구나!'

눈앞의 담화연과 모용청려.

탁월한 심미안을 지녔다고 자부하는 형요란으로서도 우열을 가리기 힘든 최고의 미인들이다. 두 명 다 특별히 취향을 타지 않을 정도로 절대적인 미모를 갖추고 있었다.

하지만 형요란은 여신과도 같은 당당함과 위엄을 갖춘 모용청려보다 눈앞의 담화연이 더 예쁘다고 생각했다.

애교의 차이다.

다정함이 가진 힘이다.

어느새 형요란은 고개를 천천히 끄덕이고 있었다. 언니 동생을 하기로 한 것이다.

담화연이 그 모습을 보고 토라진 표정을 지웠다.

'나쁜 사람! 진짜 기련마녀를 찾아서 선물로 보내면 내가 용서해 줄 거라고 생각한 건가? 이딴 선물 보내려거든 빨리 돌아오라구! 날 외롭게 만들지 말구!'

담화연은 과거에 백 년 동안 기련산에서 은거하다 무림출도한 기련마녀 행세를 한 적이 있다. 그때의 일을 잊지 않고 진짜 기련마녀 형요란을 보낸 진자운의 장난기 어린 선물에 기꺼운 마음이 들지 않을 수 없다.

진자운과 이렇게 오랫동안 떨어져 보긴 혼인한 후 처음이다. 문득 그의 품이 간절히 그리워졌다. 장진구나 형요란에게 보인 과도한 관심이 그 같은 내심의 표출이었음은 물론이었다.

"꺄르륵!"

멀리서 진유성이 활짝 웃었다. 어미 담화연의 허전한 마음을 아는지 모르는지.

*   *   *

만리장성(萬里長城).

진시황 시절에 처음으로 만들어진 최장의 성벽은 이후 수많은 황조가 바뀌는 동안 계속 새롭게 증축되고 보수되었다. 중원이라 일컬어지는 대륙의 밖에서 항상 호시탐탐 진출을 노리고 있는 북방 민족을 막기 위함이었다.

장대한 어리석음!

대륙으로의 진출을 가로막고 있는 만리장성을 바라보는 북방 민족의 시선이다. 제 마음대로 산야에 장대한 축조물의 선을 그어놓고 스스로를 중원이라 부르며 으스대는 꼴불견에 대한 냉정한 일갈이었다.

"한심하구만. 이딴 식으로 성벽을 쌓아 올려 자신의 약함을 만천하에 선포해 놨으니, 만날 이놈저놈들한테 두들겨 맞고 살게 됐지."

나직한 중얼거림.

내용을 가만히 살피자니 불손하기 짝이 없다. 만약 부근에 관부와 관련된 자가 있다면 당장 불호령을 내릴 만큼 대담한 발언이다.

그러나 이곳은 만 리에 달한다 알려진 장성에서도 인적이 가장 드문 장소 중 하나다.

주변 수십 리.

눈을 씻고 찾아봐도 민가라곤 코빼기도 보이지 않는다.

오직 첩첩한 산세를 가로지르며 세워져 있는 징그럽게 길고 드높은 장성만이 존재할 뿐이다.

참으로 불가해한 일이다.

어떻게 이런 험악한 산세가 이어진 곳까지 드높은 성벽을 쌓아 올릴 수 있단 말인가. 아니, 그보다 굳이 그래야 할 필요가 있었단 말인가.

불손한 중얼거림과 달리 장성을 살피는 눈길에는 가벼운 경탄의 빛이 담겨져 있다. 그럴 수밖에 없다. 본시 우공이산(愚公移山)이라 했다.

장대한 어리석음이라고?

어리석음조차 이 정도 규모와 공력을 들였다면 사람으로 하여금 찬탄을 하게 만든다. 그것이 얼마만큼 어렵고 힘든 일인지 아는 까닭이다.

'쳇, 그런데 황제 형님도 참 한심하구만. 이런 말도 안 되는 게 있는데도 그렇게 많이 방어선이 뚫렸으니. 괜스레 날 동생으로 삼아서 이런 고생이나 시키고 말야……..'

황제를 형이라 부르는 존재!

근래 친왕에 봉해진 진자운은 눈앞의 만리장성을 살피다 고개를 옆으로 슬쩍 뉘어 보였다.

어느새 눈살이 절로 찌푸려져 있다.

앞으로 만리장성을 넘어서 해야 할 고생들이 손에 잡힐 듯 뇌리 속을 배회한다. 불만 섞인 투덜거림 정도 터뜨리는 건 애교라 해도 과언이 아니다.

하지만 오늘날 그가 홀로 북경을 벗어나 이곳 만리장성 앞에 이른 건 모두 스스로 선택한 거였다. 아무리 툴툴거려 봤자 주변에 들어줄 사람조차 없다.

까닥!

뉘었던 머리를 한차례 털어 보이고 제자리로 돌려놓은 진자운이 슬며시 발끝으로 지축을 찍었다.

슥!

만리장성 중에서도 가장 험악한 지형이라 일컬어지는 사마대 위로 비조 한 마리가 날아올랐다.

새조차 쉬어가야 할 만한 높이.

비조는 전혀 그리할 마음이 없어 보인다.

단숨에 하늘 끝까지 치솟아오르더니, 곧바로 사마대를 뛰어넘었다.

그야말로 순식간!

사마대를 지키고 있던 병사들 중 비조의 진정한 정체를 파악한 자는 단 한 명도 없었다.

변방 중에서도 변방.

일각이 여삼추(如三秋)같이 군역을 수행하고 있는 일반 병사들 중 특별히 무학에 능통한 자가 있을 리 없다. 당연히 안공 역시 평범하다. 비조의 정체를 파악한다는 건 처음부터 무리라고 할 수 있었다.

　　　　　*　　　　　*　　　　　*

　산서성 방산.

　한때 녹림이세 중 하나인 북녹림맹의 중심이었던 이곳은 근래 태풍의 핵으로 부상하고 있었다.

　대녹림맹.

　두 달여 전 녹림이세 중 다른 하나인 장강수로십팔채의 주인인 장강교룡 가첨수에 의해 성립한 초유의 녹림통합체는 점차 세력을 확장해 가고 있었다.

　장강수로십팔채와 북녹림맹의 주요 세력을 기반으로 강남대전 이후 지리멸렬한 남녹림맹의 잔존 세력을 흡수하더니, 독자적으로 활동하던 군소녹림도들을 하나하나 병합하기 시작했다. 아예 천하의 모든 녹림도들을 대녹림맹의 깃발 아래 일통할 작정인 게 분명하다.

　당연히 대녹림맹의 세력은 갈수록 거대해져 갔다. 툭하면 십만이란 숫자를 가져다 붙이길 좋아하는 개방과 비교해도 결코 뒤지지 않을 정도로 기하급수적으로 머리 숫자가 늘어나고 있었다.

　그 중심이 바로 방산이다.

　방산 산채를 중심으로 수없이 많은 녹림의 병력들이 집결했고, 뒤이어 대규모의 토목 공사가 진행됐다. 아예 방산 전체를 거대한 진형을 갖춘 성역으로 탈바꿈시키기 시작한 것이다.

항주를 떠난 지 한 달.

장사치로 변장한 채 대녹림맹의 중심인 방산 부근의 임현(臨縣)에 이른 장자경 일행은 하나같이 안색이 어두웠다.

그럴 수밖에 없다.

그들은 항주를 떠난 후 장강을 건너 산서성에 도착한 후부터 수차례에 걸쳐 격전을 벌였다. 별것도 아닌 일로 꼬투리를 잡혀서 대녹림맹 소속을 자처하는 녹림도들에게 정의의 철퇴를 내려야만 했다.

문제는 그런 시비 따위가 아니다.

수장인 모용진천과 초절정고수인 점창낙안 단연경은 차치하더라도 패왕도 철무한과 감여설은 초절정을 바라보는 고수고, 장자경은 엄청난 신력의 소유자였다. 강북녹림십오채나 장강수로십팔채 출신의 고수가 아닌 일반 녹림도들 따윈 전혀 상대가 되지 않았다. 사실 언급할 가치조차 없다고 보는 편이 옳았다.

하지만 그 같은 녹림도들의 간섭은 장자경 일행에게만 국한된 것이 아니었다. 산서성 전 지역과 장강 인근에서 점차 기하급수적으로 확대되고 있었다.

민간의 피해가 없을 리 없다.

산서성은 말할 것도 없고 대강 남북을 오가던 상인들이 일시적으로 장사를 포기했다. 그래야만 했다. 아무리 돈이 좋더라도 목숨보다 중요하진 않기 때문이다.

그 결과 근래 대륙의 젖줄이라 할 수 있는 장강을 통해 이뤄지는 물자의 이동과 교류가 현저하게 줄어들고 있었다. 곧 물가가 치솟고 서민 경제에 대타격이 오리라는 건 그리 어렵지 않게 짐작할 수 있는 일이었다.

임현 부근의 이름 모를 산중.

쾅!

느닷없이 부근에 집채만 한 크기의 바위를 힘껏 발로 걸어찬 철무한이 이를 부드득 갈았다.

"가 백부! 정말 녹림의 도적들을 규합해서 황제라도 되려는 것이오! 관부와 전쟁을 벌여서 수십만 명을 죽일 작정이란 말이오!"

초절정에 근접한 무위.

그렇다고 해서 금강불괴는 아니다. 별다른 내력조차 끌어올리지 않고 거암이라 할 만한 바위를 걸어찼으니 발이 온전할 리 없다. 철무한이 와락 인상을 찌푸렸다.

'제기랄, 더럽게 아프네!'

하마터면 입 밖으로 욕을 내뱉을 뻔했다. 만약 주변에 모용진천이 없었다면 필시 그리했을 터였다.

모용진천이 그 같은 철무한의 내심을 모를 리 만무하다. 맞은편에 편편한 바위에 가부좌를 틀고 앉아 있던 그의 입술꼬리가 살짝 치켜 올라갔다.

"수십 년간 무학을 배웠다는 녀석이 제 마음 하나 제어할 줄을 모르다니. 철 맹주는 녹림이 낳은 불세출의 영웅인데, 참으로 안타까운 일이로구나."

딱히 철무한 쪽을 쳐다보진 않았다.

하지만 누구라도 그에게 질책을 한 것임을 알 수 있는 내용이다.

철무한의 인상이 다시 구겨졌다.

이 역시 통증 때문이 아님은 누구든 알 수 있을 터다.

'한 번도 그냥 넘어가질 않는구나, 한 번도. 모용 가주님은 어째서 날 그리 미워하시는 걸까?'

철무한으로선 충분히 할 수 있는 생각이다.

과거 그가 모용청려의 뒤를 졸래졸래 쫓아다닐 때와는 사정이 다르다. 이제 두 사람은 각자의 길을 걸어가고 있었다. 무림맹 내에서의 상하 관계만이 남았다.

당연히 철무한으로선 변함없는 모용진천의 심통이 참으로 억울했다. 그럼에도 불구하고 감히 대거리를 하거나 항의하지 못하니 속으로만 끙끙 앓을 따름이다.

그때다.

반 시진 전 두 사람만 남겨놓은 채 식사 거리를 준비하기 위해 떠났던 장자경과 감여설이 모습을 드러냈다.

어떤 수완을 발휘한 것인지, 장자경의 어깨에는 멧돼지 한 마리가 얹혀져 있고 감여설은 꿩 네 마리를 양손에 나눠 들고 있었다.

어느 모로 보든 다섯 사람용 식사 거리로는 과하다.

범인의 기준으로는 그렇다.

그러나 다섯 사람의 일행 중 두 사람, 장자경과 철무한은 보통의 장정보다 두 배 이상 몸집이 큰 거구였다.

식성 역시 왕성하다.

두 사람 모두 적어도 혼자서 한 끼에 삼사 인분을 쉽사리 해치웠다. 장자경과 감여설이 조금 과하게 사냥을 해온 데는 다 그만한 까닭이 있었다.

모용진천 역시 그 같은 점을 잘 알고 있다. 여전히 시선조차 던지지 않은 채 그가 나직이 혀를 찼다.

"쯔쯧. 본시 족한 줄을 알면 더 이상 욕심을 부리지 말라고 했거늘… 과하구나, 과해."

"……."

철무한은 장자경의 어깨에 걸쳐져 있는, 살이 통통하게 올라 있는 멧돼지를 보고 반색을 하다 머쓱한 표정이 되었다. 모용진천의 혀 차는 소리에 큼지막한 몸이 자동적으로 움츠러든다.

장자경은 달랐다.

그는 시원스런 걸음으로 얼른 모용진천 앞에 이르러 허리를 냉큼 숙여 보였다.

"늦었습니다. 곧 불을 피우고 야영 준비를 할 테니, 시장하시더라도 조금만 참아주십시오."

"이곳에서 불을 피우고 야영 준비를 하겠다는 것이냐?"

"예, 산의 해는 빨리 지니까 지금부터 준비를 해야만 될 것 같습니다."

"이곳과 방산은 무척 가깝다. 불을 피웠다가 날파리들이 날아들면 곤란하지 않겠느냐?"

"그건… 제가 사냥을 하다가 부근 산세를 좀 살펴봤는데, 주변의 계곡이 호리병 모양이라서 불을 피워도 될 것 같습니다."

"그건 어째서지?"

"호리병 모양의 계곡은 보통 절벽 부근에서 강한 바람이 휘몰아칩니다. 그러니까……."

"불을 피워도 연기가 절벽 부근에서 휘몰아치는 강한 바람 때문에 흩어져서 멀리까지 퍼지지 않는다는 거로구나?"

"그렇습니다."

"말은 그럴싸하게 잘하는구나."

"예?"

"말은 그럴싸하게 잘한다고 했다. 진짜 네놈이 말한 대로 될는지는 지켜봐야 확실해질 테지만 말이다."

"……."

장자경은 잠시 멍청하게 서 있었다.

그는 본래 그리 말을 잘하는 사람이 아니다. 적어도 자신은 그리 생각하고 있었다.

그럴 수밖에 없다.

그가 우상처럼 여기는 형 진자운은 친인들로부터 한결같이 물에 빠져도 입만 둥둥 뜰 거란 말을 심심찮게 듣는 사람이다. 특히 여자를 만났을 때의 말발이란 가히 천의무봉의 경지에 이르렀다. 감탄사가 절로 나올 정도다.

당연히 그런 진자운에 가려진 장자경은 말을 하는 데 조심스러웠다. 자신의 의견을 개진하는 것 역시 마찬가지다. 주눅이 들어 달을 못하는 것과는 조금 다르지만 결과는 비슷한 상황에 처하게 되었다.

그러나 형 진자운과 헤어지고 꽤나 시간이 지났다.

모용진천을 쫓으며 그에게 문답식의 가르침을 받는 동안 장자경은 점차 자신의 의견을 개진할 수 있게 되었다. 진자운과 모용진천이 인정한 천성(天性)이 잔뜩 웅크리고 있던 몸을 풀고 기지개를 켜기 시작한 것이다.

'내가 말을 잘한다고 칭찬을 듣다니⋯⋯.'

모용진천이 한 말은 결코 칭찬이 아니다.

그래도 장자경은 개의치 않았다. 왠지 자신이 한결 성장한 듯한 기분이 들어서 기분이 좋았다.

잠시 후.

장자경의 말처럼 어둠이 금세 몰려들었다. 삽시간에 태양이 산 너머로 꼴깍 넘어가 버리고 말았다. 일행을 떠나 홀로 척후에 나섰던 단연경 역시 돌아왔다.

이미 야영 준비는 끝난 지 오래였다.

한 켠에는 나무와 짚풀을 이용해 만들어진 꽤나 안락한 잠자리 다섯 개가 마련되었고, 중앙에는 모닥불이 활활 타올랐다.

당연히 모닥불 위에는 기름을 좔좔 쏟아내고 있는 먹음직한 멧돼지 통구이가 얹혀져 있고, 적당할 정도로 탄 꿩 꼬치구이 역시 한자리를 차지한 지 오래였다.

이름 모를 산중에서 맞는 야영치고는 나름 운치가 있다.

소도를 이용해 멧돼지 통구이와 꿩 꼬치구이의 살점을 솜씨 좋게 발라내고 있던 철무한이 나직이 탄식했다.

"아쉽구나, 아쉬워!"

모용진천이 철무한의 속마음을 정확히 꿰뚫어 봤다.

"임현에서 술을 사 오지 않은 게 아쉬운 건가?"

"아니, 그게 아니라……."

"하늘에는 고즈넉한 달이 떴고, 모닥불 위에는 술안줏감이 익고 있어. 술 생각이 나는 것도 무리는 아니지."

"꿀꺽!"

철무한이 모용진천의 말을 듣다가 참지 못하고 침을 꿀꺽

삼켰다. 저절로 그리됐다. 항주를 떠난 후 모용진천의 눈치를 보느라 술을 한 모금도 마시지 못했다. 이 밤 술 생각이 간절한 것도 무리는 아니었다.

그러자 기적이 일어났다.

모용진천이 허리춤에 늘상 매달고 다니던 호리병을 떼어내 철무한에게 던져 준 것이다.

"모용 가주님……."

"마셔. 삼십 년 묵은 죽엽청이야. 향기만으로도 사람을 취하게 만드는 명주지."

"하지만 이건 절대로 마시지 않는 술이라고 하셨잖습니까? 모용 맹주한테 선물받은 거라고."

"술이란 마시라고 있는 거네. 여태까지는 마실 만한 때가 아니라서 아껴뒀을 뿐이야."

"……."

철무한은 침묵했다. 항상 자신을 못마땅하게 생각하던 모용진천의 돌연한 변화에 내심 마음이 움직였기 때문이다.

'오늘 밤이 지나면 곧바로 방산이다. 모용 가주님께서는 가 백부에게 도전할 생각이시구나!'

창파검제 모용진천.

십강의 으뜸이며 무학의 수준은 가히 천인합일에 이르렀다. 당금 정파무림에서 세 손가락 안에 드는 초강자라 할 수 있었다.

그런 그가 지금 긴장하고 있다.

느닷없이 달라진 태도가 이를 증명한다.

철무한은 그 이유가 바로 녹림제일인이자 대녹림맹의 맹주인 장강교룡 가첨수에게 있다고 여겼다. 그 외에 모용진천을 긴장케 할 수 있는 사람이 없었기 때문이다.

그때다.

식사를 마친 후 곧바로 잠이 든 단연경과 떨어져 감여설과 어깨를 나란히 한 채 밤하늘의 무수히 많은 별을 바라보고 있던 장진구가 눈을 크게 끔뻑여 보였다.

유성(流星).

은색의 길고 아름다운 꼬리를 매달고서 별 하나가 떨어져 내렸다.

감여설이 얼른 두 손을 모았다. 소원을 빌기 위함이었다.

'장 소협이 후일 일세에 영명을 떨치는 대협이 되게 해주세요……'

유성은 사라지고 밤은 점점 더 짙은 색깔로 물들어가고 있었다.

『태극검해 2부』 7권으로 이어집니다

초등학생이 반드시 읽어야 할 좋은 책 49권

각 학년별로 초등학생이 반드시 읽어야할 좋은 책을
선정하여 통합논술의 기본이 되는 '올바른 독서법'을
일깨워 줍니다.

교과서와 함께하는
초등학교 통합논술

초등1학년 | 값 12,000원 / 초등2학년 | 값 9,500원 / 초등3학년 | 값 11,000원 / 초등4학년 | 값 9,500원 / 초등5학년 | 값 9,500원 / 초등6학년 | 값 11,000원

♣ 혼자 할 수 있어요.
엄마가 책 읽는 방법을 가르쳐 주어도 좋아요.
독서지도하는 선생님이 가르쳐 주어도 좋답니다.
"초등 교과서와 함께하는 **통합논술 시리즈**"는
아이 스스로 독서할 수 있도록 꾸며진 책이에요.
엄마와 선생님은 요령만 가르쳐 주시면 된답니다.

♣ 교과서의 중요한 내용이 총정리되어 있어요.
각 학년별로 중요한 교과 내용이 함께 수록되어 있어요.
초등학생은 교과서 내용을 충실하게 공부해야 합니다.
아울러 그와 병행한 독서가 대단히 중요하지요.
"초등 교과서와 함께하는 **통합논술 시리즈**"는
두가지 방법 모두 알려준답니다.

♣ 이 책은 훌륭하신 선생님들이 함께 쓰신 책이랍니다.
동화작가 선생님들이 쓰셨어요. 소설가 선생님도 쓰셨답니다.
국어 논술독서지도 선생님들도 함께 쓰셨지요.
"초등 교과서와 함께하는 **통합논술 시리즈**"는
엄마의 마음으로 모든 선생님들이 함께 꾸민 책이랍니다.

입소문을 통해 아는 분은 다 알고 계십니다!
올 한해 공인중개사 최고의 화제작!

1~2권 합본 | 이용훈 지음
3~4권 합본 | 이용훈 지음
5~6권 합본 | 이용훈 지음
용어해설 | 이용훈 지음

수험생 기본 필독서
만화 공인중개사

제목 : 만화공인중개사 쓰신 분에게 감사드립니다.

학원을 두 달 다녔어요 근데 과연 그 숫자 외우기 그런 게 몇 문제나 나올까 생각을 했어요
아니라는 생각이 드네요 학원강의를 뒤로하고 서점을 갔어요 내 머리에 가장 이해될 수 있는
책이 없나 하구요. 거기서 만화를 발견했어요. 무조건 세 번 봤어요. 3개월 걸렸어요. 문제집을 보라고
했는데 그건 시행을 못했어요. 근데 합격을 했네요.
어떻게 감사의 말을 해야 될지…….
도서관에서 만화책 들고 다니니까 사람들이 비웃더라구요. 만화책으로 공인중개사를 공부한다고
미친 사람처럼 보더라구요. 근데 그거 다 감수하고 했던 내가 자랑스럽습니다.
어떻게 감사의 말을 해야 할지… 정말 감사합니다.
부디 행복하세요. 제 나이 41살에 좋은 스승을 만난 것 같습니다.
엎드려 감사드립니다.

－본사 홈페이지에 독자분이 올린 메일 中 에서 발췌－